小漁娘大發威 2

元喵 著

風 文創 1042

風文創
1042

目錄

第十一章

這會兒黎湘一家剛吃完晚飯正數錢呢，聽到外頭有人敲門，連錢都沒數明白就趕緊收了起來。

黎湘開了門，一看是青芝，連忙跟爹娘解釋。「爹娘，她是來找我的，你們洗把臉到樓上去吧，下邊我來收拾，我跟她說會兒話。」

黎江兩口子點點頭，關翠兒也跟著一起上了樓。

「青芝姊姊，這麼晚了，夫人應該不會又想吃東西了吧？」

「沒有，夫人正練著字呢，沒一個時辰停不下來，我來是想找妳問點事。」青芝放低了聲音，湊到黎湘跟前道：「妳是怎麼知道我向夫人坦白後，情況不會很糟糕的？」

「妳坦白啦？」

「嗯……可是夫人一點都沒責罵我，也沒罵主子，就哦了一聲，然後便像個沒事人一樣，繼續看書品茶。」

「這是好事啊。」

「嗯？妳說明白點。」

青芝十分虛心地坐到了黎湘旁邊，滿眼都寫著求解答。黎湘拗不過她，只好答應幫著一起分析分析。

「先說好啊，我說的不一定對。」

女人心，海底針，她也不能保證自己分析的就是對的。

「沒事沒事，妳說。」

「這夫人啊，若是當場罵了妳或者罵了六爺，說明心裡的火還大著，暫時就不要去觸霉頭了；但如果她沒有，甚至還跟個沒事人一樣，這說明什麼？說明她早就已經冷靜了，不生氣了。」

唉，九年了呀，能不冷靜嗎？黎湘唏噓了一把。

「就憑妳叫著六爺主子，卻能在夫人身邊被重用這麼多年，難道妳還看不出來嗎？」

青芝茫然的搖搖頭。

豬隊友啊……黎湘嚴重懷疑這麼多年秦六爺沒能把夫人追回去，有這豬隊友一半的功勞。

「明知道妳是六爺的人，夫人還是放心重用妳，這說明她早就沒在生六爺的氣了呀！」

青芝這才聽出點意思來。

是啊，夫人明知道自己是爺送來的，還是收了。明知道書肆不讓進男人是爺的意思，也默許了。明知道爺在周圍安排了保護她的人，也裝作不知道……

「不對呀，若是不生主子氣了，那夫人怎麼不搬回去和爺一起住？」

「妳家主子來請了嗎？怎麼請的？有誠意嗎？」

青芝懵了。

好、好像沒有。雖然大家都知道主子特別想夫人搬回去，兩人重新開始，但認真來說，主子的確是沒有親自來請過。

可那也是有原因的啊。

「夫人都不見他，爺連道歉都沒機會，如何相請？」

黎湘頭疼地揉了揉眉心，不知道是該感慨青芝太單蠢，還是該笑話秦六太實誠。

「夫人說不見就真走啊？妳家主子這麼一點決心都沒有嗎？妳不會放個水啊？直接叫他上樓道歉、認錯啊！跟夫人表白啊！要是能哭的話會更加分一點。」

柳嬌一個從小被捧在手心的姑娘，傷心難過的無非就是自己的一片真心餵了狗。即便是後來聽身邊的人說了秦六是如何如何後悔、如何如何喜歡她，那有什麼用？說一千道一萬都沒有秦六親自站在她面前說句「我喜歡妳」好用。

若是秦六能看兩集霸道總裁的電視劇估計就能明白了。

「妳家主子要是再這麼畏畏縮縮的，等夫人習慣了現在這樣的生活，覺得再也不需要他了，那得領和離書走人的，是誰還不一定呢。」

青芝腦子裡亂哄哄的，被黎湘塞了一堆話，直至回到書肆才慢慢給理清楚了。雖然湘丫頭說話不太好聽，但很有道理，不行，她得找主子回個話去！

送走了青芝的黎湘喝了整整一壺的水才解渴，正要去收拾廚房，卻見表姊已經挽起袖子在忙活了。

「表妹，姑姑坐一天燒火，腿肯定不太舒服，妳端點熱水上去給她泡泡腳吧，廚房我來收拾。」

這建議不錯，黎湘立刻打了熱水端上樓。

她一走，關翠兒便把剩菜剩飯都整理了，之前理出來的菜葉、蔥皮什麼的她已先放到了餿水桶裡，這樣有厚厚一層菜葉隔著，放上頭的飯菜就不至於和先前的湯水混合，若是再有人吃，吃的東西也稍微乾淨些。

關翠兒自身很窮，也從沒想過要刻意拿姑姑家的東西接濟別人，只是想著這些剩菜剩飯左右都是要倒給豬吃的，如果真有人需要，她能做的也就這樣了。

放好剩菜剩飯後，她剛轉身要進廚房，不知想到了什麼，又回頭從懷裡摸出一個略硬的糕點放到了飯上。

這是表妹先前給她的那三個黍米桂花糕之一，變涼也變硬了，不過就算是這樣，她也沒一次吃完，只吃掉了兩個，這最後一個是準備明天吃的。

那位柳夫人真的很捨得用材料，做出來的黍米桂花糕又香又甜，吃完一顆，一整天嘴裡都彷彿還帶著甜味，心情能好一整日。

她心想著，就剩最後這一個了，送給你吧陌生人，希望你吃完後，日子能變甜些。

關翠兒放下黍米糕後，這才進廚房打掃，很快黎湘也下來了，姊妹倆一起洗洗刷刷，忙活完才上樓歇下。

這個時候，外頭依舊有一個鬼鬼祟祟的影子來到了黎家小食的後門餿水桶旁。他一伸手就摸到了那塊黍米桂花糕，剛拿起咬一口就愣了。

大概是想到了什麼，他抬頭看了眼二樓的窗子，默默把剩下的半塊糕放到了懷裡，然後去抓飯菜吃。

和昨日的湯湯水水比起來，今日的飯菜顯然是乾淨了許多。他不是傻子，知道這是怎麼回事，囫圇吃完後便抹著眼淚離開了。

第二天，黎江起床一下樓，發現樓下後門口居然放著一小捆柴火，問了半天也沒人應他，只好先提進廚房裡。

本以為是人家不小心遺失的，沒想到一連幾天，每天後門都會有一小捆柴火放在那兒。為此，黎江早起了好幾次，卻也沒見到是誰放的柴火。

一家子納悶極了，唯有關翠兒心裡有點猜到是誰，不過也不確定，畢竟只是給人吃口剩飯，還不至於吧。

這一日，黎家小食早早便打烊了，黎湘需要點時間備料，為明日人手不足先做準備。因為明天是黎家固定還債的日子，一早黎江便會帶著關翠兒回去村裡，鋪子裡便只剩下黎湘母女。

黎江當然是想全家一起回去，這樣心裡也踏實，只是這鋪子才開張十日，真要關門一日絕對會減少不少的客流，所以黎湘和她娘還是決定留下顧店。

當然，爹和表姊不在，黎湘也不可能同時做那麼多複雜的吃食，所以明天的食牌只會有一些簡單的麵食，另外她也趁著下午人少的時候去藥鋪配了一些八角、桂皮、草果等中藥回來，把一直心心念念的滷料配齊了。

這東西吧，沒熬煮的時候混在一起味道刺鼻，一下鍋，水一燒開便開始冒香了。

今日還有時間，黎湘準備先把滷水做出來，再將肉滷上，畢竟明兒一早爹就回村裡了，到時候她沒空再出門買肉回來滷。

「表妹，妳買肉我明白，但買這麼多腸子、肚子、心肝還有豬耳朵，這這這……」

關翠兒聞慣了鄉下茅房的味道，對那一堆腸子肚子還勉強不排斥，但對一般人那也太臭了，她不敢想像明日表妹拿出去賣會是什麼樣子。

「表姊，妳這就是以貌取人了，這些可都是好東西。走走走，咱倆先去把這些東西洗好。」

黎湘把一堆肉揀出了一些，她和表姊一人揹一個背簍，然後又提了一桶炭灰在手上。

「娘，這點灰不夠用，妳再幫我裝一桶。」

關氏連忙又清了一遍灶膛，裝了一小桶給女兒。

「不夠我再燒。」

黎湘點點頭，帶著表姊去了河邊。

「表姊妳跟著我做就行，至於這東西能不能吃，妳晚上就知道了。」

她把豬大腸都拿了出來，先是抓了兩把炭灰搓洗，外頭洗了個大概便開始翻腸子繼續抓炭灰洗。

雖然有點髒臭，但有河水一邊沖著，很快便乾淨了。

「這裡頭的一條條白的是油脂，得扯掉，扯掉了放背簍上掛著，別丟了。」拿回去還能熬油呢。

黎湘以前哪裡看得上這些東西，現在都變得越來越摳了。姊妹倆在河邊花了小半個時辰整完了兩桶炭灰，才把兩背簍的豬下水洗乾淨。

剛上岸呢，就聞到一陣陣勾人的香味，不用說，是自家的滷料味，黎湘還瞧見自家打了烊的鋪子外頭站著好幾個人在聞味道，顯然是喜歡得很。

「表姊，走！回去給妳做好吃的！」

黎湘心情十分不錯，一回廚房就忙開了。兩大鍋的滷料已經煮出了味來，她便依次將要滷的食材全焯水後放進去，剩下一大截大腸，她打了記號，也焯了水，然後丟到滷水裡煮到七分熟後，撈起來切片。

不滷其實也可以直接炒，只是她單純喜歡這樣吃。

切好的肥腸加油下鍋先煸一下，待到邊緣炸得焦焦後撈起來，將就著鍋裡剩下的油下辣椒、薑片、蒜苗等配料翻炒，等香味都爆出來了再把肥腸倒回去一起，最後加點鹽和蝦粉調味，翻炒幾下便出鍋了。

爆炒肥腸油亮噴香，肥而不膩，還特別的有嚼勁，實在是下酒得很，就連黎江這個不怎麼愛喝酒的人嚐了，都忍不住倒了一碗酒出來。

至於那剛剛還嫌棄滿滿的關翠兒，一口肥腸一口粟米飯的扒得正歡呢。

一盤炒肥腸，全家都吃得滿意極了。黎江喝了點小酒，有些暈，想著明日便能將債給還清，一直笑個不停，自家上城裡來做買賣的事早晚會叫人知道，他也不想再來來回回的耽擱事，便想著一次把錢還了，整個人輕飄飄的，還是姊妹倆給扶上樓的，關氏也早早的跟著上樓歇下。

這會兒大概才戌時，時候還早，姊妹倆收拾完廚房也沒準備上樓睡，而是拿了被褥準備就睡在鋪子裡，六張桌子一拼，一張大大的雙人床就出來了。

沒法子，今晚做的滷肉太香了，外頭野貓野狗都被引來了，就怕突然從煙囪裡鑽出來一隻貓偷了明日的肉吃，小本買賣得萬分小心才是。

黎湘在店裡頭忙著鋪床，關翠兒則是收拾著廚房那些剩菜剩飯。她有些擔心那人今晚會繼續過來，晚上她和表妹會睡在樓下，聽到的動靜會更清楚，只是這時再擔心也沒用了，在樓下睡是勢在必行的了。

「表姊，妳好了嗎？我床鋪好啦。」

「好了好了，洗個腳就過來。」

關翠兒鎖上廚房的門，又檢查了兩口鍋的蓋子，瞧著都還算嚴實，這才洗了腳去睡覺。

姊妹倆難得這麼早睡，都沒什麼睡意，黎湘正想問表姊明日回去準備了些什麼，就聽到表姊先問了她。

「表妹，你們以後是打算一直在城裡了嗎？」

「啊……這個呀，不好說呢，眼下這幾年肯定是要在城裡賺錢的，我想等攢夠了錢，咱就把這小店關了，開家大大的酒樓！上回聽柳夫人說，整個陵安有六、七萬人呢，咱這小店一天才多少客人，太少了。」

黎湘從來就不是個安於現狀的人，相反她很有奮發圖強的精神。在現代是因為身體不濟才沒什麼鬥志，只想開間餐廳混混日子。

而在這裡，在這個時代，鐵鍋類食物、煎炸炒燜等等都還沒有興盛起來，大好的前景擺在她面前，不把握時機那不成傻子了嗎？說不定她還能成為一代宗師呢。

「嘿嘿……」

想得太遠太美好了，黎湘傻笑了兩聲。

「等咱賺夠了錢就帶爹娘回村子裡養老，說實話，我真的挺喜歡我家周圍的環境的，依山傍水，多美。就對門那家不太好相處，等有錢了就把他們家的地買下來，合起來蓋個大院子。」

這副財大氣粗的口氣把關翠兒逗笑了。

「表妹，妳都想魔怔了，妳忘了妳以後是要嫁人的，怎麼會和姑姑姑夫一起養老呢？」

黎湘怔了怔，突然一本正經道：「我不嫁人，我只招贅。」

「啥？」

關翠兒被她這話給驚到了。

「表妹我沒聽錯吧，妳要招贅？這可不是開玩笑的事，妳和姑姑他們商量過了嗎？」

黎湘搖搖頭，嘆了一聲。

「雖然沒和爹娘商量過，但我曾無意中聽到娘和爹說起過想讓我留在身邊，只是那會兒家裡窮得要命，說起來也不現實，畢竟誰都不會入贅一個滿是債務的家。現在嘛，可以想想了呀，明天家裡的債就還完了，積蓄也會越攢越多，爹娘就我一個女兒，我若是嫁人了，那他們怎麼辦？況且，我也不想嫁人。」

古代女子嫁人，要受到的條條框框太多了。她實在想像不出自己嫁給一個男的，要伺候一家老小是什麼樣子。

運氣壞點遇上喬嬸兒那樣的惡婆婆，那日子真是比泡在苦水裡還難受，這樣她幹麼要嫁人？招個贅婿回來聽自己話不香嗎？

要不是這個朝代有著女子年滿二十未婚會被官府直接配人的法例，她連招贅都不想考慮呢。

關翠兒聽完心裡居然有了那麼一絲認同感，表妹這樣厲害又會賺錢，倒真是不必嫁人依靠男人。那自己呢？

她想到了自己。這段時間她學會了做包子、包餃子，會做四、五種麵條，也會發麵、擀皮，小炒也能炒兩樣，表妹有意鍛鍊自己學廚藝，日後做店裡的掌勺，等自己學成之後，一個月可以有六百銅貝呢！

一個月六百，一年那就是多少……嗯，七千多銅貝，大伯做的那點木工，一年賺的銀錢才不到一半，哪怕是加上地裡的產出，也都趕不上。

那自己是不是也不用嫁人、依靠別人？若是真有那一天，爹娘在家就能揚眉吐氣了。

關翠兒有些興奮的將自己未來的打算說給了表妹聽，結果表妹聽完就潑了她冷水。

「傻表姊，你們還沒分家啊！妳現在賺的錢若是被姥姥他們知道了，應該有一大半要交上去吧？」

「不，不是一大半……是全部……」

黎湘無言。「……」

姥姥也是挺狠的。

「這就是了，妳啊，要真想讓小舅舅他們過好日子，首先得分家。當然不是說分家就是不孝順姥姥他們了，日後可以每月給姥姥他們一些錢，錢這東西招人喜歡，也能堵住別人的嘴，而且最好啊，讓大舅他們自己提出分家，這樣可以省好多話柄和麻煩，不過現在我不建議妳分，因為妳還沒有能力照顧分家出來的小舅舅他們。」

「我記下了……」

闞翠兒沒再說話，而是仔細的琢磨起了自己那亂糟糟的一家。

同樣都是兒子，她也不知道為什麼阿爺阿奶就是偏心大的，從小爹幹的活兒最多，吃的也是最差。大伯十歲前可以在村裡的祠堂跟著學字，十歲後家裡又使了銀錢讓他出去學木工，學成回來賺的錢比爹多了，一家子便嫌棄爹無用。

等到大伯家生了兒子，這種嫌棄也越來越明顯，從嫌棄爹一個到嫌棄自己一家。沒有兒子就是沒用，爹沒用、娘更沒用，自己嘛，也是個沒用的丫頭片子。

闞翠兒以前也覺得自己挺沒用的，但現在她不這樣想了。她會做好多好多吃食，也能賺錢，她比很多人都要能幹！她要更努力一點，早些學會表妹教的手藝，到時候……

「是誰?!」

黎湘翻身坐起，眼神警戒。她聽到了牆外有窸窸窣窣的聲音，還有咚的一聲，有點不太尋常。

「表妹，興許是貓貓狗狗吧？又或許是老鼠，我聽惠姊姊說這附近老鼠挺多的。」

闞翠兒勸了兩句，黎湘也信了，正要躺下去，突然又聽到什麼東西摔在了地上，很明顯的有一個人的痛哼聲。

肯定是有人！黎湘顧不得許多，直接起床點了燈，又叫了樓上的爹娘，不過大概是睡熟了，一聲沒能把人叫起來。正當她要繼續大喊的時候，廚房後門外傳來了一道略有些耳熟的少年聲音。

「別叫……別叫，我不是壞人！」

關翠兒上前拉了拉黎湘的手。

「表妹，先聽人解釋一下吧，反正門關著，他也進不來。」

黎湘沒說話，總覺得外頭那個人的聲音在哪兒聽過，仔細想想，還真想起了一個人來。

「你是之前問我找伍乘風的那個人？」

「是，我在碼頭問過妳……我叫駱澤，我不是壞人。我只是餓了，想來找點吃的，我馬上就走，妳、妳別喊。」

那人邊說著，倒還邊真的走了。不過聽他走動的聲音，彷彿腳一瘸一拐的受了傷，黎湘雖說心裡有那麼一點同情，卻也沒開門去請他進來。

這黑燈瞎火的，誰知道外面是個什麼情況。駱澤上回還拿著粟米糰兒砸人呢，怎麼就突然又吃不起飯出來翻餿水桶？

樓下就她和表姊兩個姑娘家，爹好像又喝醉了，總之是不能開門的。

黎湘趴在門上聽著腳步聲越來越遠，一直到徹底沒聲了，才和表姊重新躺回了床上。

這回她也不省了，直接亮著燈睡，躺了一會兒她突然又坐起來，轉頭直直的盯著身旁人道：「表姊，妳不對勁。」
關翠兒不會撒謊，聽完這話眼皮一個勁兒的眨。
本來還只是詐一詐她的，這下是真確定了。
「表姊，妳認識剛剛那個人？」
「不不不，我不認識！」
關翠兒深呼吸了一口氣，慢慢將自己是怎麼發現他吃餿水桶的食物，後來怎麼幫他整理乾淨飯菜的過程講了一遍。
「表妹，我沒有拿家裡糧食給他，就是把一些原本要倒掉的食物弄乾淨一點放在餿水桶，我不認識他的……」
「原來是這樣……」
怪不得最近晚上表姊都不讓自己幫忙收拾廚房了。
「所以早上後門放的柴也是他拿來的？」
關翠兒搖搖頭表示不知道。
「我天天和妳一起的呀，我沒和他說過話，之前一直以為是個窮苦的老人家，今日聽他說話才知道是個年輕的。」
「好吧。」
黎湘也知道問不出什麼來了，表姊不會撒謊，她說的是真的。

嘖，這才多久啊，那個囂張的駱澤怎麼會變成這樣了……
姊妹倆一夜無話，再醒來時天已經微微亮了。
這回後門總算是沒有了那一捆柴火，黎湘心裡也更加確定之前就是駱澤放的。瞧他之前的性子，還真是不敢相信會是他送的。
一個人怎麼會在這麼短的時間內轉變性格？
「湘兒，想什麼，爹在問妳話呢？」
黎湘回過神，忙把腦子裡那點不重要的臆測都丟到一邊。
「啊？爹問什麼？」
「問妳還要不要肉和豬下水，趁著我還沒走，給妳買回來。」
「不用了爹，兩大鍋夠了，就我跟娘兩個人，賣一天夠嗆。」
黎湘說著想到了什麼，取了食盒和籃子出來。老村長這些年對自家照顧有加，給他送上一塊滷肉吧！還有裘叔那兒，這些年也一直照顧著自家，送點豬頭肉給他下酒。還有小舅舅和舅母，得讓表姊帶點回去吃。
兩大鍋滷肉這會兒已經重新熱了，挾出來的肉那叫一個香，黎江眼巴巴的瞧著鍋裡，深吸了一口氣。說女兒沒有神仙教他都不信，這麼香的食物，一般人誰做得出來？
「既然不用買菜，那我和翠兒就先走了，下午會早些回來的。」
關氏點點頭，和女兒一起將兩人送出門。

母女倆一回來便將鋪子開了，後頭立刻就有客人進了店裡，一看牆上掛的今日食牌，頓時有些懵。

「誒？老闆，妳家今日怎麼就只有麵啊？」

黎湘連忙解釋道：「因為今天店裡少了兩個人手，要傍晚才會回來，所以做其他的會有些忙不過來，希望客官見諒，明日便會恢復之前的食牌了。」

所謂伸手不打笑臉人還真是挺管用的，那食客怪不好意思的忙說沒事沒事，轉身去挑選麵食，結果又疑惑了。

「其他幾樣麵我吃過，這滷肉麵是什麼？妳家的新品？」

「對！今日新品，滷肉麵！」

「行，那給我來碗滷肉麵，要四兩麵，大碗的。」

「好咧！」

黎湘轉身進了廚房，俐落的揪了坨麵擀開、切好再一拉一扯，一碗麵的分量就出來了。

關氏配合著女兒將水燒開，下麵條、燙菜。

等麵熟了，黎湘直接拿個大碗將麵和菜挑起，舀上一大勺子陶罐裡燉著的大骨頭湯，再舀一小勺滷汁，切上厚厚幾片滷好的豬頭肉，最後再放個滷蛋，都不用再加調料，一碗濃香撲鼻的滷肉麵就完成了。

「一號桌，四兩滷肉麵好了喲。這半顆滷蛋是本店贈送的，僅限新品。」

大早上的，這一道異香不知道提了多少人的神。
「好香的味道！這是什麼麵？」
「你看牆上，新出的滷肉麵。」
「太香了，我也要一碗！」
客人的要求黎湘自然是要滿足的，不過她把話先說在了前頭。
「本店的滷肉不光是五花，還有豬頭肉、豬心、豬肝、豬大腸，是隨機切在麵裡的。若是不能吃的話，那就還是點別的麵吧。」
聽完她的話，幾位客人都沈默了，二號桌的坐得近，聞著香味特別饞，忍不住指著旁邊問：「他那碗加的是什麼肉？」
黎湘想了想回答道：「切的是豬頭肉和五花，每樣幾片。」
二號桌的嚥了嚥口水，坐到了一號桌對面。
「老兄，能不能告訴我這豬頭肉好不好吃？什麼味道？」
一號桌的男人吸溜完一口麵，享受地嚼了又嚼，才言簡意賅的回了話。
「不吃會後悔。」
他從來沒有吃過這麼香的麵，麵條勁道就不說了，這家的特色，還有那湯汁，濃香撲鼻，喝起來卻又清淡爽口，更不用說那軟糯的豬頭肉，被滷水煮得透透的，咬一口滿滿都是肉和滷汁的香，偶爾還能吃到豬頭肉裡頭的脆骨，當真是別有一番風味。

啊，差點把這滷蛋給忘了，平時最討厭吃水煮蛋的他，居然兩口就吃完了蛋，還嫌不夠吃！這家店真是太能讓人心甘情願的掏錢了。

一號桌意猶未盡的吃完了麵，對麵裡的滷肉還念念不忘，等老闆出來收錢的時候忍不住問道：「老闆，不知道妳家的滷肉滷蛋賣不賣？我想買點回去給家裡的老人吃。又軟又糯的滷肉，老人家肯定喜歡。」

黎湘只稍稍猶豫了下便答應了。

「能賣，那你到廚房來我切給你。」

「好好好！」

一號桌興奮的跟著黎湘進了廚房，發現這黎家小食後廚真乾淨，買她家的吃食吃起來也更放心了。

好香啊，一進廚房那股滷肉香氣就瘋狂的往他鼻子鑽。明明才剛剛吃完一碗麵，他居然覺得自己又餓得不行。

「一斤滷肉二十銅貝，不講價，隨機搭配，客官有意見嗎？」

「沒有沒有，給我秤兩斤，儘量挑軟一點的就行。」

黎湘點點頭，那就不要大腸跟豬耳朵了，老人家吃那個費勁。她直接挾了一塊五花肉和豬頭肉出來，又切了點豬心、豬肝一起秤了兩斤。

「加盤子和剛剛的那碗麵，一共六十銅貝。」

六十銅貝一下給出去略有些肉疼，但聞著那股香，男人還是爽快付了錢，端著肉走了。

黎湘還沒來得及高興數錢，就聽到前頭要了麵，趕緊又忙活了起來。

拉麵扯麵，煮麵、切肉，點單結帳擦桌，一早上過去那真是累得腰痠背痛腿抽筋，渾身上下都難受，站著就想坐，坐著就想躺，這還沒加上揉麵和洗碗呢，等下麵和碗用光了，還得加上洗碗、揉麵，再長兩隻手來都不夠用。

她有點頭疼，這只靠自己和娘兩個人撐一天還是有些大意了。

黎湘查看了下兩口鍋裡的滷味，剩下的也就一小半，還要再賣上大概兩個多時辰才能賣完。時間好長啊，她得先去洗些碗出來，免得等會兒客人多起來的時候著急忙慌的。

剛抱著碗筷走到後門，就瞧見了那個髒兮兮的駱澤正在自家鋪子的牆後堆放柴火，他一見她轉頭就想跑。

「誒！等等！你別走！」

黎湘生怕人跑了正要去追，卻見他根本跑不動，腿明顯受傷了。待走近了，發現他不光是腿傷了，那臉也是青紫腫脹。

「昨晚摔得這麼嚴重啊……」

「這傷不是昨晚摔的。」

駱澤見跑不了，索性不跑了，看著黎湘，一臉真誠道：「我只是來送點柴火，並沒有惡意，妳放心。」

黎湘點點頭，這話她是信的。就駱澤現在這副樣子，想幹壞事那也幹不了。

「我給你個活兒，你能幹嗎？」

駱澤眼一亮，瞬間又暗淡下去。

「謝謝妳的好意，我大概是不行的。我腿受了傷，走快幾步都吃力。」

「不用你的腿，手沒受傷就行。我雇你兩個時辰，你幫我做兩個時辰的活兒，做完十五銅貝另加一頓晚飯。」

還有這等好事！駱澤想都沒想就應了下來。

他一答應，黎湘便抓著他去把頭髮理順、綁起來，再洗乾淨了臉手，畢竟揉麵最重要的就是手不能髒。

沒錯，黎湘是打算讓駱澤去幹揉麵的活兒。這活兒最是耗費體力，她還要忙活其他事，是當真兼顧不來，正好抓到了個「壯丁」，瞧著他也怪可憐的，便雇他當臨時工。

「你看好了啊，揉麵就是這樣順著一個方向揉，你坐著站著都可以，總之要把麵揉起來。要是麵揉好了，再把旁邊這堆碗洗乾淨，換水我給你換，兩個時辰大概就是這些活兒了。」

駱澤沒有異議，立刻就按照黎湘教的方法開始揉麵。

他這些年雖說沒做過什麼工，但從小好鬥，又學了點武，雙臂力量還是比一般人要強上不少的，至少比黎湘揉起麵來要有力多了。

不過他大概是餓得狠了，聞著廚房裡的香味，一邊揉麵，肚子就一邊跟著咕嚕嚕的叫，聽得關氏都動了惻隱之心。

「湘兒，給他做碗麵吃吧，吃完也好有力氣做活兒。」

黎湘聽話得很，不就是一碗麵嘛，都請人來做臨時工了，也不差這點了。她在給客人煮麵時多扯了二兩麵下到鍋裡，等麵熟了客人的先上，回來再給駱澤的加了半勺滷汁。

這樣一碗素麵對駱澤來說簡直就像是天上掉下來的救命糧食，都顧不得臉面，幾口就吃光了，連湯都沒剩下半滴，一看就是真餓狠了。

說到底還只是個十幾歲的孩子，黎湘慈母之心又開始蠢蠢欲動。

這時代的小男生怎麼一個比一個慘？

伍乘風爹不疼娘不愛，可好歹還能在碼頭扛包，自己攢錢吃飯。

這駱澤，臉像是被人打的，腿也瘸了，天天只能扒餿水桶，更慘。

不過這會兒也沒功夫去同情他，中午客人又多了起來，她又開始忙得腳不沾地。

一號桌兩碗滷肉麵，二號桌一碗滷肉麵，四號桌三碗油潑麵……一桌接著一桌，也沒個電子打單，全靠腦子硬記，黎湘都有些佩服自己，忙活了大半日居然一桌都沒出差錯。

「誒？老闆，我要的是滷肉麵，為什麼給我油潑麵？」

「老闆，我要的油潑麵怎麼上成了滷肉麵?!」

相鄰兩桌客人的麵弄錯了，本來只要互換過來就成了，結果兩桌客人彷彿是有著什麼舊怨，不依不饒的都不肯和對方換，一定要黎湘來賠償。

店裡有客人吵架真的是件很趕客的事情，沒一會兒黎湘就已經看到了四、五個人在門口拐了彎兒。

就在她認命準備賠償兩碗麵的時候，門口走進來一老人家，說了句公道話。

「兩個大男人，有什麼舊怨就找個地方解決了，何必來為難人家小姑娘，臊不臊？」

「誒?!老人家是你呀！」

這個幫黎湘說話的老人家正是黎湘之前在碼頭送過餃子的老爺爺。

今日的他和那日比起來彷彿換了一個人似的，頭髮梳得一絲不苟，衣衫也乾淨整潔多了，身邊居然還跟著個護衛，毫無當日落魄狼狽的模樣。

黎湘引著他坐到了二號桌，老爺子這才發現她有點眼熟。

「咦？妳是……妳是那個，在船上做吃食的女娃娃！」

「對對！老人家你記性真好。」

旁邊兩個人本就是借事吵嘴幾句，發現來的老頭還帶著護衛，擔心是個大人物得罪了，一時都噤了聲，老老實實的吃起了自己面前的麵。

黎湘鬆了一口氣，回頭專心招待起老爺子。

「您想吃點什麼呢？」

「我呀？我本來是想來嚐嚐那什麼回鍋肉和魚香肉絲的，這兩日聽著我那老友的孫兒不停的念叨，著實饞人。不過瞧著妳這店裡今日沒有這兩道菜，那便給我來兩碗滷肉麵吧。」

「好咧，您稍坐。」

老爺子點點頭，笑得很開心，一旁跟隨多年的寧護衛有些不解。

「老爺……很久沒瞧見您這樣開心了，所為何事啊？」

「人生在世，吃喝二字，你說我為何高興？上次我拿回去的餃子，味道如何？」

寧護衛呆了呆，回味起那酸辣的味道，忍不住嚥了嚥口水答道：「難得一遇的佳餚。」

「這就是了，上回那餃子是剛剛那丫頭做的，這麵啊也是她做的，手藝在那兒，她做的麵能不好吃嗎？我是萬萬沒想到她這裡還開了一家店，不然早過來了。一想到日後天天都能吃上好吃的，我這心裡呀，就痛快。」

寧護衛無言。「……」

沒想到老爺卸甲後居然這麼沒有追求，就為了一口吃的這樣高興，方才那小姑娘年紀又不大，廚藝難道會比府上的廚子廚娘們更好？

他心裡這樣想，嘴裡也這樣問了出來。

老爺子搖搖頭笑道：「你不懂，家裡的廚子我沒說他們廚藝不好，都是幾十年的老人了怎麼會廚藝不好？只是他們做的吃食不合我的胃口，來來回回就是那些蒸啊煮啊的，要麼寡淡無味、要麼甜甜膩膩，不適合我這老人家。」

寧護衛無語。「……」

可食物不都是那樣的嗎？

很快他就被打臉了。

「二號桌，兩碗滷肉麵好了，請慢用。」

老爺子聳聳鼻子，對這麵的香味十分滿意。

「丫頭，我只點了兩碗麵，這一盤是什麼？」

「是贈品呀，多謝您剛剛幫我解圍。這是我自己滷的豬頭肉，配的是您上次喜歡的蘸料，您先吃著，我去忙啦。」

黎湘把麵送到後轉身去收了旁邊幾桌的銀錢，然後麻利的收碗、擦桌子，一直到她進了廚房，寧護衛才反應過來，人家丫頭是真沒想和老爺套近乎。

「你啊，就是心眼太多，才娶不上媳婦兒。」

老爺子美滋滋的吃著豬頭肉下麵，一邊吃還不忘扎上一刀。

寧護衛還想再說什麼，卻叫老爺子直接塞了一塊肉到嘴裡。

「再不吃我全吃光了。」

寧護衛一驚。「！」

好香的肉！

寧護衛這會兒也沒心思去想其他了，專心和自家老爺搶起肉來。

兩碗麵一盤肉，兩人沒一會兒就吃光了。

老爺子想付錢走，可聞著店裡的香又挪不開步，於是趁小丫頭出來送麵的功夫叫住她。

黎湘還以為兩人是要結帳，直接報了二十四銅貝。

「不急不急，丫頭，妳這滷肉單賣嗎？」

「呃……今日倒是有單賣過，一斤二十銅貝。」

「好好好，給我秤上五斤，我帶著去看看老朋友。丫頭，妳這滷肉是真香，最是下酒不過，可惜妳這店裡沒有酒。」

說者無心聽者有意，老爺子這番話正巧讓隔壁白老大聽個正著。

白老大上午吃了一碗滷肉麵念念不忘，這下午便打算過來再點一碗，結果就聽到老爺子頗為可惜的那番話。

黎家的滷肉有多香，他可是深有體會，隔著一條街都還能聞到那個味，吃一回就忍不住想買第二回，下酒可是絕配，若是跟自家的酒一起搭著賣……

他心動了。

白老大麵都沒點，轉身就回了自家酒鋪。

酒鋪是兄弟倆一起開的，不管做什麼兄弟倆都是一起商量，他把自己的心思一說，老二當場就同意了。

「大哥，要是咱家真能把那滷肉買賣攬過來，那是不是以後我就能想吃多少吃多少了？」

白老闆無語了。「你那腦子裡一天能不能想點正事！爹要是聽見你這話，包準不同意還要給你一嘴巴。」

白老二悻悻的閉上了嘴。

「老二你看著店，我一會兒等他們快打烊的時候再過去找他們談談。」

「我覺得不太行。」

「怎麼說？」

白老二難得正經了片刻。

「大哥，咱倆的鋪子就在人家隔壁，要是咱們賣滷肉，吃的人都叫咱們勾走了，那人家的生意不就冷清了，傻子才會給你賣……大哥你是不是傻？」

這話著實冒犯了白老大身為大哥的威嚴，他轉身便踢了老二一屁股。

「你才傻，我那是爭取來給咱倆賣的嗎？咱爹鋪子的銷量，這兩個月都沒有二叔三叔高，若是能將滷肉攬過去讓爹賣，爹鋪子裡的酒也能帶一帶，肯定好賣。」

「這行！晚上咱倆就去和爹說，最近他心情不好，我在家都不敢笑。」

白老大白了弟弟一眼，沒再理他，只專心的盯著黎家小食的鋪子。

雖說今日只賣麵食，但有滷肉這個新品在，鋪子裡的客人也沒怎麼少過。黎湘上午還覺得吃力，下午有了駱澤幫忙便輕鬆多了。

他揉麵揉得又快又好，洗碗也洗得乾淨，瞧見黎湘忙得很都沒叫她，自己一瘸一拐的去換水、清碗筷，工作態度十分不錯。

這些黎湘都看在眼裡，只是正忙著也不好說什麼。

近傍晚的時候滷肉先賣光了，後面來的客人也就零星一、兩個，黎湘累得不行，乾脆提前一個時辰打烊。

關氏趁著駱澤出去換水的功夫，拉著女兒小聲道：「這孩子挺可憐的，做事也認真勤快，等會兒多給他五個銅貝吧，對了，樓上還有妳爹的傷藥膏，一會兒也拿點給他。」

黎湘點點頭，她心裡有數。

「娘，咱們滷的東西都賣完了，就剩幾個滷蛋，晚上將就點熬些粥再拌個菜吧，啊對了，我的酸蘿蔔醃好了！」

「吃什麼妳拿主意就行了。」

關氏對吃這一塊還真是不怎麼在意。

有娘這話，黎湘便洗鍋燒水開始準備熬粥，蓋上蓋子，駱澤也提著水進來了。他腿是真受了傷，提水也不敢提太滿，就這樣，還是灑了不少的水。

黎湘也不是鐵石心腸的人，趕緊過去接了水桶。

「你出來，我有點事跟你說。」

駱澤心裡一沈，知道這是要結工錢給他讓他走人了，他再不想走，卻也不能強留。這些日子以來，他已經知道自己曾經有多荒唐無聊，今日幹活的兩個時辰是他最踏實的一次。只是明白得太晚，那個一直盼著自己懂事的人已經不在了。

「駱澤，你今天的工錢有二十銅貝，吃了晚飯就會給你。我想知道你拿了錢會去哪？」

「去附近的橋下過夜……」

「你沒有找工作嗎？城裡這麼大，總能有一、兩個能幹的活兒吧？伍乘風當初在碼頭扛包，一天也有好幾十銅貝呢。」哪裡就至於要到翻餿水桶找吃食的地步。

駱澤面上閃過一絲狼狽。

爹剛沒的那幾日他整個人都渾渾噩噩的，身上的銅貝也都掉進了河裡，又餓又瘋的，還沒進店就讓人給趕走了。後頭清醒過來，想學伍乘風一樣到碼頭扛包，人家工頭收是收了，可他累死累活扛了一天，才領到八個銅貝，說是新來的都這樣。

「我去找那工頭理論，就被他們打了一頓……」

黎湘震驚的瞧著駱澤拉上去的衣袖下滿是青紫，腿不用說，也是被那些人打的，所以昨晚一著急才摔了，還有那臉，挺好看一小少年，現在半邊臉腫得跟豬頭一樣，太慘了吧。

「那你的親戚呢？你上城裡來總不會是一個人來的吧？城裡有什麼親戚在嗎？」

「親戚沒了……」

駱澤回答的聲音明顯帶著哭腔，黎湘心頭頓時湧上一股罪惡感，彷彿自己在欺負這個小可憐一樣。

「不好意思，我不知道，這些就不提了，我想問你，願不願意來我家店裡當夥計，也就是打雜，平時要揉麵剁餡擔水洗碗，都是後廚裡的活兒。一個月三百銅貝，包中午晚上的吃食，如果你沒得住的話，也可以暫時住在鋪子裡。」

駱澤聽完整個人都懵了，抬起頭的眼都是紅紅的。

「我願意！」

黎湘算準了他會答應，畢竟駱澤瞧著真是有點走投無路的感覺。這個時代不像現代，遇上困難還能向警察求助，官府衙門可不管你這事。

「那你把碗清了就歇著去吧，早點把身上的傷養好才是。」

駱澤一顆心頓時落到實處，只覺得鼻間一酸，什麼話也說不出來了。他只能點點頭，立刻忙活著去把碗清出來。

其實駱澤在鎮上是有宅子有存銀的。

以前他爹在外「跑商」，一年就回家兩次，每次都拿很多錢給他娘。自家錢多得花不完，許多事情也輪不到他操心，他只曉得跟一群混混痞子胡混度日，沒事就去逗逗蛐蛐兒，要麼就是去打打架，再不就是去學學武，總之沒幹過一件正經事。

很多事情以前想不明白，現在他都明白了。

為什麼家裡明明有那麼多銀錢，娘卻還是終日繡花去賣？

為什麼家裡有錢，卻一直不許他出門顯擺？

為什麼娘臨終前把家裡的存銀都告訴了他，卻又嚴令他不許花一個銅貝……

因為那些錢都不乾淨。

爹是山匪，幹的是什麼世人都知道，娘不願意花他的錢，也不許自己花，如今那些錢還在老宅子裡，駱澤卻沒有一點想要動用的心思。

娘的話他記得，爹的話他也記得，他要清清白白做人。

至於那些錢，就讓它們繼續待在老宅裡吧！等他有足夠自保能力了，再來考慮它的去處。

駱澤收起心思，將乾淨的碗筷都放到了碗櫃裡。水他沒有倒，想著晚上大概還有碗要洗，留著也就省得還要再去打水了。

這會兒他腿疼得不行，乾脆慢慢挪到了店裡頭，找了張桌子坐下。

既然要在黎家食鋪做夥計，那肯定要先把腿傷養好，不然幹不了活兒，人家雇你幹什麼？

「駱澤，這個是我爹平日備的傷藥，治跌打損傷的，你的傷應該可以用，拿去先擦下。」

「謝謝！」

傷藥正是駱澤眼下需要的東西，他也沒有客氣，道了謝便直接開罐，將藥揉到腿上，疼得他眼淚都出來了。

老實說，一對一那工頭還真打不過他，可架不住他們人多，要不是當時碼頭人挺多的，說不定小命就交代在那兒了。

這件事教會了他凡事不能衝動，君子報仇，十年不晚。

第十二章

兩刻鐘後，黎家開飯了。

黃澄澄的一小盆粟米粥，剛上桌就惹得駱澤狂嚥口水。黎湘接著又端來了全都切成兩半的滷蛋，還有一盤子涼拌蘿蔔絲，最後是一小碗切成丁的蘿蔔。

關氏分好碗筷，先給駱澤舀了滿滿一碗。

「阿澤吃吧，既然以後要在店裡做活吃住，那就是一家人，不要客氣。」

「謝謝嬸兒……」

駱澤雙手接了碗，也沒動筷，而是四下看了看，這才問道：「就咱們三個人吃飯嗎？」

黎湘眉梢一動，抬眼看著駱澤，心下了然。他是在找表姊吧。

「我爹帶著我表姊回鄉下了，晚些時候才回來，咱們先吃，不用等他們。」

「這樣啊……」

駱澤心下難免有些失落，略有些心不在焉的挾了幾顆蘿蔔丁到嘴裡。

「嘶！好酸！」

他平生就沒有吃過如此酸的食物，想吐又不敢吐，只好喝了一口燙粥，將蘿蔔丁的酸給沖了下去。

又燙又酸，那滋味，真是能叫人魂飛升天。

黎湘和關氏都忍不住笑了。

「這是酸蘿蔔丁，當然酸啊，哪能一次乾吃那麼多顆。這是拿來配粥的。」

小小一口蘿蔔丁又酸又脆，還帶著絲絲辣味，最是下飯。黎湘極愛這一口，連滷蛋都沒怎麼吃，就著小半碗蘿蔔丁就喝了一碗粥。

三個人剛吃完飯，就聽到廚房後門傳來一陣響動。

關氏第一個站起來，欣喜道：「定是當家的和翠兒回來了！」

黎湘也趕緊跟進廚房瞧，果真是爹和表姊，只是……「表姊妳這眼睛?!妳這臉?!」眼睛哭過的！臉被打了一巴掌！「爹，表姊這是怎麼回事？」

黎江一路划船回來有些累了，坐到小板凳上嘆了一聲。

「讓妳姥姥打的。」

今日黎江帶錢回去還債，所有人都高高興興的，只是當他還完了錢，想去丈母娘家接小舅子夫妻倆時，卻聽到村民說翠兒的娘叫丈母娘給打殘了，躺在床上都起不來。

他找了半天也沒找到小舅子的人，丈母娘見他兩手空空，也是冷嘲熱諷連連白眼，他又不好進小舅子臥房查看，只能又回頭帶了翠兒一起過去。

關翠兒想到自己回家後看到自家娘躺在屋子裡臉色慘白的模樣，眼淚又湧了出來。

「我問過我娘了，是因為阿成哥的媳婦兒說她的嫁妝壓箱底的銀錢不見了，還說只有我娘這個外人進去過她房間，阿奶才動手的。結果我娘摔倒在地，被石頭硌了腰，現在兩條腿都沒了知覺。姑姑！表妹！我、我、我能不能……」

她想借錢，黎湘明白了。小舅母眼瞧著這有可能會癱瘓啊，這種關乎一輩子的事，自然沒有不幫的道理，問題是要借多少。

「有帶妳娘看過郎中嗎？需要多少銀錢？」

關翠兒一愣，她只顧著跟娘抱頭痛哭，郎中有沒有到家裡過她都不知道。

這時黎江開口了。

「我去的時候，她爹正採藥回去，岳母不肯拿銀子給她娘瞧病，還是村裡的老郎中開了方，直接讓去採的，沒說到底要多少銀錢，但肯定是要先把藥吃起來。今兒福子也算是硬氣了一回，帶著媳婦兒出了關家。我把他們兩口子暫時先安頓在咱們家的屋子裡，左右咱們也沒回去住。」

關氏抹著淚點點頭，丈夫如此照顧自家弟弟，她還有什麼好說的。

「翠兒妳放心，明兒我就讓妳姑父把錢送回去。」

關翠兒心下一鬆，立刻跪了下去，黎湘一把又將她拉了起來。

「跪來跪去的幹麼？妳當我們是外人嗎？」

「表妹……嗚嗚嗚……我對不起妳，我不能繼續跟妳學廚藝了，我要回去照顧我娘。」

關翠兒明白自己放棄的是什麼，一時哭得上氣不接下氣，黎湘腦瓜子嗡嗡嗡直響，直接拿了塊乾淨帕子捂上了她的嘴。

「先擦一擦。妳回去照顧小舅母，以後你們一家怎麼賺錢？還是妳打算借了我家的錢不還？」

話說得有點重，關翠兒嚇得眼淚都不敢流了，連忙表示自己沒那個意思。但她又真真切切的想不出還錢的法子，爹娘只會種地，自己除了和表妹學的這點東西，別的也是啥都不會。

黎湘拉過她冰涼的手，幫著搓了搓，溫聲道：「妳先冷靜下來，不要慌，妳娘已經這樣了，現在最要緊是治療、吃藥，小舅舅既然能有勇氣把小舅母從關家帶出來，那他肯定會好好照顧小舅母的。妳現在的任務，是好好賺錢。」

自己母親突然變這樣，身為兒女的會想回去照顧，這沒什麼不對。但如今的情況黎湘是真心覺得沒有必要，現在小舅舅一家住在自家房子裡，沒有了收入來源，姥姥家的人也不會管他，若是連表姊也一起回去了，那吃藥吃飯的錢從哪兒來？自家能幫一時，難道還能幫著養一輩子嗎？

這話黎江和關氏都是不好說的，只有黎湘說才合適。

關翠兒冷靜了下，細想表妹說的也確實有道理。爹娘手裡頭沒有錢，也只會種地，若是自己也不賺錢，那他們吃什麼用什麼，又拿什麼錢去還姑姑一家？留在這裡，一個月好歹還有三百銅貝。

「是我想岔了，對不起，表妹。」

「沒有什麼對不起的，妳想明白就好。小舅舅是個勤快人，我家門前又有菜，明兒再讓我爹給他們帶些糧食回去，保證比在姥姥家過得舒坦。」

關翠兒點點頭，這才把眼淚擦乾淨，剛想去把帕子擰一擰，一回頭就瞧見鋪子裡有個人，嚇了她一跳。

「他、他、他……表妹，鋪子裡有人！」

黎湘這才想起鋪子裡還有個駱澤，當真是尷尬不已，方才只顧著問表姊，都把他給忘了。

「他是咱們鋪子裡新招的夥計，叫駱澤。」

一聽駱澤，關翠兒立刻想到他就是昨晚在廚房門外的那個人。自己臉上還有傷，眼睛也是紅腫成一片，實在不好見人，便只略點了個頭，轉身去了樓上。

「爹，你和表姊這折騰了一日，晚飯肯定還沒用吧？」

黎江點點頭，不光是晚飯，他連午飯都沒吃上一口，這一天弄得比他在鋪子裡忙活都累。

「那我去做點吃的，爹你去買兩床新的被褥回來，把舊的換下來給駱澤用。」

駱澤簡直不敢相信自己的耳朵，連忙拒絕道：「不用的！我在灶前靠著睡就行，比橋下可暖和多了。」

「現在十一月中旬了，馬上十二月，這天可是一天比一天冷，真要把你凍病了還耽誤事，再說，只是換下來給你用，又不是送給你的。」

這下駱澤無話可說了。

黎江看了他好幾眼，怎麼也沒想明白自己就走了大半日，家裡這個夥計是怎麼多出來的？還是出去買被褥的時候聽媳婦兒說了來龍去脈才知道。

原來那小子就是天天給自家送柴的人，就為了一點剩飯，倒也是個知恩圖報的。人品好的孩子總是更討長輩歡心些，知道這些後，黎江也算是暫時接受他了。

趁著爹娘出去買被褥的功夫，黎湘也忙著給爹和表姊做起了晚飯。

粟米粥就剩下一點點，兩個人吃肯定不夠，所以先暫時放到了一邊。

她從櫥櫃裡翻出了一袋黑芝麻和黍米粉。黍米粉和現代的糯米粉差不多，拿開水一點點和開，揉成麵團就能包湯圓，就是調餡麻煩點，要先炒熟芝麻，再拿到石磨去磨。

不過這種手上的活兒現在已不用黎湘操心，駱澤很快就磨了出來。熱呼呼的熟黑芝麻粉拌上一丟丟的豬油，再加上磨碎的砂糖，還沒開始包就已經香到不行。

黎湘掐團兒、捏坑、包餡，幾息功夫便能包上一個，很快菜板上便站滿了圓滾滾的白胖子。

「駱澤，燒火，燒大點。」

滾水下湯圓嘍～～

鐵鍋裡的水咕嚕嚕的沸騰起來，一顆顆白胖子也被丟了下去，煮到全浮起來，那就是熟了。

黎湘給每個人都舀了一碗，只是爹和表姊的多些，另外三碗就是嚐個味。

正舀著呢，爹娘也回來了。他們換好被褥，把關翠兒也順便帶下樓。關翠兒這會兒的情緒已經平復很多，只是那雙眼睛還是紅紅的，瞧著令人生憐。

駱澤看了一眼便立刻轉移了視線，端著自己的碗去了裡面桌子坐下。

他知道這個翠兒就是每天晚上幫自己把飯菜都弄乾淨的姑娘，也是那個給他送了一塊甜糕的姑娘。看她哭得那麼難受，自己心裡也是悶悶的，不知道能不能幫她做點什麼……

今晚軟糯香甜的湯圓注定是沒人賞識了，一家子各有各的心事，草草吃完了湯圓便上了樓。

隔日，早上起來的時候，黎湘把開張以來賺的錢都拿了出來。

自六號開張，到今日十六號，共營業了九日。除開自己一開始有的四個銀貝，和賣糖醋魚的那五個銀貝還有成本，這九日共賺了四千三百多銅貝。

小舅母那雙腿要緊，黎湘把賺來的錢和之前爹給的那四個銀貝都拿出來，自己只留下五銀貝和一點零錢。

關翠兒也把自己的三百銅貝交給姑父，讓他一起帶給爹娘。

黎江拿了錢便去了糧行，買了三十斤的粟米搬到船上，直接運回村裡。

結果到家的時候發現有些不對勁，家門口的那圈菜都叫人給拔了，自己囤的一些柴火也沒了大半。

「福子？」

他喊了兩聲，沒聽到小舅子的聲音，倒是他媳婦兒包氏在裡頭應了一聲。

「姊夫，阿福砍柴去了，一會兒就回來。翠兒回來了嗎？」

「沒有……等下福子回來了，我再跟你們說。」

黎江也不好這樣進去，只好在村子裡轉了轉，剛好碰見幾個嬸子，都說他家裡早上來了幾個人吵吵嚷嚷的鬧了一通，還把他家菜給拔了，只聽那描述就知道是大舅子和他媳婦兒。

要不是小舅子為人不錯，他真想甩手走人，跟岳家那幾個沾邊總是沒什麼好事。

黎江在村子裡轉了一圈，再回去的時候，關福已經返來了。

「姊夫，翠兒怎麼沒跟你一起回來？」

「她回來了，你們家誰賺錢去？」

「姊夫你說笑了，就翠兒那丫頭，她能掙什麼錢？」

關福剛說完這話，手上便被拍了兩串銅貝。

「這是你家翠兒一個月的工錢，你有嗎？」
「這！這！真是翠兒賺的？」
關福激動得手都在顫抖，這裡至少有兩百多銅貝！他從出生到現在都沒有摸過這麼多的銅貝。
「自然是翠兒賺的，她在一家食鋪打雜，一個月三百，若是做得好，日後還會漲的。所以你叫她現在回來，這不是耽誤掙錢嘛。」
一聽三百一月，關福心中更是震驚，不過他很快冷靜下來。
「那打雜累不？」
「就切菜洗碗擔水，飯點會忙些，平時還好。」
「那好、那好。」
都是女兒平日在家會做的事，但聽上去可要比在家時輕鬆多了，在家，女兒還要給家裡人做飯、餵雞砍柴，幹一整天的活兒還要挨罵。
現在跟著姊姊一家，可算是熬出頭了。
關福紅著眼將銅貝收進了懷裡，進屋把媳婦兒抱到椅子上，又把女兒賺的錢都給了她，這才請黎江進去。
兩口子若不是顧忌著黎江還在，大概是要抱頭痛哭起來的。
「姊夫，真是對不起，先前我娘和大哥大嫂來了，拔了些菜，柴火也拿走了一些。」

「他們來幹麼？良心發現給你們送錢來了？」

關福尷尬的苦笑道：「怎麼可能，大哥是來與我說分家的事的。娘說家裡給阿成娶媳婦兒，已經沒有存銀了，只有幾塊地分。大房長子長孫都有，就分了六塊肥地，我沒有兒子，只分了兩塊沙地，老娘偏心是偏到了家，我也習慣了。」

黎江無言。「……」

兩塊沙地，虧他們拿得出手。

「那分家的契簡給你了沒有？」

「……」

看樣子是沒有了。

黎江提醒道：「既然說了要分家，那就早點把契簡拿到手，不然現在嫌棄你們兩口子拖累，把你們分出來，等你媳婦兒腿好了，知道翠兒在賺錢了，可能又要把你們合回去，反正沒有契簡，怎麼說全憑你娘的意思。」

他一提醒，關福也想到了這茬。

「我明白，多謝姊夫，隔幾天我就回去哭窮找娘要錢去，磨也要把契簡磨到手。翠兒那邊就煩勞你和姊姊多看顧些了，叫她放心，家裡有我照顧著。」

「就是要這樣，你把家裡照顧好，翠兒也就能安心掙錢了。船上我給你們帶了三十斤粟米，夠你們吃一陣的，下個月我再帶翠兒回來瞧瞧你們。郎中要去瞧，藥也要吃，這是我和你姊商量後借給你的錢，翠兒說好了每月會還我們兩百銅貝，所以這錢你安心收下，拿去看病抓藥。」

關福愣愣的看著手裡那銀光閃閃的錢，簡直不敢相信自己的眼睛。天啊，這就是傳說中的銀貝，他見都沒見過！

「姊夫……」

兩口子都淚眼汪汪的，黎江最怕應付這樣的場景，趕緊出去把粟米搬到了廚房，又叮囑了些話後，才划著船回城裡。

這會兒黎家小食的鋪子早就開張了，牆上還是掛麵食居多，因為黎湘要招呼客人、記帳、算帳，沒什麼功夫掌勺，麵食之類都是由關翠兒來做的。

白老闆昨日盯了個寂寞，今日乾脆坐到了店裡，點了一大盤的滷味，邊吃邊等著機會和黎湘談買賣，這一等就等到了巳時。

吃早食的客人慢慢少了，裡頭的關翠兒一個人就能應付，白老大這才叫了黎湘過來。

「黎丫頭，我這有一樁買賣，不知道妳感不感興趣。」

黎湘瞧瞧眼前桌上的滷味，又看看桌上的酒，還有什麼不明白的？

白家賣的是酒，滷味嘛，下酒好菜絕配那沒得說，兩個搭在一起賣的確會很好賣。

但是……

「不感興趣。叔，我知道你打的是這滷味的主意，可咱兩家太近了，你賣這個不合適。」

「欸，我會不知道這個嗎？當然是不會叫妳為難的。」

白老大把自帶的酒罐子往桌面中間一放。

「黎丫頭，我這酒可不只是在這間鋪子賣。我白家雖說不是陵安數一數二的商戶，那也是有十幾間店鋪的，只是這些年各房一分，我家也就分到三間，我爹那兩間在正南街那裡，靠近城中心的位置，客流比起這邊至少要多出三倍。妳說妳家這滷肉若是交給我家來賣，那不是錦上添花嗎？」

靠近城中心的位置……黎湘略有些心動。

「那你想怎麼買賣？想買方子？」

「不不不，這方子我可買不起。」

白老大這話也不是開玩笑，瞧著那滷味裡連豬大腸、豬心肝等味道那麼重的內臟都能滷成美味，就知道方子必定不便宜，只怕沒幾百銀貝是買不下來的。

都還沒有看到效果，貿然拿幾百銀貝去買一個方子，爹肯定會把他腿給打折。

「黎丫頭，妳看這樣，妳單賣一斤是二十銅貝，我每天從妳這至少買一百斤起步，妳給我十五銅貝一斤的價錢如何？」

一百斤……

混合豬下水等等，成本大概要八百銅貝左右，賣十五一斤的話，一日能賺七百多。看著好似很賺，但黎湘沒有同意。

「叔，這價錢肯定是不行的。一百斤的滷味，先不說五花我們要逐個拔毛兒，就說那大腸、小腸、豬肚子，要洗乾淨不知道要費多少功夫，十五太低了。若是你實在想買滷味去賣，那這樣，五銅貝一斤，我可以把滷水賣給你，你們自己滷出來直接賣。」

白老大一噎。「……」

五銅貝一斤水，那他還要去買肉來滷，還得像黎湘說的那樣費工拔毛去洗，聽著就頭大。而且這樣的話，自己還要另外再雇人手去洗去滷，簡直太不划算了。

「滷水還是算了，咱們談談價錢。」

「十八銅貝一斤。」

「十六吧，這十八賺頭也太少了。」

白老闆一副可憐兮兮的模樣，奈何黎湘「鐵石心腸」，她是一點都不肯退。

「白叔，你這別老強調賺多少的事，你先想想為什麼要買我家的滷味。」

「為什麼要買……」

當然是為了賣滷肉的同時，把酒也連帶著賣了呀。

白老大想到這兒，老臉一紅，唉呀，自己差點本末倒置了。原就是為了提高酒的銷量，誰也沒指著滷味能賺上多少錢。

十八一斤，賣個二十、二十五的，也能賺個幾百銅貝了，重要的是酒。黎丫頭這態度，價錢顯然是的確不能再退，十八便十八吧，先賣上一天看看。

「行，那就十八一斤，明兒這個時候我來拿貨，一百斤成不？」

有錢賺當然行啊。黎湘點點頭，攤開手掌笑道：「先付訂金一銀貝。」

白老大再噎。「……」

這丫頭真是一點虧都不吃！

收了一個銀貝的黎湘美滋滋的回了後廚。

「表姊，店裡妳先看顧著些，我去隔壁找惠姊姊有點事，很快就回來了。」

關翠兒應了一聲，將手裡調好的一碗滷肉麵送了出去。

再回來時，外頭客人又點了一碗，她瞧了下麵團，就只能再做三、四碗了，於是想找駱澤，讓他再和點麵出來。

只是本就不熟悉的人，突然要叫他名字，關翠兒張了幾次口都沒能喊出來，還是駱澤先發現了她的窘迫。

「妳叫我阿澤就行，是不是麵沒了？」

「是……麵快不夠了。」

「那妳先做吧，我來和麵。」

駱澤沒有絲毫的不自在，很自然的拿過盆去舀麵。人家都這般了，若是自己還扭扭捏捏的實在有些說不過去。

闞翠兒儘量調整好自己的心態，忽略掉身邊的這個男人，認真做起麵來。

這時的黎湘也進了隔壁的雜貨鋪子。

「惠姊姊，這會兒忙嗎？我有點事想問問妳。」

「不忙不忙，有事儘管問就是。」

唐惠端出凳子請黎湘坐下。

「我想問問惠姊姊，這附近的人家裡妳有沒有認識比較勤快的人？不拘是姑娘還是婦人，只要手腳勤快，有空閒時間就行。」

「妳問這個做什麼？妳鋪子裡要招夥計嗎？」

唐惠一邊問，腦子裡已經迅速琢磨起了自家親戚裡合適的人選。隔壁的鋪子雖小，但生意那是真真兒的好，哪怕只是夥計，一個月也能有不少錢的。結果還沒等她想出人選，就聽到黎湘否認了。

「不是夥計，就是招兩個臨時工。呃，就是只做一、兩個時辰的事，做完就給工錢。我才剛來，這塊都不熟，就是想招人也不知道招哪個好，惠姊姊，妳是從小在這片長大的，肯定能幫我介紹介紹。」

一聽說是招臨時工，唐惠頓時有些失望，不過還是認真幫著想了想。

「勤快的人多著呢，就是看妳怎麼個招法，是早上到還是要中午，是做一個時辰還是兩個時辰，工錢要怎麼算，這些妳得先告訴我，我才好幫妳找人。」

「就要今天下午來，做幾個時辰不好說，不過一個時辰二十銅貝，做完就結工錢。要做的事嘛，就是給豬肉拔毛拔乾淨，還有要幫著洗豬腸子肚子，那東西很臭，如果聞不了臭味的，只怕做不了。」

唐惠光聽著就彷彿已經聞到那股子臭味。二十銅貝一個時辰，這工錢她都有些心動，但一想到要洗豬大腸，頓時就打了退堂鼓。城裡小媳婦兒大姑娘誰願意碰那東西？剛剛想的那些人選，只怕一個都篩不出來。

不過，有兩人應該會願意來，就是不知道這湘丫頭要不要……

「洗豬下水的話，這活兒要接的人大概會很少，我印象裡只有兩、三個人有可能會接。等下吃中午飯的時候我可以去幫妳問問，就是……就是其中有一個身分有點那個，妳要是介意，我就不去問她了。」

黎湘眨巴眨巴眼，好奇問道：「哪個身分？」

唐惠聲音突然小了起來。「她是個寡婦，進門就死了相公，沒兩年公公也死了，只剩下個病歪歪的婆婆，人家都說她晦氣、剋親。最低價幫人洗衣裳都沒人願意要她，平時也很少有鄰里搭理她。」

說完她小心地瞄了一眼黎湘的神色，卻見人家毫不在意的點了點頭。

「我覺得沒什麼，只要人品沒問題，那惠姊姊就去問問她吧。」

剋親這一說，在黎湘看來那就是封建迷信。成為寡婦已經很可憐了，還要遭受那麼多的白眼，而且大多還是來自女人，女人何苦為難女人呢。

黎湘又坐了會兒，和唐惠談好具體條件後才返回了鋪子。剛走到後門呢，就聽到表姊靦腆的問了一聲。

「阿澤，麵醒好了嗎？」

阿澤？這兩人熟起來還挺快，明明早上那會兒還很尷尬的樣子。黎湘非常沒有眼色的直接走了進去。

「表姊，怎麼樣，還忙得過來嗎？我來替妳一會兒？」

「不用不用，這會兒客人少不忙的，表妹妳忙了一早上，先歇會兒吧。」

被表姊拒絕了的黎湘轉頭又去問駱澤。

「駱澤你腿傷還沒好，受不受得住？不行就先坐著休息下。」

「沒事，沒傷到骨頭，抹了藥睡一晚上就好很多了。」

這兩人都不願意閒著，黎湘也就不問了，轉頭去替娘燒火，母女倆擠在一塊兒說說笑笑，好不溫馨。

關翠兒瞧了辛酸，喪母一年的駱澤更是難過，兩個人都想到了自己的娘，不經意間撞到了視線，又狼狽躲開。

廚房的氣氛莫名有些沈悶，不過很快就叫歸來的黎江給打破了。

得知小舅舅一家被分出去後，黎湘頭一個鬆了一口氣。

真是分得太好了！別管現在是不是吃了虧，只要能擺脫那一家極品，淨身出戶都是可以接受的。

「這是好事，小舅舅只要熬過了這陣子，日子肯定就好起來了。」

黎江搖搖頭，並不怎麼樂觀。

「現在還沒拿到分家的契簡，說什麼都還太早了，等過幾日我再回去一趟看看。」

「啊……」

分家居然還要契簡，黎湘長知識了。

「爹，先不說那個了，跟你說件要緊事。隔壁白叔叔方才找我訂了一百斤的滷味，咱家現在這點肯定是不夠的，所以你得跑趟菜市場，把我要的肉都買回來。」

明日上午就要，所以今天下午必須得洗出來，晚上再滷上。

「那我現在就去。」

黎江滿腦子都在想著那一百斤能賺多少錢，突然覺得一點都不累了，拿了錢便挑著竹筐走了。兩刻鐘後，又挑著滿滿兩大筐的肉回來。

黎湘上前查看了下，肉大多是沒問題的，就小腸太多了些。

「這兩筐肉，足足的一百斤，還好去得早，再晚一刻鐘，肉就滷不成了。這一堆小腸是斤數不夠，老闆去別的攤子拿來湊的，湘兒，能用吧？」

「當然能用了。」

而且有大用！

黎湘直接拿繩子將小腸都串了出來，打算分開自己洗。畢竟這東西比大腸子皮還薄，萬一不小心被來的人弄破弄斷那就不美了。

她打算拿這些小腸灌點臘腸，掛到灶前去。

主要是瞧著還有兩個月就過年了，家裡竟是一點乾貨都沒有準備，正好眼前有多的小腸，那就物盡其用。

父女倆將肉給搬進了廚房，等忙過了中午那陣子後，就瞧見隔壁唐惠帶了人來。

她帶了兩個人，一高一矮，都綰著髮髻，衣著樸素，卻格外乾淨。

「妹子，人我給妳帶來了，妳來瞧瞧？」

「惠姊姊妳可真是及時雨，我正需要呢，妳就把人帶來了。」

黎湘走得近了，仔細看了看，兩人都十分拘謹，粗糙的手來來回回的正抓著衣角搓個不停，彷彿表姊第一次來家裡的時候一樣。

唐惠指著高個子的給她介紹道：「她姓蘇，就我先前跟妳提過的。」

啊，是那個寡婦。

「這個姓劉，剛嫁進城裡沒多久。」

噢，是個鄉下人出身。

「怎麼樣？人瞧得上不？」

「不用瞧啦，就她倆吧，現在能開始幹活嗎？」

黎湘指了指廚房裡的兩筐子肉。蘇寡婦和那劉娘子想都沒想就齊齊點頭，巴不得早早開工。

這態度積極的，叫花了錢的人心裡也舒坦。

「妳們兩個一人一個桶，裝上肉，再去我娘那兒裝上一桶炭灰，跟我去河邊，我教妳們怎麼洗乾淨。」

黎湘提著自己拿出來的小腸，找了塊竹片，這就帶著兩人開始工作了。

其實這工作對兩人來說也有些好處，她們能學會清理乾淨豬下水的法子，日後自己買回家吃也就不怕臭了，還能省些銀錢。

洗這豬下水的訣竅就在於柴火燒過後剩下的炭灰。

其實在現代的時候洗豬下水都是用鹽或者麵粉，一小袋鹽就能把豬肚豬腸洗得乾乾淨淨。現在嘛，鹽和麵粉都精貴得很，誰家敢拿那東西來洗？還是炭灰好，不花錢又實用，除污除臭相當強效，抓上一把灑在滑膩膩的內臟上抓一抓、搓一搓，再用河水那麼一沖，髒污油膩直接去了大半，來回搓洗兩次就差不多了，反正最後還要焯水。

旁邊兩個大姊刷洗得來勁，黎湘卻是愁眉苦臉的。

這小腸不光要全翻出來搓乾淨，還要把裡頭的油膜和筋拿竹片一點一點刮掉，手還不能抖，刮破了洞，灌香腸就會漏，可把她給累的，想吃口好吃的真是太難了……

一百斤肉裡，豬內臟占了有一半的分量，不算黎湘手裡那坨小腸，光是那些豬內臟就洗了一個多時辰。

有兩個臨時工就是好，既不耽誤店裡的生意，又能把肉給打理乾淨。快到傍晚的時候，最後一點肉的毛也拔完了，近兩個時辰，黎湘按兩個時辰算，一人結了四十銅貝。

蘇劉兩人本來還抱著懷疑的心思，這下摸到現錢了，高興的一個勁兒道謝。兩個人留了地址才離開，都是住在附近的居民，若是下次黎湘還有這活就能直接去找人了。

「湘兒，這一百斤的滷味，白家兄弟要是賣不掉怎麼辦？會不會拿來退啊？」黎江比較擔心這個。

「爹你想多啦，怎麼會賣不掉？咱們一天才三、四十斤都能賣光，人家那邊的客流量比咱們這兒多多了，靠近城中心呢，好地方。就算賣不掉，那也是銀貨兩訖的事，他們不會來退的，放心吧。」

黎湘解釋了一番便回廚房繼續忙活了起來，這會兒到傍晚了，吃晚飯的客人也來了，他們大多都是點兩個小炒，然後到隔壁買上一罐好酒，邊喝邊吃。至於那高高在上的招牌菜，最近則是無人問津。

話說黎家人還挺想念伍大奎的，他吃一次飯，那收益比鋪子一整天收益還多呢。

伍大奎其實也想去，能吃香喝辣，誰想去吃那些清湯寡水的東西？可是玉娘剛診出懷了身孕，黏他黏得不行，若是兩人一起去，只怕又要花上一個銀貝。

他這些年是攢了些錢，但就這麼吃出去，心裡還是捨不得的，就現在，給出去兩百銅貝他都肉痛。

「大奎兄弟，你放心，這些錢我明兒回去肯定一個子兒不差的帶給嫂子。」

拿著錢的男人走了，裡頭的玉娘推開門走了出來，滿眼都是幽怨。

「還說什麼最疼我們母子，這每月啊一到日子就要拿錢給鄉下那個婆子，我看你分明最惦記她，說的話都是騙我的。」

伍大奎被自己這小嬌娘一嗔，心都酥了，趕緊上前摟住哄道：「這妳可冤枉我了，她又老又醜，我惦記她做什麼？再說，不過就給她兩百銅貝，還沒妳一支釵貴呢。總要給她點，不然那潑婦定是要找上門來鬧的，惹得妳動氣就不好了。」

「騙人，她都不知道你在城裡，如何能找上門來，分明就是還惦記著她。」

「怎會！我對那喬氏根本沒有感情，只是那三兒子畢竟是我的種，如今都有孫兒了，每月好歹要意思一下。」

這個理由倒還像是那麼回事。

玉娘頓了頓，疑惑道：「你不是有四個兒子嗎？」

伍大奎露出一個涼薄的笑。

「老四我從來就沒瞧在眼裡過，那就是個不吉祥的東西，看見就煩。成天陰沈沈的，日後還不知道會變成什麼鬼樣子，不提他了，掃興得很。」

兩人互相摟著進了院子。

而此時此刻被親爹貶得一文不值的伍乘風，身著一身勁裝，頭髮高高束起，腰間一把佩刀，十足的江湖少俠氣派。

這會兒天色已經暗下來了，周邊街道的小攤販都開始收拾起攤子，他原本是想一路跟著兄弟回客棧休息的，卻不知怎麼被一個攤子上的貝殼小手串吸引了。

哪怕是傍晚昏暗的街道，也能一眼瞧見那抹瑩白。這種小手串，姑娘家應該特別喜歡吧？

這兩日就要返回陵安了，別的兄弟都在給家人挑禮物、帶特產，唯有他捂著錢袋愣是一個銅貝都沒花。但眼前這串貝殼，他心動了，想買回去送給黎家那小丫頭。

臨走的時候她送了自己那些包子，很是替自己拉了些好感，不然的話，他想和鏢局的兄弟們混到一塊，大概還要花上不少的時間。還有上回自己生辰，她給自己做的那碗拌飯，至今叫他回味無窮，回想起前面十幾年，好歹有了點美好的記憶。

「小兄弟，這手串好看吧？我可是馬上要收攤了，你要的話，便宜點給你？」

老闆很大方的將那串貝殼手串遞給伍乘風，叫他看得更清楚些。

「這些都是咱們海邊的姑娘一顆顆在沙灘上撿回來，從中又挑最漂亮的貝殼編的，戴在手上好看又新鮮，每一串都是獨一無二的形狀，小姑娘們最喜歡了。一串也不貴，就二十銅貝。現在要收了，你要的話，給你十八，實誠價。」

十八銅貝，對於節省又摳門的伍乘風來說是四、五日的花銷，但瞧著手上那串漂亮的貝殼，想想黎家小丫頭收到後開心的表情，莫名又覺得值了。

「我要了。」

伍乘風直接把手串塞進懷裡，付了錢給老闆。

回客棧的路上，他突然想到一個問題，自己很快就能回去了，不知道黎家那丫頭不能賣包子後，還會不會到城裡？難道還要回村裡找她？

一想到村裡還有那難纏的家人，伍乘風就反感得很。回頭想把手串退了，結果發現那老闆已經收完攤走了，快得不得了。

天意呀。

伍乘風嘆了一口氣，踩著最後一縷霞光回到了客棧裡。

天色越來越暗，黎家小食也打烊了。不過一家子吃完飯也沒休息，都聚在廚房裡忙活著，除了關氏。她今日略有些著涼，早早的就被女兒丈夫攆上樓休息。

樓下四個人各司其職，黎江和駱澤一個負責切肉，一個負責燒火煮滷水。黎湘和表姊則是負責切腿肉拌調料，醃製要灌香腸的肉。

做香腸的話，黎湘不太喜歡很多肥肉，那一煮開再一切，容易濺得到處都是油汁，油亮亮的一片著實膩人。她喜歡八分瘦、兩分肥的，這樣和在一起做出來，吃著不會太柴太乾，也不會太油膩。

表姊切著肉條，她便把要放的調料都找出來一一擺好。

花椒粉和辣椒粉是靈魂，缺一不可，還有十三香可以放一點點，白酒是必須要加的，鹽和蝦粉也是必要，對了，還要加一點點糖。

雖然是麻辣味的香腸，但加一點點糖可以提味，並不會影響麻辣的味道。

可惜這裡少了豆瓣醬，只有買回來的辣黃豆醬。前輩出品，味道也還可以，不過她怕影響香腸的味道，並沒有拿出來加。

今日小腸有點多，黎湘買的肉也多，足足有四十斤的後腿肉，表姊一切完她就開始加料拌起來，要醃製入味的話，至少也要醃製上兩、三時辰，等明日起來再灌，那肯定夠入味了。

「表姊，切完妳去幫駱澤把被子抱下來，我娘在上面睡覺，他不好上去。」

關翠兒應了一聲，幾下切完手裡最後一塊肉，洗洗手便上了樓。

兩床舊被褥雖然不是很重，但大大的一坨擋著視線很不好下樓，她小心又小心地還是踩空了一階梯，差點崴了腳，還是駱澤出來扶了她一把。

「駱澤……你來得正好，你的被褥，給你。」

「不是說叫阿澤嗎，怎麼又叫我名字了？」

駱澤接過被褥，不太滿意這個稱呼。

關翠兒沒有回答，只是下意識的看了一眼廚房裡的表妹。表妹都叫他駱澤，自己卻叫阿澤，聽著總是覺得怪怪的，還是叫一樣的好。

駱澤瞧見了她的眼神，也沒再繼續追問，抱著自己的鋪蓋捲先去鋪子裡把床給鋪好。

又忙活了半個多時辰後，一百斤的食材都切好下了鍋，小火煨上幾個時辰，到明日便能滷出一鍋香到吞舌頭的滷味了。

廚房這麼香，最怕的就是野貓和老鼠，所以黎湘特意叮囑了駱澤一番，希望他警醒著點。

駱澤應是應了，結尾突然說了一個莫名其妙的要求。

「以後妳叫我阿澤吧，叫名字太生分。」

黎湘挑了下眉，不知想到了什麼，笑著點頭應了。

這兩人真有意思。

她在廚房又轉了一圈，確定都收拾好了，正要去關後門準備上樓，結果就叫等在後門外的青芝給拉住了。

黑燈瞎火的突然伸出一隻手來，差點沒把黎湘魂兒給嚇出來。

「青芝姊姊，妳找我先出個聲啊，嚇死我了。」

「呃……我晚上看得到，習慣了，忘了妳看不到。妳這是準備睡覺了？」
黎湘搖搖頭。
「現在還有點早，上樓還要先學學字、算算帳。青芝姊姊，妳這會兒來找我，可是夫人想吃什麼東西？」
「咳……夫人晚上不吃東西的，妳又不是不知道。她今日生辰，心情有些不太好，然後吧，我把我家主子放上樓給她賠禮，結果她心情更不好了，待在二樓不下來，現在連我都不肯見。夫人喜歡妳，妳去幫我瞧瞧她可好？」
「夫人生辰！這麼大的事，妳怎麼現在才說，都晚上了，也不能給她做點東西吃……妳等我一下，我去和我爹娘說一聲再跟妳走。」
黎湘一想到小仙女這會兒可能正在獨自垂泣，那叫一個心疼。趕緊上樓和爹娘打了招呼，便隨著青芝去了書肆。
書肆裡靜悄悄的，沒有她想像的抽泣聲，可若是默默流淚，那就更叫人心疼了。
她一邊輕聲喚著夫人，一邊輕手輕腳的上了樓。
夫人的房門是開著的，透著一股冷香，好似還有點熟悉的水果香？
黎湘屏著呼吸走到門口往裡一瞧，差點沒笑出聲來。
小仙女柳嬌正舒舒服服的靠在榻上，一手舉著書簡對燈照看，一手拈著顆草莓放進嘴裡。

隔大老遠都能感受到她身上的愜意，青芝是怎麼瞧出她很不開心的？

「夫人……」

黎湘開口叫了人，裡頭的柳嬌卻沒回頭看她，只是放下手裡的草莓，朝門口招了招手。

昏暗的燈光下，那榻上的小仙女彷彿是能勾魂一般，黎湘自己怎麼走過去的都忘了。

「湘丫頭，來吃草莓，早上剛摘的，還新鮮著呢。」

黎湘機械的把餵到嘴邊的一顆草莓吃進去，清甜的草莓汁水冰得她一個激靈回過神來。

「夫人，妳吃吧，我不吃。」

這麼金貴的東西，集市上都是論顆賣的，她哪能占這便宜。

柳嬌不以為意，又親自捏了一顆遞到她嘴邊。

「左右是別人送的，不吃白不吃，再說，我一個人也吃不下這麼多呀。」

黎湘順著小仙女手指的方向一看，倒吸了口涼氣。

好傢伙，整整一箱！少說也有五十來斤，太富了！

不用說，這個別人就是秦六爺了。

「青芝……」

柳嬌輕聲一叫，樓下的青芝便如閃現一般的出現在門口。她先向黎湘投去一個非常感激的眼神，然後才小心問道：「夫人有何吩咐？」

「去洗一籃子草莓，分給旁邊兩家『看守』的護衛。人家辛苦了這麼些天，吃他一點草莓也不過分。」

「夫人……這草莓，很貴的……」

青芝滿臉都寫著心疼，可她越是心疼，柳嬌就偏讓她做。

「妳只管聽我的就是，若是我使喚不動妳，那妳明兒不要來了，換個聽話的來。」

柳嬌話音剛落，方才還在肉疼的青芝立刻找了個籃子出來，不要錢似的摟了一大籃子的草莓出去。

「夫人，青芝姊姊惹妳生氣啦？」

「嗯……也不算，就是氣她開竅得太晚了。」

柳嬌又吃了顆草莓，吃到一半突然打了個嗝，一個非常響的嗝。

場面一時十分尷尬。

黎湘倒是覺得沒什麼，畢竟就算是仙女那也是要吃五穀雜糧的不是，打個嗝有什麼關係，沒放屁就不錯了。

可柳嬌接受不了，自己居然在人前發出如此丟臉的聲音，後面的嗝憋得眼睛都紅了，瞧著一顆顆草莓就跟瞧見什麼毒藥似的。

黎湘一瞧情況不太對，趕緊主動說話破了這尷尬的氣氛。

「夫人，聽青芝姊姊說，今日是妳的生辰。」

她還沒把那句夫人妳想要什麼禮物的話說出來，就瞧見旁邊的人兒掉了眼淚。生辰不能提嗎？

「是哦，我、我又老了一歲，都二十六了！」

黎湘無言。「……」

二十六呀，女兒家多美好的年華，怎麼會老呢？她當真是又講笑話又發誓，才把小仙女給哄得又笑起來。

「湘丫頭，妳不知道，我第一眼瞧見妳就覺得妳對我胃口，本來是想留妳在書肆打雜的，結果妳有自己正經的手藝，叫我惋惜了好久。」

柳嬌將拭過淚的帕子丟到一邊，起身將果盤裡的草莓都放回了箱子裡。

「這些草莓，妳帶回去同家裡人吃吧。」

黎湘大驚，這東西她怎麼可能接？人家秦六爺高價弄回來哄媳婦兒的，半路叫自己給拿走算怎麼回事。

「夫人，這些妳還是留著自己吃吧，我要是把箱子帶回去，爹娘會嚇壞的。」

「可是我也吃不完啊。」

尤其是她現在看著那一箱草莓，一點食慾都沒有。

「放幾日就壞了，那多糟蹋。」

「夫人可以做成果醬保存起來嘛。」

在現代黎湘自己的廚房裡，她做的各種醬、各種果酒，都是閒來無事自己去找食譜、看影片試做的，有的翻車了，有的味道卻很不錯。

草莓醬嘛，做起來再簡單不過。

柳嬌來了興致，立時便叫來了青芝，讓她去準備黎湘所說的每樣物品。壽星公的要求，黎湘自然要滿足她了，反正現在時候也還早，大不了回去今日少學一晚上。

「青芝姊姊，麻煩妳拿幾塊乾淨的棉布、兩個陶罐、木鏟子和一些糖過來。另外這些草莓都要先洗乾淨，把蒂兒給摘了。」

任勞任怨的青芝立刻行動起來，幾十斤的草莓她走過去輕輕鬆鬆的抱下樓，不過一炷香的時間，所有草莓都被去了蒂兒，洗得乾乾淨淨。

黎湘拿過棉布開始給草莓們吸水，她一邊輕輕的搓，一邊招呼著柳嬌來一起做。要知道，自己參與過程做出來的東西，那是非常有成就感的。

柳嬌瞧著簡單，也跟著拿了毛巾一起搓。起初力道沒掌握好，還搓爛了好幾個，不過她很快就做得有模有樣，配合著黎湘，很快將草莓都吸乾了水分。

「哎，現在把草莓都倒進這個陶罐裡，裝到大半滿吧，再倒糖。」

黎湘先把自己的那罐加上料，再把糖遞給柳夫人。

「這一大半罐，加上八勺就差不多了。」

柳嬌聽話得很，嚴格遵守著黎湘告訴她的分量。

「好好好，就加這麼多，再給它都碾碎，翻一翻裹滿糖。」

兩個人拿著木頭鏟子使勁一頓戳，陶罐裡的草莓很快都被碾碎，滲出了許多汁水。

「現在這樣差不多了，等放上一刻鐘讓它出出水，咱們再來熬。」

黎湘出去找青芝把柳夫人做糕點的小爐子和木炭搬進屋子，準備先生火。來這裡一個月了，生火她現在已經變得熟練，但叫她驚奇的是，柳夫人這兒的木炭居然是無煙的！

無煙木炭，在現代是隨處可見，但在這樣一個古早的年代，還真挺稀奇的。不過想想柳夫人的身家，用這東西好像才算正常。

一刻鐘後，兩個陶罐裡的草莓都看不到什麼草莓粒兒了，一眼看過去都是紅彤彤的汁水，現在熬就正正好，只是就一個爐子，得這罐熬完了再熬另外一罐。

黎湘把位置讓給柳夫人，讓她自己來熬第一罐草莓醬，自己則是蹲在一旁一邊教她，一邊跟她說起用草莓醬能做的吃食。

果醬嘛，搭配的自然多是糕點類了，這個她不怎麼會做，但她會說。而柳夫人呢，又是做糕點的好手，也不知怎麼說著說著，兩人面前就又擺了一桌子，她手上也沾上了黍米粉正和著。

這柳氏小仙女絕對是會什麼蠱術！

最後兩人折騰了近一個小時，熬出了兩大罐的草莓醬。因為這裡的罐子密封得沒現代那麼嚴，本來能常溫保存個一年的果醬，在這裡大概也就只能存放三個月左右。要是頻繁取用的話，最好還是用小罐子裝，吃一罐開一罐。

當然這個活兒最後是青芝的，黎湘已經和柳夫人包起了草莓醬湯圓。

生辰嘛，自然是要吃甜甜的啦。

煮好的草莓餡湯圓，表皮有一點點透明，裡頭的紅色果醬大概能瞧見一點嫣紅，白中一點紅，實在好看。一口咬下，軟糯的表皮混合著熱燙燙的草莓醬，又香又甜，味道實在不錯。

柳夫人以前都拿黍米粉做各種蒸糕，像這樣白白胖胖還要下水煮的湯圓還是頭一次見，哪怕是「傳說」中晚上不吃東西的她，也一口氣吃了四個。

然後她就吃撐了……

大晚上的還請了趟郎中來開消食的方子，黎湘真是想笑又不敢笑，憋得難受。

還剩下的幾個湯圓，柳嬌這下是不敢吃了，便讓青芝端了出去，黎湘也順勢告了辭。

這次她來得匆忙，沒有準備禮物，還倒吃了夫人的東西，想著還是應該補份禮物給夫人。不拘是吃食還是什麼，總要盡份心意。

她正琢磨著要弄什麼好呢，一下樓居然瞧見堂堂秦六爺躲在樓下一側書架旁，吃著小仙女賞給青芝的湯圓。

嘖嘖嘖，是真愛了，瞧瞧那視死如歸的表情，不愛甜還死撐著要吃，也是夠倔的。

青芝一見她下來，立刻捂著她的嘴將她帶出書肆，生怕她叫人驚動了夫人。

「走走走，我送妳回去。」

「誒！慢點慢點我瞧不見路！」

夜視這本事可不是誰都有的。

青芝確定離書肆夠遠了，腳下速度才慢了下來，一路央求著黎湘不要把湯圓被主子吃了的事告訴夫人。

黎湘點點頭，表示啥也不會說，傻青芝才滿意的離開了。

唉，她是不會說，但人家夫人興許早就知道了呀。

這主僕倆真當夫人好糊弄似的。

柳夫人和那秦六爺的事黎湘沒想去摻和，她瞧著小仙女還頗有一種以逗弄秦六為樂的愛好，這兩人早晚會和好，倒是不用人操心，還是想想自家的鋪子吧。

如今自家鋪子一日淨賺都在三百銅貝左右，這算是很不錯的成績了。若是那一百斤的滷味買賣能長久做下去，一日還能再添個六、七百銅貝。

一日那麼多，一個月就能賺到大概三十銀貝！一年那就是三百六十銀貝！

這在半個月前，她還只是想每月賺上幾個銀貝就不錯了，沒想到啊，現在居然能賺這麼多，想想就叫人激動不已。

可是，離她的目標還差太遠太遠。

租鋪子始終不是長久之道，哪怕現在租給他們地方的秦六爺瞧著還不錯的樣子，但做買賣還是要有屬於自己的地皮才行。她看上的，是城中心，和城中心附近的那些地盤。

黎湘有稍稍打聽過，一間稍微大點的店鋪都要千兩起跳，就更不要說什麼酒樓什麼院子了。

是的，她不光想在城裡買下屬於自己的酒樓，還想買下能住一家子的院子。

這個願望好像有些癡心妄想，爹娘肯定不會支持。他們更喜歡眼下踏踏實實賺錢的樂趣，並沒有想要再將店鋪擴大的期許。

孤軍奮戰，怎麼說呢？有些難受，但她也更加有鬥志了。

趕緊回去睡覺覺，明日一早還要起來灌香腸呢！

第十三章

舒舒服服的睡了一夜後，第二日起床又是精神滿滿。

昨晚醃製的那些肉條已經足夠入味，把小腸再清洗一下便可以拿來灌香腸了。

這裡沒有灌腸的機器，黎湘便找了根略細的竹筒，一頭套在竹筒上，把小腸都疊上去，這樣往竹筒裡塞肉，底下填滿了會自動把小腸衣往下拉，很是省事。

她和表姊一人一根竹筒，忙活了大半時辰便全都灌好了，一共四十三截香腸，被她掛到了灶臺上，平日裡一點點炊煙燻著，到過年的時候吃起來味道絕對不差。

兩人忙完收拾好，買完菜的黎江和駱澤也回來了。駱澤的腿骨頭沒受傷，抹了兩天傷藥，體質又好，現在已經沒大礙，出去揹個幾十斤菜那是綽綽有餘的。

「今天市場上魚特別多，還便宜，我就多買了幾條回來。還有那毛蟹，咱家好久沒吃，我也買了一桶，個頭大又亮，膏肯定又多又香。」

黎江十分寶貝的將那桶毛蟹放到了角落裡。自家賺的第一筆大錢靠的就是這個，吃起來又是那麼香，他是最愛不過了。

黎湘聽著爹說的話，一時也饞了，不過這會兒早上誰也沒功夫去弄牠，等晚上的時候再說吧。

「爹，你去瞧瞧隔壁白叔家的鋪子開了沒有，問他們什麼時候要貨，我好早點撈出來，把鍋騰了。」

「誒！這就去。」

「表姊，妳幫我把配菜都切出來，蔥多切點。」

「好咧！」

「駱……阿澤，你把麵和出來，多醒一會兒，再把餡剁了。」

「行！」

後廚裡黎湘說話最是管用，得了指令大家很快便各自忙活起來。黎湘把那三口鍋都打開，取了一塊豬耳朵出來，切下嚐了嚐，味道正好，滷得夠味，這會兒吃著有些軟，但拿出一涼，口感便就有嚼勁了。

她把手裡的豬耳朵切了一半，先是給娘餵了一口，又給表姊餵了幾根，駱澤嘛就沒這麼好的待遇了，自己上手拿去嚐的。

早上一家子吃粟米粥，配滷蛋和酸蘿蔔，肉一般早上是不吃的，黎湘這也算是開小灶了。

「湘兒，隔壁開門了，白老大說兩刻鐘後拿菜的人會過來，現在可以撈了。」

黎江一邊說，一邊從牆上取了個大簸箕下來，又取了塊乾淨麻布墊上。

黎湘開始把鍋裡的滷味撈起來，廚房的香味傳得老遠，有那熟悉味道的還以為黎家小食開門了，結果走到門口一瞧還是關著的，當真是心癢難耐。

兩刻鐘後，白家取滷味的板車來了，黎江和駱澤便一起把兩大簸箕的滷味搬上去。

「白叔，我家簸箕淨重一斤半，你秤的時候可以看看。」

白老大笑著擺手道：「不用那麼麻煩，賣的時候都要秤斤的，看賣出去的總量就行。湘丫頭，若是今日好賣，我明兒再來訂上一百斤。」

「那敢情好，不過白叔，你要是想訂得早些通知我，不然人家肉攤的貨都賣完了，到時候湊不出一百斤你可別怪我。」

「不怕不怕，要真缺呀，我有路子，少不了妳的肉。喏，丫頭這剩下的八百銅貝給妳，滷味我帶走了。」

白老大將幾串沈甸甸的銅貝放到黎湘手上，說來也有些心疼，不過只要這些滷味能把家裡酒的銷量帶上去，那還是值得的。

八百銅貝加上昨日的一銀貝，這可是一筆巨款了。除去雇人的八十銅貝和成本九百銅貝左右，家裡淨賺了八百多呢。

黎湘心裡美滋滋的，把錢都放好後，取了四十銅貝的零錢，給表姊和駱澤一人發了二十算做獎金。

兩個人都很勤快，做事一點都不拖沓，而且做完手裡的活兒還都會幫著做其他事。廚房能保持乾淨又整潔，他們功勞不小，這錢也是該給的。

至於爹娘嘛，家裡的大錢都在他們手上，這點小銅貝就不給他們啦。

黎湘幹勁滿滿的把鍋刷出來，準備開始營業。因為鍋被白老闆的滷味占了，自家今日的滷味少得可憐，她也就沒把滷肉麵的牌子掛出去。

就那麼幾斤，若是有客要單買就賣了，若是沒有，就留著自家吃。

「阿澤，去把門板取下來，開始營業了。」

「馬上！」

駱澤將醒好的麵團放麵板上，先去洗洗手，這才去前頭開了門。這會兒外頭已經等了三、四位客人了，一進店就喊著要點滷肉麵。

「不好意思啊客官，我們家的滷味剛剛被人全都買走了，今兒暫時沒有滷肉麵了。」

「全買走了?!」

幾個客人面面相覷，不得不放棄了滷肉麵，改成了別的。

「那給我來碗酸辣湯餃子，大碗的。」

「給我來碗油潑麵吧，也要大碗的。」

「我要一碗雜醬麵！」

「好咧！」

駱澤記下客人的要求，回到廚房告訴了黎湘。這時候擔水的黎江回來了，前頭便交給了他，駱澤則是回到自己的工作崗位，老老實實的剁起了餡。

黎湘若有所思的瞧著駱澤幾眼，這小子記性還挺不錯的，幾次報菜單都能準確記得哪桌客人點的什麼菜，日後若是爹不在，他倒也可以到前頭去招呼著。

這小夥計，請得不虧。

駱澤被她看得毛毛的，手裡剁肉剁得更加起勁，生怕她覺得自己在偷懶。

這黎家小丫頭看著年歲比自己大，但只要她認真的盯著自己，總是有種被阿娘看著的感覺，她說話也老成得很，連比她大的翠兒都沒她曉事，真是奇怪得很。

不過在這做活兒是真的順心，不光包吃住，還有工錢拿，更重要的是……

嘿嘿～

小鋪子裡忙活了一早上，客人漸漸少了些。黎湘揉揉手臂，揹上自己的小背簍，準備出去採購些調料。

白氏糧行離鋪子挺遠，隔了好幾條的街，不過乘竹筏過去的話也就一炷香的時間，直接在門前的河道就能上，來去也就兩銅貝。

因為表姊要留在鋪子裡應付零星來吃麵的客人，所以這次她是一個人出的門。

剛上岸沒多久就在街上碰到了一輛運貨的馬車，擦身而過本來也沒什麼，但她聞到了一股很熟悉的食材味道。明明那個名字就在腦子裡，可偏偏嘈雜的街道讓她根本就想不起來。

好在，她在白氏糧行門口又瞧見了那輛馬車，糧行的夥計卸了貨後，馬車又載著剩下的貨物去了相鄰的兩個鋪子。

那也是白氏的店鋪，她記得賣的是乾貨。之前家裡太窮，那些海味她通通都買不起，今兒正好可去瞧一瞧，要是有干貝什麼的就好了，買回去給一家子熬點粥湯補補。

黎湘理了理衣裳後才進了店。

賣海味的店鋪那就是不一樣，滿店都是鹹腥的氣味，越是往裡味道便越重，令她略有不適。

這家店通風沒弄好，難怪生意也不怎麼樣。

「姑娘想要買點什麼？」

「我先自己瞧瞧。對了，剛剛那馬車卸的是什麼貨呀？」

夥計愣了愣，轉頭出去瞧了一眼才回來道：「是淮城那邊剛來的頭水紫菜，好東西呢，姑娘要不要看看？」

頭水紫菜！

營養價值高又好吃，的確是好東西。

黎湘眼一亮，立刻點頭道：「要看，拿點給我瞧瞧。」

那夥計立刻去前頭說了一聲，抱了一個箱子過來，打開裡頭還用麻袋裝著，解開抽出被壓成片的紫菜。

其實他一開袋子，黎湘便聞到了濃濃的紫菜香味，方才在街上沒想起來的就是這個名字。

她仔細看了下，的確是頭水紫菜，葉片極窄、細膩，味道又香濃。

「這紫菜是不錯，價錢多少？」

「姑娘好眼力，這頭水的可比後頭的要好得多，一斤只要三十銅貝。」

三十銅貝是挺多的，但曬乾了的紫菜一斤可是一大片，能吃好久。

「給我秤兩斤包起來。」

黎湘痛快付了錢，轉頭又看起了店裡的其他海貨。

海蠣乾不錯，也便宜，一斤才八個銅貝，她秤了五斤，蝦乾也不錯，又秤了五斤。看了一圈沒看到干貝，但她看到了另一樣大貨。

鮑魚乾！

而且還不是個頭小的那種，幾乎都是四頭鮑，品相也非常不錯，價錢應該也十分美麗。

黎湘忍不住去問了夥計，結果夥計說了，一斤才三十銅貝。這和她想像中的價格相比，簡直是直接打了對折的對折。

太便宜了，不買是傻瓜！

「給我秤上十斤！」

夥計笑得牙不見眼，大客戶呀。趕緊忙活著把客人要的東西都給包起來，拿到前頭一算帳，四百六十銅貝。

「姑娘，一共四百六十銅貝。不過我們店裡有滿五百減四十的優惠活動，您瞧瞧還要不要選點什麼添到五百？」

黎湘好久沒聽到過這種優惠活動，莫名覺得挺親切的，轉身又進去選了兩斤蝦米，湊到五百給減了四十。

揹著滿滿一背簍的貨，出了店她才有些心疼起自己的錢袋來。四百多銅貝呀，就這麼花了，敗家子！

出來花了那麼多錢，正經需要的卻還沒有買。

黎湘揹著小背簍又去了糧行裡，買齊了需要的調料，又花費了近兩百銅貝。

好傢伙，這趟出來真是花得她肉痛。原本還想再逛逛街的，想想還是算了，錢袋縮水嚴重，再逛下去就要沒了。

心痛的黎湘揹著小背簍準備乘筏子回家，路過久福茶樓時，看到苗掌櫃正在指揮著夥計給茶樓掛彩，瞧著喜氣洋洋的。

來的時候都沒瞧見，這是突然有了啥喜事？

既然都遇見了，她也不好就這麼走了，乾脆上前和苗掌櫃打了個招呼。

「苗掌櫃，這是忙啥呢？」

「喲！是黎丫頭呀，好長時間沒瞧見妳了。」

苗掌櫃笑咪咪的走到黎湘跟前，一眼便瞥到了她背簍裡的東西。同是做吃食買賣，他哪會不知道白氏糧行的東西？瞧這丫頭買的量還不少，不是擺了攤便是開了鋪。

上回他們父女倆拿著自己給的信箇，莫不是真租上了鋪子？

「黎丫頭，最近是在哪兒發財呢？」

「苗掌櫃你說笑了，我那就是小打小鬧，哪有你這茶樓財多？最近就是在東臨下街那邊租鋪子，開了家賣吃食的。你放心，絕對不賣包子。」

「欸，我肯定是信妳的。」

畢竟簽了契約的，違約賠三倍，他相信黎家丫頭不會那麼傻的。

「苗掌櫃，你這兒是有什麼喜事嗎？」

「可不是嘛，東家大喜呀。我們少東家三日後成婚呢，到時候茶樓全天半價，黎丫頭妳要是有空可以過來玩玩，還有說書唱戲的呢。」

黎湘愣愣的點點頭，又閒聊幾句後便告辭離開了。

這個時代的說書唱戲她還沒見識過呢，好想來看看。可是家裡的鋪子還要營業，只怕是沒辦法來了。

有點可惜唉。

「哎！妳走路沒長眼啊！」

黎湘被人使勁一推，回過神來，她有些發懵，就算自己剛剛走神了，那也是靠著路邊走，怎麼會撞到人？

「撞到哪兒了？真是不好意思啊。」

「去去去，真要是撞到了那還得了。玉娘來走這邊，可別又碰上這樣的毛丫頭。」

男人瞪了黎湘一眼，帶著他的小嬌娘走了。

黎湘無言。「……」

莫名其妙啊，既然都沒撞到還推人。不過玉娘……這稱呼好像有點耳熟。

黎湘很快就想起當初店裡那個吃了一銀貝的伍大奎來。雖然她沒有瞧見人，但鋪子就那麼大塊地方，他說話的時候自己也曾聽見幾句，他當時便是稱呼帶來的女人為玉娘。

所以剛剛那個就是伍乘風的爹。

呸！渣男！

遇上這麼個人，一路上都沒啥心情看風景了，還是回到鋪子裡頭，心情才好了幾分。

「表妹，妳這是買了什麼呀？背簍都快裝不下了。」

關翠兒幫著清理背簍，發現除了幾樣調料她識得，別的全都不認識。

「這些東西味道好奇怪，一點都不好聞。這是什麼呀？」

黎湘把調料放好，一回頭就瞧見表姊手上拿著海蠣乾在聞。新鮮的海蠣都腥得不行，這曬乾的當然也好不到哪兒去。

「這是海蠣乾，都是從淮城那邊過來的海貨，看著不怎麼樣，聞著也不太香，但做出來好吃著呢。等有空我做出來妳嚐嚐就知道了。來，給我，都放到櫥櫃裡。」

關翠兒連忙把背簍裡的海貨都拿出來給表妹，讓她全收進去。

要說這裡頭黎湘最喜歡什麼，那必定是十斤鮑魚乾，沒想到在古代還能有機會吃上這種頭等好東西，真是要感謝前輩啊。

「湘兒，外頭有客人點了回鍋肉和爆炒豬肝！」

「誒！來了！」

一聽有炒菜的活兒，黎湘立刻關上櫥櫃去了灶臺上，開始刷鍋準備開炒，這時坐得離後廚最近的一桌客人，談話聲傳進了廚房裡。

「誒！剛聽說了個消息，那柳家少爺三日後就要成親了！久福茶樓都開始掛彩，其他柳家產業也陸續開始掛了。」

黎湘本是沒怎麼注意的，不過一聽到是姓柳，便多放了幾分心思繼續聽。

「這可是件新鮮事，你可知那柳家少爺娶的是哪家姑娘？」

「似乎不是本城人，無名之輩，只知道是姓金，別的一時也打聽不出來，不過管她姓什麼呢，實惠才是最重要的。聽說三日後柳家少爺名下所有產業全都半價，機會不可多得啊，我打算到時候去布莊多挑幾疋布存著。」

「半價我也去！柳家布莊的布這麼些年了都沒減過價，這回可趕上了！」

兩個人又八卦了一番柳家少爺，什麼家財萬貫，什麼陵安數一數二的豪門，黎湘越聽便越覺得像是柳嬌的那個柳家，所以柳家少爺就是柳夫人的姪子吧。

上回青芝親口說的，她和柳家那個大她二十多歲的兄長關係十分不好，想來和那姪子也好不到哪兒去。

黎湘也就是聽了這麼一耳朵，轉頭便忘了。不過實惠她是記住了，畢竟今日一下花出去那麼多錢，半價的布也能找補回來一些。

天冷了，家裡今年是必定要全部重新做棉衣的，之前那些冬天衣裳補丁多得不得了，也不保暖，在這城裡穿也不合適。

人家一進鋪子看你穿得破破爛爛的，首先那觀感就不好了。

這事黎湘抽空和家裡人都說了下，到時候讓爹娘出去買，鋪子裡有自己和表姊、駱澤，只要不是飯點，還是忙得過來的。

家裡人都沒啥意見，正說著話呢，黎湘瞧見青芝在後門朝她招手。她心裡頭一個咯噔，以為柳夫人又出了啥事，沒想到這回卻是買賣上門。

「啥？夫人請我去給她姪子做席面?!」

黎湘一臉懵逼，什麼情況？

「妳不是說夫人和她兄長關係極為惡劣嗎？」

「對呀！」

青芝點點頭，又道：「和大老爺關係惡劣，不代表和小少爺也關係惡劣嘛。小少爺和大老爺一起從外頭回來的時候便被老爺子帶在身邊教養，和夫人是最為親近的。老爺子過世後，小少爺也是老管家帶著，主子也費了不少心思教養，這些年小少爺和夫人也是都有來往的，關係很不錯呢。」

黎湘結舌。「……」

這一家子好奇怪啊。

那柳大老爺自己的親生兒子給爹教養那沒什麼，但老爹一過世，兒子卻留給管家和一個關係並不好的妹夫帶著，就很奇葩了。

自己兒子難道不是應該自己帶著嗎？

這話黎湘沒去問青芝了，問多了有種太八卦的感覺。

「夫人是想讓我後天去柳府做席面嗎？中午還是晚上？」

青芝搖搖頭。「不是柳府，是小少爺的柳宅，大概酉時左右過去，什麼時候忙完了，我什麼時候送妳回家。」

黎湘無語。「……」

奇奇怪怪……

看來這柳少爺跟大老爺關係也不怎麼樣，成個親還要在外頭的宅子辦酒席，這裡頭的水深著呢。

她想是這樣想，口頭上還是應了下來，酉時鋪子裡一般也快打烊了，到時候讓表姊撐一會兒就是。

做席面這事也不是什麼難事，夫人都開口了，她也不好駁了面子。而且，她當真是挺好奇，一個在陵安城數一數二的富豪家，究竟會是個什麼樣子。

「青芝姊姊，這事我應下了，到時候妳來接我就成。對了，要是讓我做席面的話，食材、菜式都得我來安排哦。」

「知道啦，我回去回覆夫人，妳今晚想想菜式，明日我來記。」

黎湘點點頭，把人送了出去，回頭就和家裡人說了。

黎江自是記在了心頭，想著三日後一定要去多買上幾疋布回著，一家子冬日的棉襖還都沒有著落呢。

「表妹，妳一個人去行嗎？」

關翠兒純粹就是關心，因為她聽說人家大廚子做席面都是要帶著徒弟做幫工的。表妹做的那些菜式新奇得很，需要的配料配菜也多，那些府上的下人恐怕用起來並沒有那麼順心。

她這一問，倒是提醒了黎湘。

原本還打算自己走的時候讓表姊留下做吃食，現在看來，得提前打烊才是。表姊跟著自己做菜也挺長時間了，做菜有她配合，也能更順當些。

不過……

「表姊，我要是帶妳去，妳會不會害怕啊？」

小兔子一樣的性子，她真是擔心得很。

「不會，有妳在我害怕什麼？」
關翠兒答得非常乾脆，一副無所畏懼的模樣。
結果……
三日後的傍晚，兩人剛從馬車上下去，一看到柳宅那兩人高又看不到邊的院牆，她整個人開始冒起了冷汗，拉著黎湘的手也在瑟瑟發抖。
黎湘無語。「……」
「表姊，妳沒事吧？」
「沒、沒、沒事，走吧……」
關翠兒連聲音都有些發抖。她倒也不是害怕，就是虛得慌。她還從來沒有見過這麼大的宅子，之前見過最大的人物大概也就是久福茶樓的苗掌櫃，而眼前這座宅子的主人卻是比苗掌櫃更大的人物。
表妹怎麼一點都不慌呢，她感覺自己路都要不會走了。
天啊，這宅子的走廊好長好長，感覺走了一刻鐘都還看不到盡頭。
這麼早，天都沒黑，宅子裡便亮了燈，一簇簇燈火都藏在精緻漂亮的鏤空石洞裡，實在新奇。
關翠兒被一路上的景色轉移了視線，情緒倒是平穩了許多。到廚房後，看到熟悉的灶臺、聞到熟悉的柴火氣息更是放鬆了下來。

「湘丫頭，這兒就是柳宅的後廚了，夫人已經交代過，他們今日全聽妳一人指揮，若是有那陽奉陰違的，妳也不必隱瞞，直接告訴我由我來處置。」

青芝說話的聲音很大，廚房裡上上下下十餘人都聽得清清楚楚，有那忿忿不平的也只能將心思藏起，不敢露於表面。

「妳要的食材今日上午已經全都送到了廚房裡，要什麼只管問他們拿。我一會兒得去夫人身邊伺候，晚上再來尋妳。」

黎湘點點頭，將自己帶的東西放到桌子上。雖說這大戶人家什麼都能買，但她獨家特製的澱粉和自己醃製的酸菜、酸蘿蔔是絕對沒有的。

瞧瞧人家這廚房，滿滿一牆的櫥櫃，一溜掛的肉食，還有超大的切菜桌，連灶臺也是七、八個孔的，完全就是她理想中的大廚房嘛。

日後若是自家賺錢能買酒樓了，她也要弄個大大的廚房出來。

「青芝姊姊，妳確定我今晚只要做四桌的席面對吧。」

「嗯，就四桌，其他賓客的席面由別的酒樓承辦。至於菜式嘛，夫人對妳安排的那十六道菜式非常滿意，也給少爺和未過門的少夫人瞧過了，他們都沒意見，妳放心大膽的做吧，一個半時辰後，開始上菜。」

「行，那我現在開始做，青芝姊姊妳去忙吧。」

黎湘繫好圍裙，招呼著表姊把自己發好的鮑魚乾都拿出來放好，一邊又喚了廚房裡的人將火都生好。

見她一點也不怯生，也敢使喚人，青芝也就放心了。

不過她一走，廚房裡的人便略有些懶怠起來，叫她們洗菜，洗來洗去都上不了桌，不用想都知道是不服黎湘一個小丫頭，憑什麼管他們這些做菜多年的老人。

黎湘也懶得去好聲好氣的慢慢討好他們，只把手裡刀重重往刀板上一剁。

「今兒是你們爺的大喜日子，我呢也就只是來做一頓飯，做得好有錢拿，做不好頂多挨一頓說，左右我有自己的鋪子，也不在這府上討飯吃。你們呢？若是因為你們懶怠將席面搞砸了，這柳宅的後廚你們還待得下去嗎？」

一聽黎湘在外頭有鋪子，不會來府上和他們爭後廚的位置，那幾個掌勺的頓時鬆了口氣，立刻給自己的小徒弟使了眼色，一個個的突然都勤快了起來。

「表姊，妳先把麵發起來，今日要做三、四道麵點呢，多發些。」

「好！」

「吳師傅，麻煩你殺四條一斤左右的鱖魚出來備著。」

「這就去。」

「盧師傅，把送過來的那十隻雞都殺了，拔好毛再叫我。」

「好咧！」

黎湘心裡默念了一遍自己要準備的菜色，很快便把要處理的食材都交代下去，廚房裡十幾個人，一起動起手來還是很快的。

一個時辰後，準備工作都差不多了，雞該燉的都已經燉上，八道熱菜、四道涼菜的配菜也都切得整整齊齊在一邊放著，南瓜餃子皮也都擀了出來。

「表姊，妳把這些皮都包了，儘量包一樣大小，一個蒸籠裡放十六個，一會兒我來擺。」

「嗯嗯！」

關翠兒把調好的餃子餡端過來，立刻著手開始包餃子。

「火燒旺點，油還不夠熱。」

黎湘提著五花，試了試油溫，感覺差不多了，才將一整條五花肉放到油鍋裡。

這是今晚的一道硬菜，百吃不厭的梅菜扣肉。已經焯過水的五花肉周身都抹上了醬油，再放到油鍋裡炸上一盞茶的功夫，撈出來放涼後切薄片備用。

梅乾菜這些東西其實鄉下人經常醃製，黎湘嚐過，就市場上能買到的，有些味道醃製得比她做的還香。所以乾脆也就直接買現成的。

現在只需要將梅乾菜稍稍用點油炒一下，加上花椒、醬油便能鋪底了。等鋪好了梅乾菜，再把切好的五花都擺上去，一共四盤，擺好便上了蒸籠，大火蒸到它軟爛。

弄好了這個，黎湘又開始忙活著把煮好的雞拿出來放涼。

這幾隻雞是拿來做冷盤涼拌雞絲的，有吉祥如意的兆頭，喜宴嘛，菜都得有點好兆頭在裡面。

她把雞胸肉取了下來，拿刀背細細錘了一遍，再手撕成條狀，加上胡蘿蔔絲和熟木耳絲，加蒜蓉醬油等調味然後淋醋汁，再倒上自製的香辣油那麼一拌，一盆涼拌雞絲就齊活兒了，到時直接裝盤就行。

「表妹，餃子都包好了！」

黎湘回頭一瞧，橙黃麵皮包的圓嘟嘟的餃子，每個蒸籠裡都照著她的意思放了十六個。

「好，這個先不急，一會兒蒸起來快得很。來，表姊，妳現在幫我做橙子汁，就用乾淨布包了，使勁擰，橙汁接到盆裡就行。」

「誒！明白！」

關翠兒雖然不明白表妹是要做什麼菜，但她已經見識過表妹的手藝了，總之照著吩咐去做就是。

她和廚房裡的一個小廚娘抱著一堆剝開的橙子，洗乾淨手便開始一起擠橙汁，費了好大勁兒才擠出半盆，剛擠好，黎湘便將她焯過水的藕片倒了進去。

關翠兒一愣。「……」

橙汁泡藕片，這是什麼菜？

她張張嘴，還是沒問。這會兒表妹正忙著呢，等會兒做完菜就知道了。

「表姊，醃好的肉條拿過來給我。」

「來了！」

這個她知道！是要炸小酥肉！昨兒個表妹在家炸了一點點，香得她作夢都還惦記著，流了一枕頭的口水。

黎湘一瞧表姊那閃亮亮的眼睛就知道她在想什麼，定是饞酥肉了，表姊真是有吃貨的屬性。

「火不要太大啦，中火就行。」

燒火的小徒弟聽話的將柴火取了兩根出去，只聽一聲聲油滋滋的聲音響起，濃濃的肉香便傳了出來。

廚房裡那些原本還不服氣的廚子們，這會兒是真正服氣了。

瞧瞧這丫頭做的一道道菜，蒸的炸的炒的，他們簡直是聞所未聞，光是味道就香得不得了，不服不行。

有兩個還想趁著幫忙的功夫去偷師，結果連調料都沒看清楚，人家就已經做好了，那動作快的，眼睛都跟不上。

難道這丫頭知道他們在偷師？

黎湘自然是不曉得的，她只知道上菜的時間快要到了，她要抓緊把前面的四道冷盤做出來。

天漸漸黑了，熱鬧的宅子裡已經開始請賓客入席，一盞盞燈火接連亮起，尤其是後廚，亮得和傍晚沒什麼區別。

青芝便是這個時候來的。

「湘丫頭，準備得怎麼樣啦？前頭可以上菜了。」

「沒問題，上菜吧。」

黎湘和表姊將炸好的小酥肉分裝進盤子裡，涼拌雞絲也拿出來裝好，還有那道橙汁藕片，泡夠久了，拿出來再淋上一點點蜂蜜便可。

「青芝姊姊，妳耳朵過來些，我有話與妳說。」

青芝眨巴眨巴眼，把耳朵湊了過去。

「都記住了嗎？可別說錯了喲。」

「記住了，我記性可好了！先上這四道冷盤是吧，來來來，菜端上到前廳去。記著啊，送到前廳的那四張桌子，別送錯了地方！」

幾個端菜的小徒弟齊齊應了聲是，端著各自的盤子陸續離開廚房，青芝也跟著離開了。

此刻坐在前廳的都是柳家本家的親戚，還有和柳家少爺有生意來往的大客戶。一群人都是人精，還沒開始吃呢，就已經熱絡的開始交談起來。

柳夫人此刻有些無聊，坐在一眾多年不見的七大姑八大姨裡面格格不入，直到聽到青芝傳菜回來的聲音，才打起幾分精神來。

「聞著好香啊！」

「誒?!這菜的樣式好生奇特，從來沒有見過欸！青芝姑娘，這是什麼菜啊？」其中一位夫人指著最前面的那道涼拌雞絲問道。

「這道菜名『吉祥如意』，也就是涼拌雞絲，香辣味的。」

一聽香辣味的，有幾個想嚐一嚐的立刻歇了心思。

「這名兒好，吉利。那這道又是什麼？」

青芝一瞧，是那盤藕片，想到黎湘和她說過的話，立刻回答道：「這道名『佳偶天成』，乃是用橙汁泡藕片加蜂蜜所製，甜口的。」

剩下的不用夫人小姐問，她便主動介紹了一遍。

「這道名『金玉滿堂』，是用醃製過的肉條炸的小酥肉，不辣。這道名『甜甜蜜蜜』，是用黍米粉裹了紅豆沙蒸後放涼的團子，很是香甜。」

「不錯不錯，淮哥兒這後廚可見是用了心的。」

柳夫人眼睛緊緊的盯著藕片和團子，只等輩分最高的姑祖母動筷便跟著挾菜，那迫不及待的樣子，連青芝瞧了都替她臉紅。

夫人啊，妳好歹收斂點啊！

柳嬌完全忽略了青芝的眼神，只盯著姑祖母的筷子。

姑祖母年紀大了，藕片和雞絲都不在她的考慮之內，她肯定會先吃那道甜甜蜜蜜。

事實也確如柳嬌所猜的那般，柳老夫人身後的丫鬟為她挾的正是那道黍米豆沙團子。眼見輩分最高的姑祖母動了筷子，桌上的人也陸陸續續開動了。

柳嬌挾了離自己最近的那道金玉滿堂。雖然不是甜口的，但她對黎湘的手藝很有信心。一桌子挾小酥肉的不少，她們幾乎是同時放進了嘴裡，輕輕一咬，咯吱咯吱的脆皮聲音便接連響起了。

「唔！這金玉滿堂外酥裡嫩，味道真不錯！」

「外面這個皮好脆好好吃！」

「裡頭的肉也很香啊，嚼起來都不費力。姑祖母您也嚐嚐！」

吃過小酥肉的都在誇它，另外三道前菜也得了不少誇獎，上菜不過一盞茶的功夫，菜便少了一半，這還是女眷們刻意收斂後的結果。

屏風外的那些男賓客就沒那麼客氣了，都很給面子的吃了不少。

這時第一道熱菜也上來了。

「這道菜不用說，我都知道名兒！」

已經年邁的柳老夫人十分開心道：「是花開富貴對不對？」

送菜的小丫頭很明顯錯愣了下，然後才應道：「老夫人慧眼，這道菜的確名為『花開富貴』，是用十六個黃皮餃子擺放而成，這還有兩碗蘸料，酸辣的和蒜蓉的。」

小丫頭送完菜便走了，桌上牡丹花狀的餃子一時還真沒有人捨得破壞。平時她們吃的只有糕點才會這般精緻，沒想到這菜式居然也可以。

「吃完這席面，我得見見這做菜的人才是，當真是花了不少心思，淮哥兒好運氣啊，後廚竟有如此能人。」

「我也想見見呢，這道涼拌雞絲真是太合我胃口了！」

柳嬌聽到這話，心裡不免計較起來。

方才說話的是她的堂姊柳嫦，也是嫁了經商的，出手闊綽得很。若是黎丫頭肯過來，那賞銀肯定少不了的。不過那丫頭若是不願意見這麼多人的話，還是早些讓青芝通知她一聲，做完飯早點回去才是，免得到時候拉拉扯扯容易得罪人。

「青芝……」

柳嬌招她過來同她耳語了一番，青芝立刻轉身去了後廚。

「嬌嬌啊，妳同青芝那丫頭說什麼呢？還悄悄的說，是怕咱們聽見嘛？」

柳嫦一逮著機會就借題發揮幾句，柳嬌都習慣了。

這堂姊啊，就是嫉妒自己陪嫁有那麼多的房屋地契，年年見面都要刺兩句，煩人得很。卻不知她羨慕自己的陪嫁，自己也羨慕她呀，好歹身邊有個知冷知熱的人……

「我能說什麼呀？不過是想知道後面還有什麼菜而已，難道三姊姊妳不好奇嗎？」

方才說話的柳嫦噎了噎，冷哼一聲閉上了嘴。

這姊妹倆不對盤也不是一日兩日了，本以為各自出嫁了便會好些，沒想到這麼些年過去了，兩人見面還是沒親熱過。

長輩們瞧著只是耍耍嘴皮子，無傷大雅的，便也不強求了。

青芝很快返回了宴席上，不光她自己回來了，還又帶回了兩道菜。

「這黑糊糊的是什麼菜，我猜不出來……」

不光猜不出來，所有人都沒有動筷子的意思。只有柳嬌，想著上回自己嫌棄的那綠豆排骨的香味，一點沒瞧不起這盤菜。

黎湘丫頭做的菜就沒有不好吃的，她非常有信心！

「這道菜呀，名喚『蒸蒸日上』，是用上好的肋條肉一層一層相疊蒸出來的。那黑乎乎的是梅乾菜，都是可以吃的。」

儘管青芝說了可以吃，卻一直沒人嘗試，還是柳老夫人先吃了一小塊肉，頓時驚喜出聲。

「這菜老婆子我喜歡！一點都不費牙，肥肉不必咬便已化在了嘴裡，還不膩，瘦肉又香又糯，真香！」

老夫人吃得興起，一連吃了三塊，碗裡的粟米飯都配了半碗。

柳嬌也吃了半塊，好吃是好吃，不過只要一想到有肥肉，她頓時就少了幾分胃口。倒是那底下鋪的梅乾菜，吸飽了肉汁下飯得很，她挾了好幾口。

一桌子人吃著肉，旁邊布菜的丫頭已經拿了碗開始盛湯。這是第三道，酸蘿蔔老鴨湯。

吃了大油的東西再喝上一碗微酸的老鴨湯，那滋味真是相當的舒服，鴨肉又燉得十分軟爛，又是一道老夫人愛極的食物。

「誒！又來了！」

「這回是什麼？瞧著好像有點紅啊！」

所有人都很好奇，青芝轉身將那一大盤子的毛蟹放到桌上。

「這道菜名『大展鴻圖』，是清蒸毛蟹，不過毛蟹性寒，女子不宜多食，所以每人只有一個，打開這蓋子便能吃了。」

這些紅彤彤的毛蟹，是她親眼瞧著黎湘和她表姊將肉和膏黃一點點剔出來裝到蓋子裡的，就是不想夫人小姐們吃起來太麻煩，實在是貼心得很。

夫人小姐們今日可算是開了眼界，平日裡自己吃喝已經是非常不錯了，誰知這淮哥兒宅子裡的廚子竟比她們家裡的好了十倍不止。

這一樣樣新奇的菜式，光聽名兒就舒心了，味道還非常不錯，當場便有三位夫人動了搶廚子的心思。

半個時辰裡她們又連吃了好幾道吉祥菜，什麼「年年有魚」、「棗生桂子」，待吃到百合銀耳燉的「百年好合」時都有些飽了，原以為沒有了，卻不想還有最後一道。

青芝知道那最後一道菜有多費心思，她看著黎湘用酒和雞湯煨那一塊塊叫鮑魚的東西，之後又用蠔油和雞湯、砂糖調湯汁，最後加了那什麼藕粉進去，一鍋湯汁便成了黏糊糊的琥珀色，饞得她不行。今日她光看還沒吃過一口吃的，瞧著夫人小姐們吃得十分滿足的樣子，她口水都要吞沒了。

「湘丫頭……」

黎湘做完最後一道菜，心裡放鬆了許多，總算是露了個笑臉。

「知道妳餓啦，給妳留了呢，來嚐一塊再出去吧。」

青芝嘴一張，接到了黎湘的投餵，頓時滿足了。

「唔！好好吃！」

實在是太太太有嚼勁了！

青芝發誓她這輩子真是頭一次吃到這樣的肉，軟軟彈彈，越嚼越香。嗚嗚嗚……好想把黎湘綁回去天天做飯給她吃。

「湘丫頭，這道菜叫啥名兒啊？」

「這道啊，叫『風雨同舟』。」

四個冷盤、八道熱湯熱菜都送了出去，後廚裡的師傅徒弟已經從一開始的不屑到震驚再到五體投地，有兩名師傅還當場要拜黎湘為師，被她給拒絕了。

現在就剩兩道水果盤，小意思，黎湘幹勁滿滿，只想著快點完成了拿錢回家歇著去。別人家的宅子再大再好，那也不如自己的小鋪子舒坦，連坐下歇會兒都感覺是在偷懶。

「表姊，累嗎？吃塊鮑魚吧。」

別的菜黎湘都沒有留過，只有這鮑魚是自己帶來的，所以她多做了幾塊，留著給自己和表姊填肚子。

關翠兒一直忙活也沒怎麼歇過，這會兒也是又累又餓。知道鮑魚是自家帶的，也不矯情了，狼吞虎嚥的吃了兩塊。

鮑魚個頭大，肉又厚實，兩塊下肚，胃裡就舒坦多了。

「表妹，是不是這兩個果盤弄好了，咱們就能回去了呀？」

「嗯嗯，應該是的。到時候可能要見見柳夫人或者柳少爺，總之不會耽誤太久的。」

黎湘也吃了兩塊填了肚子，吃完還剩下五塊，瞧著廚房裡眾人眼巴巴的樣子，她便將那五塊鮑魚切了切，分給了廚房眾人。

廚房眾人自是大喜過望，爭先恐後的上前搶起了菜。

此時的新房內，新娘子金氏已經取下紅蓋頭，就著燭光正在小口小口的喝著廚房送來的「百年好合」。沒一會兒，她的陪嫁丫鬟金花輕手輕腳的跑了進來，聲音很是興奮。

「小姐小姐！前頭最後一道菜叫風雨同舟！奴婢悄悄看了一眼，那鮑魚還真是像艘小小船，兩頭尖尖、肚子圓滾，當真是好意頭！賓客們讚不絕口呢！」

「風雨同舟嗎……」

金氏想到自己和柳淮之相識相知的種種經歷，對這一詞心有所感，對那後廚的廚娘更是多了幾分興趣。

「今日這席面辦得甚好，去後廚問問那廚娘可願過來回話，若是不願意的話，便直接把那六十六銀貝賞給她。」

這廚娘是姑母請來的，金氏也知道。先前看到的十六道菜都是正正經經的菜名和食材，沒想到真正做起來居然有這麼多花樣，即便是她不能親自嚐到那許多的菜，她也開心得很。大喜的日子，誰不喜歡這樣的好意頭呢？

「可是小姐，奴婢聽姑爺說已經準備賞銀了。」

金氏一聽這話笑得不行。

「妳家姑爺身上哪還有銀錢。」

那傻蛋早就把所有身家都交到了自己手上，窮光蛋一個。

「小姐妳忘啦，今日你們成婚，人家是要隨禮的呀，姑爺手上如今可有不少呢。」

金花說完突然反應過來自己把姑爺賣了，立刻捂住了嘴。

金氏一愣。「……」

金花尷尬的笑了笑，拿著小姐準備的賞銀，躡手躡腳的出了喜房。

這會兒廚房裡的事差不多都忙完了，一群人打掃打掃，準備做府上奴僕的飯食。有那幾個師傅和小徒弟忙活，黎湘便和表姊收拾了自己的東西，準備等青芝一來就跟她一起離開。

不過青芝沒等到，倒是等來一個圓臉可愛的小丫頭。

一旁的盧師傅小聲提醒道：「這位是少夫人的陪嫁丫鬟，金花。」

嗷，重要人物。

「哪位是今日做了那四桌席面的黎姑娘呀？」

黎湘猜到了點什麼，連忙笑著上前應道：「我就是。」

「妳就是呀！太年輕了吧！」

金花驚訝過後，想起了正事。

「夫人想招妳到後院問話，妳要不要去？」

黎湘搖搖頭，展開手拍了拍身上殘餘的麵粉，頓時撲騰起一片白霧。

「姑娘妳瞧，我這剛忙完，身上油煙重，粉塵多，實在不宜去見少夫人。」

這話有道理，金花也覺得這個樣子還是不要去見的好。

「那便不見吧。對了，這是夫人給妳的賞銀，獎勵妳此次席面做得不錯，收好啦。」

沈甸甸的一個大錢袋，黎湘剛接到手就愣了，好一會兒才反應過來道了謝，把那金花送出了廚房。

廚房裡的人都想知道少夫人到底賞了多少，只是瞧著黎湘並沒有打開查看的意思，也就不好意思問了。

「表姊，東西都收好了吧？」

「嗯嗯！都收好啦。」

關翠兒已經迫不及待的想要回到鋪子裡。

兩人眼巴巴的又等了一盞茶的工夫，總算青芝來了。她之前和金花一樣，都問過黎湘要不要見見席上的夫人小姐，黎湘已經很明確的拒絕過，所以她這回是來直接帶黎湘出去的。

三個人走在昏暗的長廊上，只有青芝那略顯清冷的聲音。

「夫人還在前頭吃著，她叫妳明兒抽空到書肆去說會兒話。至於小少爺嘛，他忙著招待賓客脫不開身，所以沒法兒見妳，不過他把賞錢交給我了，讓我帶給妳。」

又是一個沈甸甸的錢袋，有錢人是真不把錢當錢啊。

黎湘非常心動，拿了這些錢的話，自己就離夢想中的酒樓更進一步了。只是剛剛那少夫人已經給自己不少了，他倆是兩口子，沒道理拿了少夫人的，再拿少爺的。

「青芝姊姊，這錢我不要了，方才少夫人已經給了我賞錢，挺多的。」

「啊？少夫人給過啦？」青芝非常興奮的拍了黎湘肩頭一把。「那妳發財了呀！少夫人一向出手大方，給的賞錢肯定不少。」

黎湘也忍不住有些興奮。

「是很多，我還沒去數呢，說來能賺這錢也是夫人給牽的線，我還得好好謝謝妳和夫人，改明兒做好吃的給妳們送過去。」

「好好好！我想吃妳今日做的那道『金玉滿堂』和『風雨同舟』！」

「行行行，明兒給妳做好了送去。」

兩個人一路說著吃食出了柳家宅子。

眼下外頭已是一片漆黑，今日竟是連一絲風都沒有，黎湘心裡估摸著現在應該已過亥時，家裡人不知道睡了沒？娘那個身子，晚上一向睡得早，希望她不要撐著等自己回家。

馬車行了大約三刻鐘後，終於停了下來。

「湘丫頭，到鋪子門口啦，我還得回去陪著夫人，妳們自己能進去吧？」

黎湘跳下馬車一看，鋪子裡頭還有燈光，顯然有人在等著。

「沒事，就轉個過道能有啥，再說家裡人還沒睡呢，喊一聲就出來了，妳回吧。」

她把表姊扶下車又接了背簍，姊妹倆手拉著手一起繞去了廚房後門。

「妳們回來啦！」

守在門口的駱澤聲音明顯很是高興，舉著油燈給兩人照著路，一進門又是搬凳子又是倒水，十分體貼。

不過為什麼就讓表姊坐在暖和的灶臺前，她就是靠著冷冰冰的牆壁？

「阿澤，我爹娘睡了是嗎？」

「他們啊，剛剛才上去不到半個時辰，這會兒黎叔應該還沒睡。」

駱澤給兩人倒了水，又問她倆餓不餓。

「肯定餓呀，都快前胸貼後背了。表姊，妳去生火，咱們簡單炒個雞蛋，我瞧著還剩了些粟米粥，夠咱倆吃了。」

「哦！好！」

闞翠兒放下喝水的碗，正準備開始生火，手裡的火鉗便被一旁的駱澤給拿走了。

「妳們累了一天了，燒火這種小事我來就行。」

黎湘挑了挑眉，沒說什麼。方才也是瞧著表姊坐在灶前才叫她燒火，沒想到這駱澤還挺體貼的。

姊妹倆炒了個雞蛋，又切了兩根酸蘿蔔，配著剩下的粟米粥總算是填飽了肚子。不過吃完了還不能睡，白家那邊訂的一百斤滷味下午已經收拾出來，就等著黎湘回來配料去滷。

三個人又忙了半個時辰才將一百斤肉和下水都下了鍋，然後便是小火滷到早上即可，這就是駱澤的活兒了，他夜裡差不多要起來添三、四次的柴。

廚房裡弄得差不多了，姊妹倆才拖著疲憊的身子上樓睡覺。

臨睡前，黎湘脫衣裳的時候摸到懷裡的錢袋，頓時來了精神。

誒！她還沒數錢呢！

「表姊表姊，燈先別吹，咱倆先數數這個。」

她把錢袋晃了晃，闞翠兒也立刻來了精神。姊妹倆把油燈挪到了床頭，一起窩在被窩裡打開了錢袋。

「天啊……」

闞翠兒倒吸了口涼氣，她從來沒有見到過這樣多的銀貝！

黎湘咬著唇，一枚一枚的數著，面上瞧著不怎麼激動，但她的手卻是在微微的顫抖。好

多好多錢呀！她的酒樓～～

「六十四、六十五……六十六！一共六十六枚銀貝！少夫人出手可真是大方。」

關翠兒滿眼都是豔羨，卻沒有嫉妒。在她看來，這些都是表妹該得的，今日廚房裡的那些個菜，沒了她誰又能做出來？

「哎，表姊，咱倆今日一起忙的，這十個銀貝給妳。」

「不不不，我不能要，怎麼可以！我就是打了個下手，什麼也沒做，不能要的！」

黎湘瞧著躲進被窩裡的表姊哭笑不得。就知道表姊不敢要，她還特地拿少一點給她了。

「怎麼能不要？沒妳幫忙，我肯定手忙腳亂的。那柳宅的人知道怎麼發麵嗎？知道我要的餃子是什麼樣的嗎？沒有妳幫忙，那十六道菜我大概得多忙半個時辰呢，都要耽誤人家的宴席了。再說，只是十個銀貝，又不是分妳一半，妳怕什麼嘛。」

一個不肯要，一個堅持給，結果關翠兒還是沒能拗過黎湘，終究是收了那十個銀貝。不過她馬上又還了八個回去，因為之前她借錢給娘看病，正是八個銀貝。

黎湘真是拿她沒辦法，乾脆也就收了，不然這晚上真是沒法兒好好睡覺。

第十四章

第二天一早，兩個人累得很，都起晚了些，下樓的時候白家取滷味的人已經來了，黎江正在把鍋裡的滷味往外頭舀，差不多都撈完了。

「爹娘，怎麼起床也不叫我們？」

「現在還沒開門呢，又不忙，妳們昨日累著了，多睡會兒好。」

黎江撈完最後一坨肉，幫著一起把滷味搬到白家的車上，收了錢後都給了女兒。

鋪子賺的錢他沒有要過，他也不知道為什麼，對女兒現在是無比的放心，感覺有女兒管著銀錢，心裡還挺踏實。

當然，家裡的大錢還是要給媳婦兒管著才行。

關氏見他們忙得差不多了，忙把煮好的粥都端上了桌，招呼著一家子吃早飯。吃完飯後，便又是例行的採購各種菜肉。

因為昨日黎湘答應過今日要抽時間去趟書肆那邊，還要送些吃食過去，所以今日格外多買了些里脊。

下午人一少，油鍋就架了起來。

新鮮的里脊肉被切成了手指粗細的條狀，上午先加花椒粉、胡椒、料酒和醬油等醃製過，這會兒已經很入味了。

肉是酥肉一半的靈魂，剩下的一半靈魂則是麵糊。黎湘習慣調一半麵粉一半澱粉，再加四個雞蛋清進去調和。

「一定不能加蛋黃，加了蛋黃的麵糊炸出來當下是脆的，稍微一放又軟了，口感不好。」

「嗯嗯！我都記下了。」

不光關翠兒記下了，在灶前燒火的駱澤也記了下來。

很多時候他也不是有意要聽，但人就在灶前燒著火，黎湘說什麼他就是想聽不見都難，偏偏記性還很好，記下的東西也就越來越多。

這丫頭是真不防人，自己但凡有幾分小心思，她的手藝就要被學走了。

「阿澤，火小點，剩一根柴就行。」

「誒，明白！」

駱澤知道小酥肉第一輪得用小火炸，炸完後油燒熱些還得再炸一遍。這些不用黎湘再說，他都已經記下了。

一刻鐘後。

「表姊，我留了一盤小酥肉給你們，你們別捨不得吃，涼了就不香了，我去去書肆，一會兒就回來，店裡妳先照看著。」

「嗯嗯，妳放心去吧。」

等送走了表妹，關翠兒才回到廚房裡，灶臺上放著一大盤金黃的小酥肉，白日裡瞧著更是有種金玉滿堂的感覺。

她先拿碗裝了一些送到樓上給姑姑，又裝了一碗送到前面給姑父，剩下一小半，她沒給自己留，都裝給了駱澤。

不管駱澤現在是什麼樣，在她心裡，總是記得當初他在餿水桶裡抓吃食那令人辛酸的模樣，她總覺得他以前吃了不少苦，有好吃的便想著讓他多吃些。

駱澤抱著滿滿一碗酥肉，心裡又甜又澀，看著正在忙活著煮麵的翠兒被那朦朧的水氣襯得宛如仙女一般。

可望不可及。

這邊黎湘提著滿滿的吃食，還沒走到書肆門口就瞧見青芝出來迎她了。

帶吃的和不帶吃的，待遇真是不一樣。

「湘丫頭，老遠我就聞到小酥肉的味了！」

「蓋這麼密妳都能聞到，鼻子真靈。哎，上面這兩盤是妳的，下面是給夫人備的。」

黎湘直接將食盒遞了過去，青芝饞得很，迫不及待的將她送上樓，然後端著屬於自己的那兩盤下樓去享受美食了。

正在澆花的柳嬌聽到動靜，一回頭就瞧見了桌上那熟悉的兩樣食物。

「『金玉滿堂』、『風雨同舟』！都是我愛吃的菜！湘丫頭妳真是太貼心了。」

柳嬌坐到桌前，剛要拿起筷子，突然很嚴肅的轉頭盯著黎湘道：「湘丫頭，我決定不要那每月一個銀貝了。」

黎湘疑惑。

「不是說好了分期付款嗎？」

「對啊，不過我現在發現比一個銀貝更吸引我的東西。」

柳嬌挾著小酥肉朝黎湘舉了舉。

「妳的菜呀，是真真兒的好吃，花樣還多得很。我不要妳每月的一個銀貝了，妳只要每日幫我準備一頓午飯就行，也不用送來，我會讓青芝過去拿的。」

一日準備一頓飯食，食材什麼的也就幾十銅貝左右，一個月那才多少？抵掉一個銀貝這麼划算的事，黎湘沒有理由不應，左右柳夫人也不差那點錢。

「那行，我一會兒去和青芝姊姊說好，明兒到時候就讓她來拿。」

「嗯嗯！」

柳嬌吃完一條酥肉，又挾了塊鮑魚，一邊吃一邊摸了個錢袋出來。

「昨晚就想給妳的，結果吃著吃著就忘了。」

又是一袋錢。

黎湘沒伸手拿，那柳少夫人給的六十六銀貝就夠多了，再拿便顯得貪心了。

「夫人，昨晚少夫人已經給過我錢了，這錢妳收回去吧。」

「少夫人是少夫人，我是我，她給的是喜錢謝禮，我給的是工錢，這怎麼能一樣？」

柳嬌振振有詞，直接將錢袋塞到了黎湘懷裡。

「這錢妳該拿，妳不知道，昨晚那一桌子席面吃得我心裡多痛快，想起我那嫂嫂的黑臉我就想笑。她不想淮哥兒的喜宴辦好，偏偏就辦好了，還辦得那般出彩，一桌子的吉祥菜，給淮哥兒的喜宴增了不少的光。」

「妳嫂嫂……」

呃，黎湘反應過來，就是柳少爺的親娘。這一家子的關係真是詭異得叫人好奇，連一向不怎麼愛八卦的黎湘都忍不住心癢癢起來。

「我那個嫂嫂啊，心眼比針尖兒還小，昨日那桌宴就夠她氣上許久的了。若是這幾日妳店裡來了找麻煩的，記得告訴我。」

「找麻煩？至於嗎？」

黎湘萬萬沒想到做頓席面還會惹上禍端。

「夫人，這柳少爺的娘真有如此小氣？不對呀，我做的席面好，她不是應該高興才是嗎？柳少爺畢竟是她兒子，兒子的婚宴辦得好，她不高興什麼？」

「因為……這個呀，得從很早的時候說起了。」

柳嬌這會兒心情非常不錯，陳年舊事也不介意說給外人聽。

「從我出生起，我大哥夫妻倆就討厭我，小時候可沒少欺負過我。後來我大哥偷家裡的印信被我發現告訴了爹，我爹一查才知道夫妻倆在外頭賭錢，跑去借了地下錢莊的錢，還借了不少，然後嘛，就把他夫妻倆趕出門。」

黎湘聽得很認真。

這柳老爺子看來是個明白人，處事還算果斷。

「之後他們便去平州投奔了岳家，聽說還做了什麼小買賣賺了點錢，然後生了淮哥兒。我爹老了，身體也不好，想著大哥已改過，又有了孩子，就把他們接了回來。」

柳嬌嘆了一聲。

「誰知道接回來的大哥還是死性不改，之後不光是偷偷轉移家中財產貼補岳家，還被發現這些年所做的買賣都是以次充好、缺斤少兩，條條都犯了行商大忌。苦主都鬧到了家裡，實在丟人。

「因為那告發他們的人是我領進府的，所以他們夫妻倆可恨我了。不過他們也並不是一無是處，至少他們給柳家生下了淮哥兒這個好孩子。淮哥兒天性聰慧善良，於經商頗有天賦，又不與他爹娘親近，我爹便把他帶在身邊，教習了一年多，直到過世。」

說到這兒，柳嬌難免又想到爹去世的時候，聲音也低落了幾分。

「我爹臨終前請了府衙的文書先生，立下遺囑，家中產業一半給我做陪嫁，一半給淮哥兒，而我大哥夫妻倆只得了一座祖宅。為這事，大哥他們背後不知道罵了我多少回，還是秦六給收拾了一頓才老實了。」

這是柳嬌第一次在黎湘面前提起秦六這個名字，言語間並沒有絲毫的討厭。

黎湘給聽糊塗了。

「就算沒有分到遺產，那他們還是柳少爺的爹娘啊，小少爺沒有成年，產業不是就落到他們手上了？」

柳嬌搖了搖頭，慢悠悠的咬下一根酥肉。

「我爹既然都這樣分了，當然會防著他們。淮哥兒自己也不親近他們，甚至有些厭惡，所以後來是跟著老管家和秦六生活，而且我爹還留了話，若是淮哥兒出了什麼意外，那他的財產便由我接手，左右我大哥他們是什麼都撈不著的，若是老老實實的，淮哥兒每月還能給他們些孝敬，若是要作妖作怪，那就什麼都沒有了。」

黎湘結舌。「……」

好一齣大戲。

「眼瞧著自己的親生兒子和他們最討厭的人親近，那難受的滋味就不用說了，現在就連成親，地方也不是在他們的老宅，席面還是我請人做的，妳說她哪裡高興得起來，昨晚那臉黑的，燈離得遠了，我都看不見她的臉。」

一想到大嫂那張黑臉，柳嬌便想笑，心情一好，胃口也格外好，黎湘帶來的那一大盤小酥肉和蠔汁鮑魚說話間便被吃光了。

「陳年舊事啦，聽著不煩嗎？」

黎湘搖搖頭，偶爾聽聽這些恩怨情仇還挺有意思的。

「那小少爺為什麼會討厭自己的爹娘啊？」

她聽完這一串故事，最不明白的點就在這裡。

有些爹娘雖然壞，但對自己的孩子是很疼的，尤其那小少爺還是獨子，怎會弄得如此不親近甚至討厭？

「這個啊，我聽我爹說是因為大哥望子成龍，小時候對淮哥兒過於嚴苛的緣故。他們夫妻倆都是自私自利的人，能對孩子有多疼愛？不親近才正常。當年淮哥兒回來的時候身上還帶著不少的舊傷呢，一身皮糙得都不像個少爺，幸好是接回來了。」不然還不知道好好的孩子要被耽誤成什麼樣子。

柳嬌吃飽喝足，又講完了故事，差不多也到了睡下午覺的時間，黎湘便很識趣的告辭下了樓。

一直到走出書肆老遠才想了起來，自己把那錢袋也給帶出來了。她第一反應便是把錢還回去，結果回頭一看，書肆門已經關上。

算了，左右書肆也不會跑，明兒再來還吧。

黎湘收好錢袋，趕緊回了鋪子裡和表姊一起忙活。

只是自從柳夫人說可能會有人來搗亂後，她再回鋪子裡的心情便一直忐忑得很，真要有人來砸場子，那店裡只有爹和駱澤，擋得住嗎？

這種事又不好同家裡的人說，只她一個人每日一邊做著買賣，一邊還提心吊膽的，擔心了好幾日，結果是風平浪靜，連個吵嘴的人都沒有來鬧過。她漸漸地也就鬆了心弦，沒再想起了。

「湘兒，三號桌的魚香肉絲好了沒有？」

「好了好了，馬上！」

黎江被客人催著進了後廚，瞧見女兒將菜一裝好，立刻便端了出去。剛放下菜就瞧見店裡進來不少人，直接將店裡的位置坐滿了。

這些人一個個身上還配著刀劍，看著就叫人害怕。

「客官你們需要點……」

「大江叔?!」

黎江話還沒說完便叫其中一人給打斷了，一聲熟悉的大江叔立刻叫他反應過來。

「四娃！是你啊！我的天，你這變化太大了，我一時都沒有認出來。」

伍乘風有些不好意思的笑了笑，立刻起身介紹道：「大江叔，這些都是我在鏢局的兄弟們，我們剛出遠門回來半日，正巧路過這兒，看到有家新開的店就進來了，沒想到居然是你家開的。」

黎家小食乍一看，他還真是沒想到。
「大江叔，店裡有啥好吃的，給我們推薦推薦唄。」
黎江一愣。
「推薦啊，看你們是吃麵還是吃飯。吃麵的話就油潑麵和餃子香，吃飯的話就一桌炒上兩、三個大菜，所有菜色牆上都掛著呢，你瞧瞧想吃什麼。」
伍乘風這才瞧見牆上掛的那些食牌。
一道道的菜名，哪怕是他出去見識過各大客棧也從來沒有瞧見過。難道都是那湘丫頭在做主廚？
「乘風，這麼多菜瞧得我頭都暈了，還是你來選吧。」
伍乘風無言。「……」
他就吃過一次湘丫頭的拌飯，對她的手藝還真是沒那麼大的自信。
「那就一人先來碗油潑麵吧。」
黎江數了數人數，一共八個。
「那你們先坐會兒，麵很快就來。」
他把桌子擦了擦，一臉笑意的去了廚房。
「湘兒，外頭要八碗油潑麵，大碗的。」
「我聽見啦，是伍家四哥押鏢回來了吧。這都一個多月了，真不容易。」

黎湘一邊感嘆，一邊將鍋裡煮好的餃子都撈進配好酸辣湯的大碗裡端給爹。

「這是六號桌的酸辣湯餃子。油潑麵馬上就開始做，叫他們等等。表姊，八碗油潑麵，蔥有點不夠了，妳再切點吧。」

「嗯嗯！」

關翠兒動作快得很，蔥馬上就切好了。

黎湘剛把麵條一大把一大把地下了鍋，不過八大碗的量同在一口鍋裡容易坨在一起，所以是用了兩口鍋來煮。

很快油潑麵便做好了，黎湘還特地切了四盤滷味讓爹去一桌送了一盤。難得在城裡遇上鄰居，關係又還不錯，送一碟滷味意思意思。

「大江叔，這肉是……」

「這是店裡送的。你這頭一次來，叔心裡高興，不要客氣啊，快吃快吃，嚐嚐你妹子的手藝，在城裡啊想見到個熟人真是難得很，有空常來……」

話說到這兒，黎江陡然想起之前來過的伍大奎和那個玉娘，莫名覺得有些尷尬。

「你們、你們先吃啊，我去收拾桌子去。」

伍乘風應了一聲，正要低頭吃麵，突然發現周圍桌上的兄弟都一臉不明笑意的盯著他。

「乘風小兄弟，這兒你還有個妹子呢，什麼妹子啊？」

「去去去！吃你的麵去！我鄰居家的妹子，別瞎說啊。」
「呀！那豈不是青梅竹馬？」
一群人開著玩笑，也不敢太過，畢竟人家老闆就在前面收拾，說笑兩句便都低頭吃起麵來，這一嚐不得了。
「哇！這麵條好勁道，味也正！比咱們在珺州那邊吃的都香！」
「嗯！確實是比那邊的更好吃！」
「突然有種發現寶的心情……」
聽著兄弟們嘰嘰喳喳的聲音，伍乘風也驚呆了。這真的是湘丫頭做的麵？如此手藝，比那些老師傅都不差了。
半月前他曾在珺州那邊吃過一碗湯麵，當時只覺得是這輩子吃過最好的麵，沒想到，湘丫頭做的卻是更加好吃。
撲面而來的油辣子的香味，勾得人直流口水。
站在鋪子外頭不遠處的三個小混混使勁嚥了嚥口水，商量道：「那鋪子裡坐了一堆鏢局的人，咱們這時候還是不要進了吧。」
「等會兒吧，等他們走了再去，這些傢伙好打抱不平，我們要是辦砸了事就不好了。」
三個人商量好，便尋了個河道石梯下躲著，駱澤出來提洗碗的水正好跟他們打了個照面，一瞧居然還是熟人。

當然，是駱澤瞧著他們熟，那三人可沒認出駱澤來，畢竟現在的駱澤和之前那個邋邋遢遢的人是完全沾不上邊的。

那三人就坐在梯上一邊閒聊著最近城中零零碎碎的雜事，一邊盯著黎家小食，看都沒看駱澤一眼。

駱澤也沒去招惹他們，提了水便趕緊回了廚房。

「黎湘，外頭有些不太對勁。」

「嗯？什麼不對勁？是那些帶刀的客人嗎？那是鏢局的人，沒事的。」

「不是他們，是三個小混混。我先前在附近遊蕩的時候常遇見他們仨，絕對不是什麼好人。」

駱澤怕她不信，還特地帶黎湘出去悄悄看了一眼。

「妳瞧見沒，他們一邊說著話，一邊盯著咱們的店，估計那群鏢師一走，他們就要進來找碴鬧事了。」

黎湘看得清清楚楚，的確是如此。

擔心了好幾日，瞧見人終於來了，她倒是有種心裡踏實的感覺。

「問題應該不大，你先盯著他們。」

黎湘回到廚房裡，跟表姊交代了幾句，讓她去書肆遞個話。既然柳夫人都說了，若是有麻煩便通知她，那自然是要去通知的，總不能讓自家這樣一個毫無根基的平民老百姓去跟那位夫人對抗。

幾個小混混倒是好打發，可不除根的話，麻煩沒完沒了的，生意哪做得下去？

關翠兒得了話連手都沒洗，便一路小跑去了書肆，這會兒外頭的伍乘風一行也吃得差不多了。

黎江只收了他們小碗的麵錢，雖說一碗只少了兩個銅貝，但這份心意大家卻是都領了，加上店裡的吃食味道又很不錯，一個個都說了日後要多來光顧。

一行人出了鋪子，沿著河道慢悠悠的往鏢局走回去。

三個小混混確定人都走了，這才大搖大擺的進了店，一人點了一碗臊子麵。因為有女兒的提醒，黎江打從他們進店便注意著他們的一言一行。

從下單到吃麵都挺正常的，只是快吃完的時候，其中最壯的那個飛快從懷裡掏了個竹筒出來，眨眼間就抓了個東西丟進麵湯裡。

「哎哎哎！這麵裡怎麼還有蟑螂啊！天啊，你們這店也太髒了吧！」

做吃食的，乾淨那是頂頂重要的事，今日若是坐實了黎家小食做的吃食不乾淨，那以後誰還敢上門來吃東西？買賣至少要黃掉大半。

其實這三人一開始收到的命令是放藥進去，吃壞了人事情可以鬧得更大些。可這三個人也是自私的，誰也不願意傷害自己的身體，所以才商量著弄了個蟑螂局出來。

蟑螂這東西太噁心了，他們一喊，店裡的其他幾位客人立刻停下了筷子，有那反應大的，看到他們碗裡的蟑螂還吐了。

「黎老闆，你們這做買賣的對得起街坊鄰居嗎？吃食裡頭竟然還有蟑螂！我辛辛苦苦掙點錢指望著來你這兒吃頓舒心的，結果就這啊？今日你不給個說法，這事沒完！」

黎江自然不能將這事給認下來。

「小兄弟，說話可要憑良心說，我家後廚就在這兒，乾不乾淨的大家進去瞧瞧就知道了。再說了，剛剛麵端來的時候，我可是仔細檢查過，絕對不可能有蟑螂。」

「呦呵！你這是倒打一耙要誣賴我自己放的蟑螂？」

三個小混混一拍桌子，氣勢洶洶的站了起來。

黎湘聽到動靜，趕緊把手洗乾淨從後面出來。

「是不是你放的蟑螂你心知肚明，大家都知道蟑螂這傢伙奇臭無比，若是一開始就在碗裡，那麼大的味你還吃得下去？那小女當真是佩服得緊。」

幾個客人想想也覺得有理，一時也分不清誰對誰錯，全當看個熱鬧了。

三個小混混心裡正虛著，卻又不能打退堂鼓，只能硬著頭皮接著鬧。

「妳少擱這兒陰陽怪氣的，這蟑螂就是從妳家麵裡吃出來的！必須給個說法！」

「那你得證明牠的確是我家的蟑螂才行，誰知道是不是有些黑心的傢伙從別處抓來扔到麵裡頭栽贓陷害的！」

「好妳個臭丫頭，罵誰呢！」

一個小混混惱羞成怒，直接將那裝著蟑螂的半碗麵朝黎湘潑了過去。黎江站在女兒身後，中間又隔了個客人，下意識的要衝上前拉女兒躲開，卻沒想到有個人比他更快的擋在了女兒面前。

伍乘風也是走到一半才想起來自己忘了和關嬸兒打個招呼，趕緊再回來一趟。這些年除了大江叔，關嬸兒待他也很不錯，既然都進店吃了麵，也和大江叔說了話，怎麼也要和另外一個長輩打個招呼才行。

再說，他懷裡還揣著個貝殼手串，是打算送給黎湘的。他現在還只是個小徒弟，自由活動的時候也沒多少，現在送了也省得再找時間。

所以伍乘風和兄弟們說了一聲便折回了鋪子，哪想到一到門口就聽見吵鬧聲，剛進去就瞧見一碗麵直直潑向黎湘的臉。他當時可以接住碗，但麵湯肯定會潑到小丫頭臉上，所以乾脆拿後背去將湯碗擋了下來。

黎湘嚇了一跳，下意識的閉眼抬手擋在面前，結果什麼事都沒有，只聽到悶悶的一聲，碗便落到了地上，碎了。

「乘風……」

「沒嚇著吧？」

黎湘搖搖頭，從他身邊繞過去，看著一地的狼狽，心頭火起。她原本還想等柳夫人那邊的人來了再說的。

「爹，你方才瞧仔細沒有，是誰抓蟑螂扔進碗裡的？」

「瞧清楚了，就那個最胖的，這會兒裝蟑螂的竹筒還在他懷裡揣著呢。」

伍乘風一聽這話，立刻上前逮那個最胖的，另外兩個想動手，卻叫他一腳一個踹到了一旁。抓到的這個最胖，也最不頂用，捏著他的脖子立刻就老實了。

黎江上前搜他的身，果然摸出了一個小竹筒，客人們頓時明白過來，這三人就是來鬧事的。

「哎！沒事閒的，耽誤我們吃東西。」

知道這蟑螂不是廚房裡頭出來的，大家心裡舒坦多了，乾脆一邊吃著東西一邊看熱鬧。

鐵證如山擺在眼前，可那三人死活不認，非說那小管子是拿來裝蛐蛐兒的，彷彿大家鼻子失靈聞不到裡頭的惡臭一樣，一聲一聲的喊冤。伍乘風建議直接送到官衙去，就算這是小事不會被官爺重視，卻也能關他們幾日，叫他們放老實些。

「湘兒，妳怎麼說？」

黎湘也沒什麼意見，這三個人放了就是禍害，還是去官衙裡待著反省反省才是。

她正想點頭呢，門口又進來了兩人。正是她之前派出去傳話的表姊，和……嗯？秦六爺？

「喲！居然還有人敢來我的地盤砸場子呢！」

三個小混混一抬眼，看見來人臉都嚇白了。

「六、六、六、六爺！」

秦六瞇著眼走進鋪子裡，尋了一方空桌坐下。

明明只是一個人，瞧著卻像是帶著一群小弟進場的大佬，氣勢拿捏得足足的，一般人還真學不來。

「三位小兄弟瞧著眼生啊，剛來陵安不久？」

三個小混混你看看我、我看看你，最後推了那個最胖的出來回話。

「六、六爺，小的們剛入陵安兩月不到……」

「兩月啊……那也夠久了，帶你們的人沒跟你們說過這兒的規矩？整條街都是我夫人的產業，哪個瞎了眼的讓你們來砸場子的?!」

「是、是……是那個錢老大！是他說的，叫我們來鬧上一場，然後給了我們一人兩銀貝。」

三個小混混手忙腳亂的將懷裡的兩銀貝拿出來放到桌上。

「六爺！是小的們不懂規矩冒犯了！求六爺高抬貴手，放小的們一馬！」

秦六很是嫌棄的拿起那六枚銀貝，轉頭交給了黎湘。

「才六銀貝，竟如此小氣。」

才……

黎湘抿了抿嘴，錢這東西，在秦六和他夫人眼裡，估摸著就和地上的沙一樣吧，人家根本看不上錢！

「湘丫頭，妳說他們仨該怎麼處置？」

「啊？我不知道，六爺你看著辦就行。」

說起來，也是他們柳家內訌，自家才受到波及，這種事當然得他們自己去處理。

「行，妳這兒還在做買賣，我就不多打擾了，人我帶走了，以後保證不會再有人來搗亂，妳安心賣妳的吃食。」

秦六這個保證可以說是黎湘現在最想聽到的話。自家在城裡沒有根基，稍微來個大點的人物就能攪和了家裡的生意。有他這話，黎湘也就放心了。

俗話說的好，背靠大樹好乘涼嘛。

三個小混混就這麼被兩個不知從哪兒冒出來的人給帶走了，秦六也跟在後頭一起離開，店裡頭總算平靜了，不過地上還是一片狼藉，伍乘風的後背也是狼狽一片。

地上嘛，駱澤已經拿了工具出來收拾，黎湘便帶著伍乘風去了後廚，讓爹帶他上樓換身乾淨的衣裳。

「表姊，不是讓妳去通知青芝嗎，怎麼來的是秦六爺？」

「我是去找青芝，不過柳夫人又讓她去請了秦六爺，她說這裡也就秦六爺出面能一絕後患。」

黎湘點點頭，明白了。

柳家的產業一半都是秦六打理的，人前走動最多的也是秦六爺。人家認他，卻不一定會認柳夫人和青芝。

如今也是正好，左右日後能踏踏實實的做生意了。

「黎湘，三號桌要兩份回鍋肉！」

「誒！馬上！」

這麼快就來了單子，說明店裡生意並沒有受到什麼影響，黎湘挺開心的，立刻動手開始做回鍋肉。

等伍乘風換好黎江的衣裳再下來時，便瞧見廚房裡一派忙碌的樣子。

人家這麼忙，他哪好意思進去叫人出來再送禮物，最後只是和關氏說了幾句話便離開了。

走到後門門口的時候，身後有人叫住了他。

「伍乘風！」

「嗯？叫我有事？」

「你不記得我了？」

駱澤很是尷尬，敢情就自己一直惦記著要找他打架，結果人家壓根兒就沒記住過他。

「咱倆認識？」

伍乘風認真地將駱澤上下打量了一番，還是沒什麼印象。不過他叫自己名字的時候有種非常欠揍的感覺，和鎮上有個討厭的傢伙一模一樣。

「姓駱的？」

「嗯哼！」

駱澤挑釁地看了他一眼，小聲道：「改天得空了，咱倆再打一架，分出個勝負來。」

「無聊……」

對於這種吃飽了沒事幹的臭小子，伍乘風根本就不想理。從前在鎮上的時候他每天都在想著怎麼攢錢掙錢、怎麼學更多的東西，偏偏這駱澤想拉他一起入夥當小混混，他自然是不同意的，遇上駱澤來找茬兒便揍他一頓，反正他也打不過自己。

別說，累了一天，有個人讓自己發洩發洩還挺舒服。

「姓駱的，既然都有活兒幹了，那就踏踏實實的幹，別給我大江叔添麻煩。」

丟下這句話伍乘風便走了，氣得駱澤來來回回把碗洗了好多次。

傍晚白老闆又來了，不過這回他不是訂一百斤的滷味，而是一次訂了兩百斤，可見滷味在酒鋪子裡有多好賣。

黎湘都眼饞了，如今自家每日收入大頭可都是來自滷味，光是白老闆這一日訂的貨就能賺八百多銅貝，這些天積累下來，加上柳少夫人給的那些銀貝，她估摸著自己的存錢罐子裡差不多該有八十多銀貝了，這還沒算上家裡原本剩下的二十銀貝。

才一個月就有一百，那一千看起來好像也沒那麼遠啊。她是不是可以抽空去看看酒樓了？

不過黎湘剛興奮了沒一會兒就發現，兩百斤的滷味，三個鍋搞不定……

這倒也不難，再去買口鍋回來，臨時架個爐子好了，反正早上他們便會把滷味拿走，不影響店裡的買賣。

就是會累一點。因為廚房裡已經沒有能安放爐子的位置，只能將臨時的爐子擺在後門口，這樣的話就要每天特地早起將肉都滷上。

早到什麼程度呢，寅時左右就要起來，一、兩天還好，天天如此便有些熬人了。

黎湘一時有些猶豫，沒有接下那麼大的單子，仍舊是接一百斤。而駱澤和關翠兒卻都來和她自薦了，紛紛表示自己可以早起。

駱澤那兒被簡單拒絕了，黎湘晚上睡前則重點跟表姊說了一番道理。

「錢是賺不完的，咱們錢要賺，身體也要顧，天天起那麼早很傷身的，我再想想有沒有什麼法子既能多攬下那一百斤又不傷身，現在暫時先不接了。」

其實最好的法子就是擴大店面，但……目前這家店鋪就只有這樣大，相鄰的兩家是絕對不可能合併的。

換鋪子租也不現實，這邊生意才做起來，人家才剛知道你這家店不久，突然一下搬走了，肯定要損失大量的客人。

「哎！我真是傻了！」

「怎麼了表妹，妳想到法子了？」

黎湘翻過身，笑得很開心地道：「咱們其實可以和現在一樣，早上供應一百斤，等送走了那一百斤，再接著滷便是，左右他們也不可能一下全賣完。等他們賣得差不多了，怎麼也要兩個時辰過後吧，到時候再來拿那剩下的一百斤不是正好？我真是忙暈頭了，居然現在才想明白。」

這法子可行，姊妹倆一時都有些興奮，翻來覆去好久才睡著。

第二天，黎湘醒得特別早，她是被樓下的香味勾醒的，大概是聞了香味，夢裡頭也都是現代的好吃的，饞得她直流眼淚，直接餓醒了。

看來駱澤起得比她還要更早，她下樓到廚房的時候，兩口滷味鍋正在咕嚕咕嚕的冒著泡。

天天聞著這肉香，說實話，她已經有些膩了，早上也不想再熬粟米粥配滷味、酸蘿蔔。

「阿澤，櫥櫃裡我記得還有一塊肉，你幫我剁一下，我拿來做早飯。」

黎湘使喚起人那是毫不客氣，當然，她自己也要幹活。

她舀了小半盆麵粉出來，加清水開始和麵，準備做一道來這兒後還沒做過的吃食。

北方喜歡叫它餛飩，南方則是叫它包麵或抄手，沿海一帶又管它叫雲吞或扁肉。總之不管名字叫什麼，它都是一張薄皮包著餡下鍋的麵食。

關鍵是這個皮可不能和包子似的厚，得擀成如葉子那般薄，家裡暫時還沒有人會，所以得她親自來。

駱澤在一旁咚咚咚的剁著餡，眼睛卻時不時的往門外瞟，黎湘瞧著真是怕他不小心把手給剁了，乾脆提醒道：「表姊昨晚睡得晚，起得晚，不過快下來了。」

「咳咳咳……」

黎湘剛說完這話沒一會兒，就聽到了表姊下樓的聲音，兩個人心照不宣的各自忙著手裡的活兒，什麼也沒提起。

等駱澤剁完了餡，黎湘的餛飩皮也都擀出來了，薄薄的一大片，還得再切成四四方方的小塊。

她切了片樣品出來後便將活兒交給表姊，自己則是去調餡。

說來也奇怪，平時鋪子裡的餃子餡她調的時候也沒避過人，加什麼調料也都是清清楚楚，但別人調的和黎湘調的那就是兩個味，怎麼都做不到她那樣恰到好處，畢竟也是「修練」了好些年的。

「表妹，這麼薄的皮妳打算做什麼呀？」

「做好吃的嘛，餡馬上調好了，我來教妳包。」

黎湘打了個雞蛋丟到肉餡盆裡，又加了醬油和鹽等基本的調味。早上不想做得太複雜了，所以她和的是最簡單的香蔥肉餡。

「哎，表姊，妳跟我這樣把麵皮攤在手上，拿筷子刮一點肉餡在這尖角上，然後往裡頭捲兩捲，再把筷子抽出來，左右兩角沾點水一捏就行了。」

關翠兒學得很快，這本來也沒什麼技術含量，只要多看兩遍，做熟了就能上手。

「駱澤，火該生起來了，把水燒開。」

黎湘把包餛飩的活兒交給表姊後，便去忙著給一家子調湯底。因為都是愛吃辣的，所以早上準備的湯底就都是紅油的。

洗點香菜墊底，準備好蔥花、蝦粉，再加半碗大骨湯和一點醋，最後澆上她自製的辣椒油，餛飩還沒煮好呢，碗裡的湯就已經香得不行了。

「水開啦！表妹，包好的這些全都要下鍋嗎？」

「下鍋下鍋，就這點，怕還不夠吃呢。」

黎湘瞧了瞧餡和麵皮，還剩挺多，吃不夠再煮就是，自家賣吃食的肯定餓不著的嘛。

餛飩這東西，皮薄餡少熟得快，下鍋一盞茶的時間就熟了，得趕緊撈起來，不然再煮那皮就爛了。

薄薄的麵皮被煮得有些透明，一眼就能瞧見裡頭包的蔥花和肉末，倒進碗裡稍稍一和，紅的白的綠的都有，好看極了。

「好香啊……」

黎湘給每個人的碗裡都盛得滿滿的，本來還以為不夠，沒想到剛剛好，正好爹娘這會兒也下來了，洗漱一下，一家子都坐上了桌。

「今日這吃食新鮮，瞧著精緻得很。」

關氏先嚐了一口，只覺得那皮爽滑得很，肉包得也是不大不小一口正好，再喝上一口鮮辣的湯，一早的活力全都被挑起來了。

「好吃好吃！」

「湘兒，這道新的吃食是要準備寫牌子掛上去賣嗎？」

黎湘搖了搖頭。

「這個，就咱家平時自己吃吃就行了，賣的話價錢和餃子差不多，肉卻少了不少，也沒有餃子能飽腹，怕客人不愛點，而且這皮弄起來也麻煩，就為了兩碗三碗的特地去做，不划算。」

她話說得明白，一家子都沒有意見，安安靜靜的吃完早餐後便各自去忙活兒了。

黎江帶著駱澤和關翠兒去菜市場購買今日所需要的食材，黎湘則是收拾廚房，再將滷味都準備好，等著白家人過來收貨，另外要和白老闆談談她昨晚想的那個法子。

正等著人呢，突然瞧見路口處有個熟悉的身影走了過來。

伍乘風？這麼早他怎麼來了？

「湘丫頭，你們這麼早就開門啦？」

「對呀，要早些起來去菜市場把菜肉都買回來。你是來吃早食的？」

伍乘風有些不好意思的捏了捏耳朵，搖頭說不是。明明出門時想得順順當當的，真見了人卻又不知道該怎麼開口了。

這時關氏聽到動靜走了出來。

「是四娃啊，進來坐啊，吃早食了沒有？」

伍乘風想說吃過了，但他的肚子不爭氣先應了聲，一時也不好撒謊，只好實話實說沒吃過。

「那先進來吃點東西吧，你大江叔買菜去了，一會兒就能回來。」

關氏壓根兒就沒想過伍乘風是來找自己女兒的。

「湘兒，我看那皮還有不少，餡也還有，妳給四娃包一碗去。」

「好咧！」

黎湘瞧了瞧乖乖坐在角落的伍乘風，嘴角紅了一塊，彷彿長了痘上火的樣子，便沒有給他做紅油餛飩。

而是包好一碗的分量後，就著開水下鍋，一邊煮一邊把上回她買的紫菜給撕了一撮下來。

白氏糧行的紫菜運過來的時候有在箱子裡頭放生石灰，所以紫菜保存得非常好，拿到手沒有一點濕軟，現在輕輕撕開都還能聽到略微有些發脆的聲音。

黎湘只扯了一點，畢竟紫菜泡發後還是挺多的。放上紫菜碎後，她又放了一小撮蝦皮，這兩樣都是極為提鮮又十分營養的食材。

最後只要加上一丟丟豬油、蝦粉、蔥花和鹽就可以了，連大骨頭湯都不需要，這碗餛飩就能鮮得叫人舌頭都想吞下去。

「嚐嚐。」

伍乘風接過碗，先喝了一口湯，頓時眼都亮了。

好鮮的湯！

「湘丫頭，妳這手藝比那些大師傅也不差的！」

黎湘得了誇，面上不顯，心裡卻是高興得很，看著伍乘風也是格外順眼，瞧著他幾下吃了一大半，還問他要不要再加些。

「不用了！這麼大一碗夠吃了，就是太好吃了才吃得有些快。」

關氏在一旁笑道：「四娃可別見外，難得能在城裡遇見，得常來往才是。」

伍乘風很認真的點點頭。

「我可不會和您還有大江叔見外，只不過現在還要跟著師父學武，也就早上起得早能出來一會兒，得空我就來瞧瞧妳和叔。」

他把最後一口湯喝完，自己去刷了碗，正準備拿錢出來就被黎湘給瞪了回去。

「娘，妳看這四哥，剛說不會見外就準備掏錢了。」

伍乘風無言。「……」

「你這孩子，不過是一碗小食，哪用得著付錢了！」

闕氏不許他拿錢，也不讓女兒收，還把他給說了一頓。伍乘風只好悻悻的將錢袋收回去。

這會兒時候也不早了，他還得回去練武，想著兜裡的那串貝殼，咬咬牙，硬著頭皮拿了出來。

他是當著母女倆的面拿出來的，說得也是很坦坦蕩蕩。

「湘丫頭，上回妳給的那十幾個包子幫了我不少的忙，後來我在珺州那邊瞧見這個小玩意兒便宜得很便買了，送給妳做謝禮，不值當什麼錢，妳別嫌棄。」

黎湘接過手串還沒說話，她娘就開了口。

「欸呀呀，真是漂亮得很，這麼漂亮，當真不貴？」

「真的，嬸兒！這些都是貝殼，海邊沙灘上撿回來做的，沒什麼成本，珺州離海邊近，這手串可便宜了，才五個銅貝，還不值這碗餛飩呢。」

闕氏一聽才五個銅貝，這才沒讓女兒還回去。

「湘兒，還不謝謝四娃，這麼老遠還給妳帶了禮物。」

「謝謝，我好喜歡。」黎湘是真喜歡手裡的這串貝殼，道謝也格外真誠，倒是弄得伍乘風有些不好意思起來。

「嬸兒，我還得回去練武，就先回去了，左右離得近，得空我再來。」

「好好好，去吧，得空就過來玩。」

闞氏一直把他送到門口，回來時眼眶便已紅了，黎湘下意識的想問，突然一下又明白了過來。

娘應該是想起大哥了。

大哥比伍乘風也就大了三歲，小時候也在一起玩過，眼見人家都長這麼大了，自己的孩子卻不知是死是活，心裡哪能不難受呢？

黎湘腦子裡只有零星朦朧的一點記憶，對大哥的感情沒有爹娘的深，但怎麼說都是一家人，日後若有條件了，一定要找一找大哥，努力一下興許就會有奇蹟。

「湘丫頭，滷味好了嗎？」

門外傳來白老闆的聲音，黎湘頓時回過神來，方才說著手串的事，都忘了將滷味撈出來，她趕緊端了板凳出去。

「白叔你先坐會兒，我現在撈給你，很快的。」

「沒事，不用坐，丫頭，妳昨天說考慮一下，今天考慮得怎麼樣了？」

白老大今日可是帶著任務來的，務必要將兩百斤的事定下來，黎湘也不想丟了這個大單子，便把自己昨晚想的法子講了下。

「妳是說，我早上可以拿一百斤走，中午再來拿一百斤？」

「對，不然我家一時也做不出那麼多來。叔你也瞧見了，我家就三口鍋，若都叫滷味給占了，那還做什麼買賣？你覺得我說的法子怎麼樣？若是行的話，兩百斤的單我就接了。」

白老大琢磨了下，照自家老爹所說，賣得最好的時候是中午飯點過後，先拿一百斤的法子也行，只要晚上夠賣就行了。

「那就這麼說定了，從明兒起便訂兩百斤的滷味。」

「好咧！」

兩百斤的話，加上鋪子的收入，一日大概都有兩銀貝了！黎湘開心得很，畢竟錢賺越快，她夢想的酒樓就能早些買下來。

一炷香後，白家取滷味的人走了，黎湘收到了尾款八百銅貝和明日兩百斤的訂金兩銀貝。

這時候再去叫爹他們補肉也來不及了，只能等忙完了早上這會兒再說。

「湘兒，妳爹他們去市場還沒回來嗎？」

「還沒，我去前頭瞧瞧。」

黎湘繞出巷子看了眼，正好瞧見三人回來，爹挑著兩筐菜，駱澤揹著肉，表姊也揹了不少。她上去幫忙拿了一些，一起回了鋪子。

大概是美的東西女孩子都會格外注意到，關翠兒很快便留意到表妹手腕上多了一串瑩白的手串，明明走之前還沒有的。

「表妹，妳這手串……」

她問得很小聲，連門口的駱澤都沒有聽到。

這也沒什麼好瞞的，黎湘便把早上伍乘風來鋪子裡的事告訴了她，說完才想到表姊彷彿是對伍乘風有意思，頓時愣住，正想著要不要解釋一下，就聽到表姊開口道：「是他送的啊……看來這人還不錯，上回那些包子也不算白給了。」

關翠兒可是一直對那十來個大包子被伍乘風拖走那幕耿耿於懷。

「等等，上回我瞧見妳回頭看了他好幾眼，敢情妳是在看包子？」

「是啊……不然要瞧什麼？」

黎湘無語了，一時也不知是該笑表姊還是該笑自己。

姊妹倆說說笑笑的，又開始了一天的忙碌。

別人沒注意，但駱澤一直在廚房裡，默默地發現翠兒對著黎湘的那個手串發呆了好幾次，顯然是很喜歡。

可是這東西是伍乘風從外地買回來的，他想要買該怎麼辦？

駱澤琢磨了一整天都沒想出個頭緒來，想找伍乘風吧，自己又沒有時間，等忙完了，人家鏢局也關門了，找都不知道從哪兒找，只好暫時放棄。

等回到鋪子，他便聽黎叔在說回村裡的事，翠兒好像也要回去。

上次回來臉上就帶了傷，這回……

「爹，這次表姊回去不會再挨打了吧？」

「又不是去妳姥姥家，說笑呢。明兒就只是回去送點糧食，順便瞧瞧她娘的病，下午就回來了。難道妳姥姥還能時時刻刻在咱家蹲著守著呀？」

黎江哪會想到，自己竟一語成讖了。

第十五章

第二天，黎江一大早帶著關翠兒回到村子裡自己家，看到那屋子裡頭坐著的人，被氣得險些連話都說不出來了。

「哎喲！我女婿、孫女兒回來了！」關家姥姥笑得一臉慈祥，完全不見前些時候那尖酸刻薄的樣子。「怎沒見到我家慧兒呢？湘丫頭呢？」

黎江理都沒理她，直接拉了關福到外頭。

「怎麼回事？」

「姊夫……唉！我真是拿他們沒辦法，前幾日不知怎麼，大嫂來了一趟，撞見我們在吃飯，說我們都沒分到錢，那粟米肯定是偷的，我也只能說是找別人借錢買的。結果第二天她就把我娘帶來了，說是小住，幫著照顧我媳婦兒，吃著喝著，就是不肯走。」

「那你的錢不會……」

「沒有沒有，都還在！我藏得好好的！」

關福明知自家老娘、哥哥是什麼樣的人，如今又分了家，自然懂得要防著他們的道理。只是這家畢竟是姊姊、姊夫的，他趕人名不正言不順，還要背個不孝的名頭，也只能先忍了下來。

「姊夫……你看這……」

黎江擺擺手，沈著臉進了屋去。

「大江啊……」

關家姥姥才開了個口，就被黎江打斷了話。

「現在、立刻，馬上從我家出去。」

「嘿！你這是說的什麼話？哪有你這樣和長輩說話的，這裡又不光是你的家，也是我女兒的家，丈母娘只是小住上幾日便這般嫌棄攆人，你也不怕被人戳脊梁骨！」

關家姥姥情緒逐漸激動，那副和藹的樣子也變得刻薄起來，罵罵咧咧直噴口水。

黎江下意識的退了一步，卻沒有妥協。

「出嫁從夫，就是慧娘現在在這兒，她也得聽我的。您老還是趕緊回家吧，我這屋子要租人，不方便留妳在這兒。」

「你要租給誰？」

關家姥姥狐疑的看了看二兒子，盤算著若是女婿說要租給二兒子，那她便能繼續賴在這兒。

說實在的，女兒家這屋這床實在破得很，但勝在寬敞，又不用她幹活就有吃的，比起在家伺候一家老小可要舒服多了。

黎江心裡明白，小舅子一家是不能再繼續住在這兒了，拚臉皮子厚、拚無恥無賴，他們是真拚不過。

「我要租給一個捕魚的兄弟，下午他就會過來了，岳母，妳若真不肯走也沒事，他一個孤身漢子無所謂的，只要岳母妳不怕人閒話就行。」

「你！」

關家姥姥氣得不行，一開始還以為女婿只是說氣話，結果發現他開始搬東西才著急起來。

「誒！你不讓福子住在這兒，那要讓他們去哪兒住?!」

說著便要去扒拉黎江搬走的糧食，關福一瞧，立刻將他娘擋了下來。

「娘妳有完沒完?就見不得妳兒子過幾日安生日子是吧！非要我家散了妳才高興是不是?從小到大就偏心大哥，好吃的好穿的全是他的，現在房子也給他了，地也給他了，契簡也簽了，咱們都分家了！妳兒媳婦病成這樣，妳就不能給條活路別鬧了嗎?娘妳要真做這麼絕，就別怪兒子不孝，以後不認妳這個娘！」

關福發洩了一頓便轉身去屋子裡將媳婦兒揹了出來，關翠兒則是收攏了衣裳跟在後頭，一家子都紅著眼，襯得關家姥姥這個假哭的十分滑稽。

看熱鬧的村民大概都明白是什麼事，七嘴八舌地說得關家姥姥臉也掛不住了，眼瞧著女婿和兒子都上了船，乾脆又鑽進屋子，想著再翻翻看有沒有什麼能拿回去的東西。

「岳母也不必費心翻了，小婿無能，家中貧困，屋中不過是些破爛。我現在要鎖門了，若是岳母不肯出來，那便等我那兄弟來給妳開門吧。」

黎江作勢要鎖門，嚇得關家姥姥趕緊從屋子裡顛顛的跑了出來。

「大江，我可是慧兒的娘，你的岳母！」

「我知道啊，這不是好聲好氣的在跟妳說話嗎？我的脾氣妳也知道，那是最溫和不過的了。」

關家姥姥一噎。「……」

她想起了當年大外孫沒了的時候，女婿那幾乎要吃人的眼神，陡然一個哆嗦，就這麼眼睜睜的看著他把船划走了。

「姊夫，真是對不起，沒給你看好家。」

關福自責得很，想哭又哭不出來。

「我明白……」黎江一邊划著船，一邊忍不住嘆了一聲。

小舅子哪怕分家了，那老娘還是老娘，難不成能拿棍子打出去嗎？人家想在兒子家裡小住幾日天經地義，誰又好說什麼？只是這種明知道她是來占便宜的，卻還是要忍著供著的事，實在太噁心人了。

家裡的屋子是不能讓他們住了，只要小舅子在，那老太太肯定還會去蹭吃蹭喝，所以這會兒該給他們安置到哪兒去呢……

黎江正發著愁呢，就聽到船裡的關翠兒說讓他回城裡。

「姑父，我爹娘這樣，留在村子裡或鎮裡都不好，阿奶跟大伯娘她們是有便宜就占，有她們在，我娘治病的錢根本就不敢拿出來。還是去城裡吧，我手裡頭有錢，可以給爹娘租一間屋子照看著，城裡那麼遠，他們找不到城裡去的。」

闞翠兒現在手上有兩銀貝，爹娘手上還有八銀貝，租一間屋子綽綽有餘，這樣也能安心治病。

城裡民房的租金不像姑姑家的鋪子那麼貴，普通一些的一個月才兩、三百銅貝，她早就打聽過了。

黎江聽她這話明白她這是早就打算好了，想想也確實是，到城裡租個屋子可比待在村裡鎮裡清靜多了，再說去了城裡，兩家人也有個照應，比現在這情況好。於是直接轉了向，往城裡划去。

闞福兩口子都驚呆了。

這還是自家女兒嗎？從來都是唯唯諾諾的女兒，居然有了一家之主的氣勢，把他們倆安排得妥妥當當的。

變化太大了，他倆一時竟不知道要說什麼。

「爹娘，你們手裡還有多少錢？」

闞福愣了下，還是媳婦包氏推了推他才反應過來，急忙從懷裡解下一個繫得死死的錢袋。

「妳姑父上回帶給我們的銀貝都沒動呢，還有妳給的那三百銅貝，花了五十抓了藥，後來一直也沒動過。」

關翠兒打開看了眼，心裡踏實了許多。

「這些錢我先收著，爹你好好照顧娘就是了，晚些時候到城裡了，我會想法子先給你們租一間屋子暫時安頓下來。」

關福眼睜睜的瞧著女兒拿走了錢袋，嘴唇蠕動了兩下，卻說不出什麼拒絕的話來，一旁的包氏比他的反應小多了，她瞧見女兒變化這樣大，心裡是喜悅大於驚訝。

她不知道大姑子是如何帶女兒的，但她知道，大姑子一家一定是她一輩子的恩人。

一家子就這麼匆匆忙忙的進了城。

到鋪子裡的時候正好是中午近飯點了，店裡忙得很，也不是說話的時候。黎江便先把關福兩口子送到樓上待著，打算把飯點忙過去再說。

黎湘聽到動靜，也瞧見了人上樓，猜想定是村子裡又出了啥么蛾子。

「表姊，是不是姥姥她又幹了什麼？」

關翠兒想了一路，其實這會兒已經沒那麼難過了，但是表妹這樣溫言細語的一問，她鼻子就忍不住的發酸。

「阿奶她找到妳家去了，吃著住著不肯走。我娘根本不敢把治病的錢拿出來，每天都是去採藥回來熬。」

黎湘無言。「……」

那老太太是哪裡來的臉住到自己家去的？如此厚顏無恥之人，尋常辦法還真是對付不了她。

小舅舅他們暫時先避到城裡應該能消停一段時間，只是還是要從根本上解決問題，不過也不急，小舅母的病要緊，先把病治好才是最緊要的事。

黎湘聽著表姊的打算，原來她早就開始打聽周圍民房的租價，早就動了心思接小舅舅他們過來。

表姊手裡有錢，這她倒是不用怎麼擔心了。

「妳心裡有數便好，有什麼要我幫忙的儘管說，不要跟我見外。」

「嗯嗯！」

關翠兒擦了擦眼角，專心切起了配菜。等忙完了飯點差不多已是未時了，她連飯都沒顧上吃，便出去開始尋房子。

來城裡這麼長時間，關翠兒對周圍的地形大概也熟悉了，加上她先前打聽過租價，對這一區的民房也算是了解幾分，最後在離黎家鋪子一公里外的宅區裡租下了一間屋子。

一個月只要兩百銅貝，離河道不遠，去哪兒都方便，走到鋪子也就一刻鐘的時間。

關翠兒租好屋子後便回到鋪子，帶著爹娘搬過去。

其實他們都沒有什麼東西，就幾個包袱，很是寒酸。但包氏需要人揹，拿包袱的便只能是關翠兒，黎湘正想說回頭讓爹再幫忙送去，就瞧見駱澤去「搶」了包袱，跟著關家人走了。

這要說他對表姊沒意思，黎湘可不信。

關氏也看出了點意思，只是母女倆誰都沒有說出來。駱澤的為人老實說還不錯，但關翠兒也不差什麼，兩個人若真有那緣分，再說吧。

母女倆正想七想八的，突然門簾一動，當家的進來了。

「湘兒，六號桌來了個客人，穿著打扮不像是普通人，他點名要吃妳做的『蒸蒸日上』。」

「嗯？『蒸蒸日上』？」

這道菜自家的鋪子裡可沒掛，會點這道菜的，只有吃過柳家喜宴的人……

「他只點了『蒸蒸日上』嗎？」

黎江點點頭，略有些擔心道：「他別的什麼都沒點，是不是來找茬兒的？咱家沒有這菜。」

「咱家有這菜，應該不是來找茬兒的，我去瞧瞧。」

黎湘悄悄走到布簾邊掀開了一條縫，一眼就瞧見了六號桌的中年大叔。嗯……穿著一身綢，的確不是一般人兒，瞧著是個儒雅的面相，正在好奇的打量鋪子，眼裡倒是沒有嫌棄。頭一眼的印象還不錯。

「爹你上外頭招呼著吧，記得跟那六號桌的說一聲，做這『蒸蒸日上』費時得很，至少得兩刻鐘才行。」

「行！」

既然女兒都說沒問題了，黎江心裡也就踏實了。

不過「蒸蒸日上」到底是個什麼菜呢？

很快黎江就知道了。

和其他人不一樣的是，他對女兒的手藝有著十分的信心，哪怕樣子瞧著不好看，他也覺得肯定是道非常不錯的吃食。

「客官，你要的『蒸蒸日上』好了，需要粟米飯嗎？」

「來一碗。」

黎江連忙又去裡頭盛了一碗粟米飯出來，上了飯才想起忘了問女兒這道菜的價錢，這客人居然也沒問價就點了菜，奇奇怪怪。

「湘兒，那盤子肉，價錢訂多少啊？」

「價錢……」

黎湘算了下成本，做那碗梅乾扣肉，用了差不多一斤的五花肉，加上梅菜、配料那些，也就三十四銅貝。

「定價八十八，爹，那客人若是一會兒問價，就說八十八。」

若是做這道菜像做麵做餃子那般簡單，她可能還會適當的少些，但這道菜做起來麻煩，收他八十八也不為過。

黎江心裡有了底，再送麵出去的時候下意識的看了六號桌一眼，一驚！

就這麼一會兒的功夫，那盤肉竟已被吃了大半！

有那麼饞嗎？

「黎老闆，不知能否再來一盤？」

「這位客官，一盤八十八銅貝，你確定還要再來一盤？」

儘管看著這位客人不是差錢的主兒，黎江還是提醒了下，見他堅持還要一盤，只能將他這要求告訴了女兒。

黎湘還能怎麼樣呢，只能又取了塊五花出來再做一盤。

兩盤梅乾扣肉吃完，大半個時辰也過去了，那客人心滿意足的結了帳，卻沒有走，而是拉著黎江說要和他談事情。

「黎兄弟，鄙人姓路，城西人。前幾日在柳家喜宴上有幸品嘗到令千金的手藝，實在是合胃口得很，家中長輩妻女也都歡喜，所以冒昧前來，想請黎姑娘到我府上掌勺，一月工錢五十銀貝如何？」

五十銀貝！

黎江差點呼吸梗塞，沒喘上氣來。

不過他很快又清醒過來，如今自家接了白家兩百斤滷味的單，一日淨賺也差不多兩銀貝了，一個月又豈止是五十銀貝。再說，女兒那性子不愛拘束，他哪裡捨得叫女兒去那高門內院裡伺候人呢？

「路兄，一月五十銀貝的確很多，謝謝你對小女的抬愛。只是眼下鋪子裡買賣離不得她，我也不放心她一個人離家，所以這事，我不能答應。」

黎江說完將人送出了鋪子，轉身去招呼其他客人。路盛都不記得自己有多少年曾被人這樣拒絕過了，很是愣了下，想了想，又不甘心的繞去廚房後面。

透過那小小一扇後門，他也瞧見了裡頭正在忙活著做飯食的黎小姑娘。也不知是在做什麼吃食，裡頭飄出來的香氣饞得他明明吃飽了卻又想吃東西了。

「看什麼？這是廚房後門，要吃飯去前面。」

正好回來的駱澤站在廚房後門，將裡頭擋得嚴嚴實實的。

路盛無言。「……」

新鮮，這是把他當登徒子了呢，防得跟什麼一樣。

「我是來找黎湘小姑娘談正事的，小兄弟你幫忙問問看她有沒有空。」

駱澤半信半疑，不過還是回頭問了黎湘一聲。

黎湘也好奇這個吃了兩盤梅乾扣肉的客人究竟是哪方神聖，於是把手裡的活兒交給表姊後便出了後門。

「找我有什麼事你說？」

路盛把之前和她爹說過的話又重新說了一遍，不過這回不是五十銀貝，而是加了碼的六十銀貝。

黎湘聽完想都沒想就拒絕了。

她自己勤勞一個月就能賺到六十，幹麼要去人家宅子裡當個廚娘呢？說得不好聽點，那就是沒賣身契的下人。高門大院裡的彎彎繞繞可多了，就看那柳宅的後廚，一開始那些人真是想吃了自己的心都有。

那種生活，絕對不適合她。

「實在對不起啊路老闆，我只想踏踏實實賺兩個小錢，你要是愛吃這口飯就隨時來，我給你做，去做廚娘就算了，我不習慣到別人家裡去做飯。」

又被拒絕了。

路盛很是不解，一個吃食鋪子累死累活一個月也就那麼點錢，哪有到他路家做廚娘舒服？所有零碎的工作都有人做，她只要動動嘴皮子，最後上手做一下就行。這六十銀貝簡直就像是天上掉下來的，只要彎個腰就能輕鬆撿起來，偏偏這父女都不要?!

來之前秦六說他恐怕不能如願，沒想到還真叫他給猜中了。

傍晚，路盛又去找了趟秦六。

「小六，既然嬸嬸能請動那小丫頭，那你幫我去和嬸嬸說一聲，讓她去做個說客，請那黎家小丫頭去我家做廚娘可好？你不知道，我家老太太可是念叨了好幾日，就想吃口順心的。」

路盛把自家老太太都搬了出來，秦六也是服了。

「表叔，不是我不想幫忙。黎湘那小丫頭若是願意上門做廚娘，我和嬸嬸早就將她雇來，哪兒還能輪得到你？人家就是打心眼裡不願意去後宅做事，姑祖母若是想得緊，你就差人去鋪子裡買上兩道菜回去吃不就成了，何必強人所難呢？」

「隔著老遠買回去的，那能和在府上吃熱呼比嗎？你這臭小子，就是怕去見嬸嬸！沒出息！」

秦六無言。「……」

怎麼扯著扯著還能扯到他和夫人身上？

「總之呢，嬸嬸那邊我是不會去的，嬸嬸也不會答應做說客，她現在可喜歡那丫頭了。不過若是表叔你家要辦喜事的話，嬸嬸應該是可以去幫你說一說，讓黎家丫頭幫你做一次喜宴。」

「我家辦喜事？」

路盛愣了下，轉頭便黑了臉。自己就一個女兒，早早便嫁了人，家中若還有喜事，除了納妾就是添丁，這小子笑話自己呢。

「你就嘴欠，活該嬌嬌不理你，哼！」

路盛甩甩袖子走了。

秦六嘆了一聲，突然開口也罵了自己一句。

「活該！」

兩人背後談論的這些話，誰也不知道，但有人想高價聘請黎湘去做廚娘的事卻很快傳開了。

既然是高價聘請，那說明黎家小食的吃食是真心好吃，一時間鋪子裡的客人竟是越來越多，甚至連外頭的那塊空地租下來擺上桌椅都還不夠。

吃過黎家小食的就沒有一句差評，回頭客越來越多，新客也在增加，鋪子裡的生意突然就火爆了起來。

生意雖好，但人也是真累，尤其黎湘還接了兩百斤的滷味單，現在已過了飯點，店裡依舊忙碌，卻還要擠出時間做滷味，一家人只恨不得生了四隻手出來做事。

關氏瞧著心疼，燒火之際也會幫著擇菜、削皮等等，但顯然，她那點微弱的勞力對鋪子並沒有什麼很大的幫助。

晚上，聽著女兒和姪女互相按摩那嘶嘶的抽疼聲，她給心疼壞了。

「當家的，不如再雇兩個夥計吧？你瞧瞧這一天下來，湘兒和翠兒都累成什麼樣了，阿澤不說但我也瞧得見，他手一直泡著水都快泡爛了，你也是，憔悴了好多。」

兩個夥計一個月的工錢還不到如今一日的收益，說起來也是該請的。

「這事我也和湘兒說過了，主要是咱這店鋪太小，招那麼多人忙活不開啊。」

「怎麼就忙活不開了？就招兩個打雜的，不進廚房只在後門，一個負責挑水洗碗，一個負責擇菜那些。有兩個人幫忙，廚房裡再有翠兒和阿澤，肯定會輕鬆許多。」

關氏這回十分堅持，黎江也覺得媳婦兒說的不錯，隔天一早便和女兒商量了一下。

「打雜的是得再招一個，爹你放心，我心裡有數呢。」

黎湘心裡有個人選，是她最近觀察過做事非常勤快認真的人，只是招了她的話，滷味那邊就會缺一個人手，而且滷味那頭現在也忙得很，一日兩百斤，要清理乾淨很是費時。

她突然有個念頭，要不把滷味分出去吧？

就近再租一個鋪子，把滷味分出去，雇人幹活。白老闆拿貨直接過去那邊拿，他拿完了，他們剩的還能賣賣零售。要知道，最近想單買滷味的人也不少。

至於雇什麼人，若是前幾日她還真沒頭緒，畢竟那麼多肉，不是值得信任的人也不好將店鋪交給人打理。但現在嘛，小舅舅不是正好來了嗎？

小舅母如今養著病，精氣神都很好，除了腿不能動之外，手上夾夾豬毛這些小活兒還是可以的。小舅舅常年在地裡幹活，體力一大把，挑肉洗腸這些也難不倒他，再加上個會算帳的駱澤，滷味鋪子絕對可以開起來。

這樣的話，滷味的大收益還在，自己只要每月付他們每人一些工錢就行，小舅舅他們也不會因為終日無事可做而心慌了。

把滷味分開，自己這鋪子再招兩個打雜的也可以輕鬆好多。

黎湘一想明白便立刻做了決定，和爹娘商量後，爹娘也極為贊同。一家子都沒意見，所以中午飯點過後，她便把廚房交由表姊先頂著，自己則是拿著錢去了一趟小舅舅和舅母現在住的屋子。

「啥?!讓我來看鋪子？不行不行，我不行！我只會種地，哪裡懂看鋪子？」

這不行不行的拒絕和當初的表姊真是差不了多少。

「小舅舅，幫我看鋪子，一個月可是有六百銅貝呢！而且算帳也不是由你去，有別的夥計幫忙。你只要幫我把每日要滷的肉食清理乾淨，再盯著些火候撈出來，保證我的大客戶能按時拿到滷味就行。很簡單的活兒，就是有點累。」

黎湘仔細瞧著小舅舅兩口子，其實她在說六百的時候兩人都是有些激動的，就在她以為成了的時候，小舅母卻搖了頭。

「湘丫頭，我知道妳是想照顧我們，可是我們是真的什麼都不會啊，哪裡值得六百銅貝，妳若是真需要人幫忙儘管使喚妳小舅舅，咱不要錢，翠兒已經拿了妳不少了。」

包氏這話一說，關福也連連應道：「是！妳有活兒就叫我，咱們不提錢的事。」

黎湘無言。「……」

免費的勞力，她用起來心慌。

黎湘在小屋子裡待了一會兒便離開了。

小舅舅兩口子死活不肯收錢，那倔勁兒比表姊還更勝一籌，這得讓爹娘或者表姊去勸才行，她的時間不多，得抓緊點把鋪子先定下來。

鑒於秦六爺這棵大樹十分好用，她也不想再另外找鋪子租了，直接去了秦六爺的宅子和他談租鋪子的事。

租下他的鋪子一般混混地痞都不敢去鬧事，只這一條好處便能抵下好多錢了，貴就貴點吧。

「妳是說妳要再租一間鋪子？」

「是的！秦叔你上次說手裡暫時只有一大一小兩間可以賣吃食的鋪子，現在都一個多月了，可有空出什麼別的鋪子來嗎？」

秦六細想了下，還真有。

「鋪子太多，時常都會有各種各樣的人來退租續租，妳想要的鋪子啊，還真有那麼一間，等等，我找下鑰匙。」

黎湘無語。「……」

羨慕得眼淚都要掉下來了，鋪子太多了，這是多少人的夢想？

「哎，找到了。走吧，現在帶妳去看看？」

黎湘忙應了一聲，跟著秦六出了門。

一開始彷彿是奔著自家鋪子去的，不過在走到一座橋前的時候就拐了彎。顯然那間鋪子是在自家對面，隔著河道的。

「那間鋪子之前也是做吃食買賣，是賣粥食的，才剛搬走十來日，裡頭的灶臺都還沒來得及拆。」秦六說完突然頓了頓，笑道：「可不是因為賺不到錢才搬走的，人家是因為賺到了錢，現在搬到離城中心更近的位置去了。」

黎湘無語。「……」

她好酸，像是吃了好幾斤檸檬一樣的酸。

「秦叔，你手裡還有靠近城中心的鋪子啊？」

秦六詫異的回頭看了她一眼。

「夫人沒同妳說過嗎？她的房產豈止這些，城中心也有啊。不過城中心的都有人租了，價錢也十分昂貴，小丫頭還是看眼前的吧。」

兩人說著話便已經走到了鋪子前。

這裡和黎家鋪子周圍情況差不多，只是隔了一條河道而已。黎湘站在鋪子前的空地上稍微探個頭便能瞧見平時自家提水的石梯，兩家鋪子其實離得很近。

「丫頭，進來瞧瞧？」

「誒！來了！」

黎湘趕緊跟著進了鋪子。

上次看鋪子的時候裡頭一股子霉味，這間倒還好，畢竟才剛搬走不久。

「這間比較小，怎麼樣，不喜歡就再往下走走看，還有兩間大些的鋪子。」

「不不不，小挺好的。」

只是做滷味賣而已，又不用客人進鋪子坐，拿上就能走的買賣，小點無所謂。

黎湘前前後後的仔細看過了鋪子，只是比自家那間小點，做滷味的話綽綽有餘，而且她瞧著樓上也是帶了屋子的。

「秦叔，樓上也是一起租的吧？」

「自然是一起的。」

「那租金一月多少？」

「一月三銀貝，和妳家那間鋪子一樣，三月起租，當然若是妳願意，半年租、一年租都是可以的。」

秦六可是知道這小丫頭手裡有不少的錢。

「就三月租。」

黎湘不想租太長了。眼下自己一家才來城裡一個月呢，變化就如此之大，誰知道三月後又是什麼光景？萬一自己這三個月能賺到更多錢，去靠近城中心的位置租個鋪子也不是不可能呀。

最近家裡生意那麼好，鋪子裡都坐不下，早晚是要換的。

秦六見她決定了，也不說什麼廢話，直接帶著黎湘回去寫了契。這回黎湘是自己簽的字，名字寫得工工整整，很是好看。

「喲，學字學得還挺快。」

黎湘看著自己的名字也是很滿意。

「還是夫人教得好，我不懂的字都是夫人教的。」

一說到夫人，秦六便有些訕訕的，瞧著莫名有幾分可愛。黎湘忍不住問他。「叔，你喜歡夫人嗎？」

「廢話！」

承認得倒是又快又有力，可惜一見到人就會慫。

「喜歡就去追呀，都老夫老妻了，難道你想一輩子都和夫人分居兩地啊？」

秦六當然不想，他作夢都想把夫人接回老宅，親親熱熱的過日子再生個胖小子。可是……

「妳個沒成親的姑娘懂什麼，去去去，拿好契簡鑰匙回妳的鋪子去。」

惱羞成怒的秦六非常不客氣的「攆走」了自己的客人。

黎湘笑得不行，走出宅子沒多遠後不想竟遇上了一位熟人。

這位蒙老爺子當初是因為餃子和自家結了緣，後來便成鋪子裡的常客，幾乎每日都要到鋪子裡吃東西。他最愛的就是各色滷味，平時白家拿走大部分後，黎湘都會特地給他留上一點。

既然見到了自然是要去打個招呼的，黎湘正想開口喊人呢，突然瞧見一頂轎子在蒙老爺子面前停了下來。

抬轎輦的那四個人個個身姿挺拔，目光如炬，一看便不是普通轎夫。她的腳步也停了下來，沒再上前打擾。

從前只是看面相看氣勢，覺得蒙老爺子不是普通人，今日一見更確定了她心中所想。城裡真是說大也大、說小也小，總之這樣的人物不要得罪就好。黎湘很快將這一茬兒丟到腦後，去了之前做招牌的地方。

新鋪子嘛，自然是要用新的招牌了。黎家小食不太恰當，她也就土了一把，訂了個「黎家滷味」的牌子，還有各色滷味的食牌。

既然都打算做零售了，那價錢就要區分開來，總不能一斤大腸按著一斤五花算，價錢差得遠呢，所以這些都要細分出來。

等黎湘忙完了開鋪子前的這些活兒，差不多又到飯點了，擔心表姊一個人忙不過來，她只能先回鋪子一起忙，直到快打烊的時候，她才把自己下午做的事說了出來。

大概是沒想到黎湘這麼有效率，當所有人聽說她已經租下鋪子、訂了招牌和食牌時，一個個都呆愣得不行，半晌才回過神來。

「鋪子租在哪兒？」
「離咱家遠嗎？」
「表妹，妳真租啦？」
「咱店是不是要招新人了？」
一個個七嘴八舌問著，黎湘一時還真不知道該先回答哪個。
「肚子餓啦，先吃飯，吃完再與你們細說。阿澤，去關門打烊了。」
駱澤一聽打烊眼都亮了，最近生意太好真是忙到不行，累得很，想歇會兒吧，看到兩個小姑娘都在硬撐著，他自然不想被比下去。
娘說的沒錯，錢啊，還真不是那麼好賺的。

黎家小食很快關上了大門，但裡頭的燈火卻是一直亮著的，廚房裡的黎湘正在琢磨著晚上要吃點什麼才好。
這一天下來廚房裡剩了不少的粟米飯，還有熬得濃濃的骨頭湯，若是平時的話再炒個菜差不多就能吃飯了。不過黎湘今日心情好，很是大方的取了一截臘腸下來。
這臘腸自從做好後便一直掛在廚房裡，沒有取下來嚐過。
「表妹，這還是生的吧，要煮嗎？」
黎湘搖搖頭，舀了瓢熱水出來將臘腸上頭的油污灰塵都給清洗乾淨後，直接切成碎丁。

「咱們今兒晚上隨便吃點，吃炒飯。」

「炒飯？」

好新鮮的詞兒。

駱澤很自覺的坐到灶前將火生了起來。

黎湘切完臘肉丁，又切了蒜苗和一點蔥花，別的就什麼都不需要了。等鍋裡的油一熱，直接下蒜苗爆香再加臘腸進去翻炒，遇上熱鍋的臘腸彷彿是封印被解開似的，香辣的肉香瞬間飄滿了整個廚房。

炒飯炒起來那是很快的，不等他們聞夠臘腸的香味，粟米飯便被倒了進去，黎湘只加了一丟丟醬油、蝦粉，翻炒均勻後便灑上蔥花出鍋了，裝了一大盤。

一家子都是吃辣的人，光聞著味便有些忍不住流口水。

黎湘和關翠兒也是。她倆如今正是長身體的時候，從來沒想過要像別的姑娘一樣，吃少些好保持身材。

「表妹！臘腸炒飯好好吃！」

關翠兒一邊吃一邊忍不住誇讚。表妹就是厲害，看著就是加了點料進去炒兩下，出鍋後味道居然如此驚豔。

臘腸被切得很碎，她每一口飯都能吃到不少，有肉有菜有飯，香噴噴的一口飯嚼完，再喝上一口清淡的大骨頭湯，簡直不要太滿足了。

吃飽喝足後又到了談正事的時候。黎湘將剩下的炒飯裝進食盒，準備等下讓爹娘給小舅舅他們送過去，順道做說服工作。

「表姊，找小舅舅顧鋪子這事我是認真的，鋪子都已經租下來了，就在咱們對面那條街上，只等招牌一到就能開張。所以等會兒你們一起回去好好和小舅舅說說，雇人幹活給錢那是天經地義的事，跟親戚不親戚沒有關係。」

關翠兒抱著食盒，心裡一時又酸又暖。

如何能沒關係呢？城裡人那麼多，一月六百顧鋪子的活兒多的是有人去做，偏偏表妹將這機會送到了自家面前。

「表妹，太多了……」

「多不多我心裡有數，啊，對了，既然說到了工錢，我得通知你們一聲。」

這個你們，其實也就關翠兒和駱澤兩個人。

「之前呢，咱們鋪子剛開張，你們都算是在試用期，所以工錢會比較少。現在鋪子裡的買賣穩定下來了，你們幹活的表現我也都看在眼裡，理應漲工錢的。你們原本都是三百銅貝一月，從下月起，升到每月六百。」

「六百?!」連駱澤都忍不住驚訝了。

「這麼驚訝做什麼？給你們六百自然是因為值得，難不成我會虧本來付工錢嗎？你們不會是嫌工錢多吧？嫌多我收回去。」

「不不不！」駱澤趕緊擺手笑道：「哪有嫌工錢多的道理，就是有些意外，嘿嘿。」

「還有更意外的。」

黎湘突然露出一個意味深長的笑來。

「我決定把你派到新鋪子裡頭去，常駐。」

駱澤愣住。「……」

「為什麼？」

駱澤臉上那原本還十分燦爛的笑容瞬間萎靡了下去。

「因為你會算帳啊。我小舅舅小舅母都不會，別的事情他們可以做，但這算帳不行，你過去，三個人正好。」

這理由充分得讓人找不出任何話來反駁。

駱澤瞬間明白這事沒有轉圜的餘地了，畢竟鋪子裡除了黎湘，能算帳的就自己和大江叔，總不能把大江叔撥到對面去。

「好吧……」

他只能不情不願的應了下來。

黎湘憋著笑沒再看他，轉頭將爹娘和表姊送出門。小舅舅那兒她就不去了，趁著晚上空閒下來，她得把滷味店需要的一些東西教給駱澤。

「好啦，別垂頭喪氣的，不就是隔了一條河，有什麼大不了的？」

整得她好像個王母娘娘似的，表姊目前心思都在賺錢給小舅母治病呢，駱澤這挑子也是一頭熱嘛。

「過來，我把滷味的價錢都告訴你，你得背下來。」

「喔……」駱澤懨懨的坐到桌前。

「你……你去對面工作的時候可別擺這副樣子啊，工作消極、怠工，到時候讓小舅舅記下給你扣工錢。還有，你去了對面，仍舊是包吃包住，每日的飯食我會讓表姊送過去。」

黎湘著重說了小舅舅和表姊，提示這般明顯，若他還是領悟不到，那她也無話可說了。

不過明顯駱澤腦子還是轉得很靈活的。

「妳放心，我肯定好好幹活！」

方才還垂頭喪氣的少年，眨眼間又變得活力滿滿起來。

他想明白了！

翠兒那麼孝順的人，她娘又還病著，定是一有空就會過去瞧她爹娘的。反正平時在鋪子裡忙起來也說不上話，空閒時候才好，而且自己和她爹娘一起看鋪子，還可以早些和二老熟識，打好關係……

這麼一想，到對面去幹活豈止是不錯，那是相當的不錯！

「剛才妳說的豬耳朵多少錢一斤來著？我沒記住，妳再說一遍。」

「……」

臭小子。

黎湘仔仔細細的將自己分類出來的滷味價目一連講了三、四遍，駱澤記得也快，半個時辰便已經記下了大半。

反正離開張還有兩、三日，她也就沒催那麼緊，先讓駱澤把記下的給記牢了。

正說著話呢，爹娘和表姊他們回來了。

黎湘一瞧表姊那興奮的模樣就知道小舅舅那兒是沒什麼問題的，不過晚上臨睡前她又想到了一件事。

「表姊，鋪子樓上那間屋子也是一起租的，原本我是想讓駱澤搬進去，但是妳娘現在行動不便，每日過河來來回回也不好，所以我想著明日還是讓小舅舅和舅母搬進去。」

她話剛說完，便瞧見表姊皺著眉頭要開口。

「我知道，妳又想說已經拿了工錢，不能再白住屋子是不是？放心，樓上屋子收妳租金的，從工錢裡頭扣。駱澤嘛，我也想好了，就在樓下給他隔出一塊地方架床鋪。」

黎湘早在查看鋪子的時候便已經想好了。

對面那間鋪子只是小一點，廚房已經有形了，不用改動，把前面鋪面改一改就行。因為賣的是滷味，不用請客人進去，所以不用像自家現在這個鋪子一樣大開門，只留一半門面方便賣貨收錢就行，另一半門面就不開了，架一張床，再拉個簾子，對駱澤來說已經足夠了。

她已經方方面面都盤算好了，關翠兒哪有不答應的。

「表妹，謝謝妳。」

如果沒有表妹一家，自己現在說不定已經被草草的配了人，正渾渾噩噩的過著和娘以前一樣的生活。

光是想想就讓人覺得窒息，她絕對不要過那樣的日子。

第二天一早，關翠兒早早就起了床，熬了一鍋粟米粥後都沒來得及吃就急急忙忙去了爹娘那兒，駱澤正納悶著，就看到黎湘朝他招了招手，給了他兩把鑰匙。

「等下我和我爹去買菜，你去幫我表姊他們搬東西過去，就對面那條街，比咱們現在鋪子小一點，沒有招牌，旁邊是個賣木工小玩意兒的鋪子，好找得很。你幫著搬過去了就回來，那邊有我小舅舅收拾。」

「明白！」

駱澤興奮的接過鑰匙，一溜煙小跑追了出去。

「這孩子，瞧著倒是愛笑了許多。」

關氏還記得駱澤剛來那幾日，是能不說話便不說話，好好一個小孩兒弄得死氣沈沈的，瞧著都揪心。

「以前他和咱們不熟嘛，現在這樣挺好的，不過過兩日他就去對面忙活了，娘妳看不著人，會不會惦記他啊？」

「惦記啥？就過個河的事。」

關氏捏了女兒臉蛋一把，突然笑道：「不過有的人要惦記了。」

黎湘秒懂，也跟著笑了起來。

草草吃過早飯後，關氏閒不住的上了樓將前些時候買的棉布拿了出來，準備將丈夫和女兒的冬衣先縫製出來。

黎江父女倆則是推著小板車去了菜市場。

兩百斤的肉可不是小數目，推個小板車能輕鬆很多，眼瞧著就快到平時買肉的那個攤子了，黎湘也都準備打招呼了，結果爹把小板車給推走了。

「爹，咱家不是在剛剛那家肉攤買肉嗎？」

「沒有，早就沒有了。」黎江壓低了些聲音道：「先前沒和妳說，那家肉鋪的肉啊，便宜是便宜，但他家多是死豬肉，也不知道從哪兒拉回來的。」

死豬肉……

黎湘小小的反胃了下，那些一般都是病死豬吧，這都拿出來賣，太缺德了。

「沒人管管嗎？」

「聽說是上面有人。妳啊，別操心那些，有些事咱們小老百姓碰不得。」

黎江推著車子在一處比較偏僻的攤位停了下來。

「老元，我來拉肉了！」

「誒！都給你備好了的。我都說了給你送過去，你還過來拉什麼？」

胖乎乎的一個大叔很是熱情的和黎江打了招呼，打完招呼才發現黎湘。

「大江兄弟，這應該是你家丫頭吧，長得可真是水靈。」

「元叔叔好……」

黎湘簡單打了個招呼便上前查看了下這位元叔叔給備的豬肉。的確是上好的新鮮食材，爹倒是沒上當，既然沒什麼問題，她也就不發表意見了。

父女倆很快付了錢，推著肉離開，接下來去買菜。

「爹，是誰先發現豬肉有問題的？」

「就是妳招的那兩個處理豬肉的婦人。她們本來是想跟妳說的，不過妳忙得實在轉不過身，便叫翠兒和我說了。我想著也不是什麼大事，那麼多賣肉的鋪子，咱換一家買就是了。」

黎湘點點頭，原本就想招她們兩人做夥計的心更確定了些。

她倆幹活真是又快又好，並沒有因為是鐘點工便拖拖拉拉，每天處理完的那些肉腸、肚子都是乾乾淨淨，叫她省心不少。

「爹，過幾日駱澤就得去滷味鋪子裡，以後處理滷味的事就讓小舅舅他們去做，蘇娘子她們呢，我就給雇到鋪子裡打雜了。」

「妳覺得行就行，咱家現在妳當家。」

「那敢情好，我當家～～」

黎湘得了爹的認可，心情十分不錯，買了幾樣貴價菜都不怎麼心疼了。等父女倆推著滿滿一車食材回到鋪子的時候，駱澤和關翠兒也已經回了鋪子。

「怎麼樣？那邊都安頓好了吧？」

「嗯！都安頓好了，樓上乾淨得很，還有沒拆的床板，簡單擦一下鋪上被褥就能直接睡，不過阿澤樓下的床鋪可能還要到舊貨市場那邊淘幾塊板回來弄才行。」

關翠兒對新鋪子的環境簡直滿意得不能再滿意，爹娘安頓了下來，日後也有了活計，她整個人輕鬆了許多，說話間都透著輕快。

「那就好，先住著吧，明兒慈安堂醫術最好的付郎中會坐診一日，到時候早些去排隊，讓妳娘去瞧瞧，把藥先吃上，後日招牌拿回來，小店差不多就能開張了。」

「後日就能開張了啊？好快！」

「那邊灶臺現成的嘛，又不用桌椅那些，招牌若是今天能好，明兒就能開張呢。」

黎湘搬完小板車上的菜，忍不住揉了揉腰。

唉，快了快了，等滷味鋪子一開，再招兩個打雜的，她就能輕鬆好多。

「湘兒，後頭準備好了吧，我去前面開門了。」

「誒！開吧！」

又是勤奮賺錢的一天啊。

第十六章

一家子忙得團團轉，外頭的客人也是一波接著一波，黎江剛擦完一張桌子，門口又進來了兩個人，那熟悉的衣裳他一眼就認出來了。

「四娃？」

「大江叔，我帶我師父過來吃碗麵，兩碗油潑麵就行。」

師父……

黎江記起來，四娃的確是說自己在鏢局拜了個師父的。

「好咧，一號桌，兩碗油潑麵！」

柴鏢頭聳聳鼻子，聞著這鋪子裡的香氣，突然就有些明白徒弟為什麼帶自己來這兒了。

「我還以為你小子拉我來是為了關照熟人生意呢。」

「關照生意是真，帶你吃好吃的也是真。這家吃食是真的不錯，保證你吃完以後頓頓都想。」

瞧著徒弟那信誓旦旦的樣子，柴鏢頭有些不信。好吃歸好吃，哪還能頓頓都想？

「你就吹吧你。」

話音剛落，角落裡那桌便有個嬌滴滴的聲音道：「自從上回來這兒吃過飯，回去真是日日都想，你也不帶我來解解饞，我最近都瘦了……」

柴鏢頭好奇的往後一瞟，發現是個胖男人帶著個小嬌娘，覺得沒甚意思，又轉了回來。

結果發現自家徒弟看著後頭那桌，眼神直勾勾的。

「你看什麼呢？」

伍乘風笑了笑。

「看，好戲。」

柴鏢頭狐疑的又看了後面那桌兩眼，並不覺得有什麼好戲可看。

「神神叨叨的，你認識？」

伍乘風點點頭。

「我爹。」

「噗！」

柴鏢頭一口水險些嗆到，咳了好幾聲才緩過氣來小聲問道：「真是你爹啊？你不是說他在鎮上做事嗎？」

「之前是的，不過保不準走了什麼狗屎運搭上線到城裡也不稀奇，也有可能只是到城裡逍遙幾日便回鎮上。」

不管是什麼樣，今日被他遇上了，伍大奎就要倒楣了。

「師父，一會兒我得請半日假。」

柴鏢頭瞇著眼將自己這小徒弟上下一打量，無所謂的點了點頭。左右近日也沒什麼活兒接，天天關著操練也沒那個必要，自己這小徒弟啊，心事還不少，半日假估計不太夠。

「給你放兩日假，悠著點玩兒。」

「謝師父！」伍乘風笑得露出了一口大白牙。

「四娃，你們的麵好了。」

黎江放下麵碗，一抬頭就看到他們後面隔著兩桌的伍大奎。

伍大奎！他怎麼又來了！

萬一被四娃看到了……

「老闆，給我照著上回那三道菜再來一份。」

黎江下意識的低頭看了眼四娃，發現他也正瞧著自己。

「叔，人家要點菜呢，趕緊去招呼呀。」

他叫的是叔，不是大江叔，顯然是已經看到伍大奎了，而且並沒有想跟他相認的想法。

這父子兩人之間的事，他一個外人也不懂，索性乾脆就當不認識，接了單便去了廚房。

很快，柴鏢頭美滋滋的吃完一碗麵走了，伍乘風一個人慢慢吃著，一直等到他爹吃得差不多了才結帳出去。

伍大奎在他的人生裡沒有出現過幾次，但每次出現都是他的噩夢。

他總是用最冷漠最厭惡的眼神看著自己，有時候說著話會突然的搧自己一巴掌，又或者踢自己一腳。每次都打得好痛，小時候的自己根本反抗不了那個男人。

還是後來年歲漸長，懂得要小心思避開，才免了幾次打。

這個男人，和那個女人，一樣可惡。

伍乘風有時候不禁會厭惡自己，為什麼身上要流著那兩人的血……

「大奎，這家小店飯食味道真好，明日再帶我來嘛。」

聽到這嬌滴滴的聲音，伍乘風立刻回過神來。

他們出來了！跟上跟上，一定要抓到他們住在哪兒。

「大奎，你說咱們能不能把那小廚娘雇到家裡去啊？這樣我日日都能吃到她做的飯食了。」

伍大奎無言。「……」

聽說人家幾十銀貝雇那小廚娘人家都沒肯，自己？他只能尷尬的笑了笑。

「我聽說那小廚娘傲得很，不肯受人雇呢。妳要是喜歡，咱就多來幾次，只要妳和肚子裡的小傢伙喜歡，天天來都行。」

「哼……就會說好話，一天天忙得跟什麼似的，哪有空陪我來。」

「好玉娘可別生氣，我這不是為了多賺些錢養你們嗎？」

兩個人一路打情罵俏，把那跟在後頭的伍乘風給噁得不行。

天啊，這女的還懷了娃！喬氏知道會氣死吧？他只要一想到那個場面就想笑。

伍乘風收斂了氣息，跟在兩人身後十步左右的距離，不緊不慢。因著他那身打扮頗有正氣，永明鏢局又十分有名，前面兩人就算是回頭瞧見身後的人也沒懷疑什麼。

兩刻鐘後，兩個人進了一座宅子。

雖說只是在陵安的城市外圍，但這樣一座宅子怎麼也要三、四百的銀貝才能拿下。瞧那門上的「伍」字，確是伍大奎的宅子無誤了。

伍乘風小心起見，又向周圍的住戶打聽了下，得知這宅子已經被伍大奎買了五年之久，小娘子也是跟著他好幾年的，宅子裡的下人都管她叫夫人。

嘖嘖嘖，若是村裡的喬氏知道自己在家苦巴巴的守著幾百銅貝過日子，伍大奎卻領著小嬌娘，大宅子住著，下人伺候著，那不得發瘋了呀。

真是越想就越興奮。

這事是肯定要捅給喬氏知道的，但在這之前，他要先把自己和伍家的關係斷了，師父既然給了他兩日假，正好把這事給解決掉。就算喬氏之後反應過來不對勁，有伍大奎這樣更重要的事頂在前頭，一個無關緊要的兒子也就不值得她再注意什麼了。

不過想要斷親的話，嗯……還得去找一趟駱澤才行。

伍乘風心裡有了主意，記下了這宅子的位置後，又去打探了一番伍大奎如今做事的地方。

原來他現在已經升上去做了城裡路氏布莊的二掌櫃，難怪他有錢在城裡置辦大宅子，裡頭肯定還有不少的彎彎繞繞，只是他現在沒時間去慢慢打聽了。

半個時辰後，伍乘風回到鏢局裡，換上了自己最初剛進城時穿的那套衣裳，然後特地去操練場上和幾個兄弟對打了兩刻鐘。

等打完下場時，衣裳髒亂就不說了，又破了幾道口，身上也添了不少新傷，加上之前押鏢在外頭受的舊傷，也算是傷痕累累了。

他以這副模樣來到黎家後廚的時候，嚇得關氏差點報官。

「沒事沒事！嬸兒，我是在鏢局裡頭操練的時候跟兄弟們練的，一點小傷，養養就行。你們忙吧，我是來找駱澤的。」

「找我？」

駱澤回頭請示了下，見黎湘點頭了，才跟著伍乘風出了後門。

「找我啥事？」

「找你借四、五個兄弟，鎮上的。你肯定有法子聯繫他們，或者給我個信物。」

伍乘風一邊說一邊拿了一百銅貝出來給他。

「這是給你的酬勞，其他幾個兄弟，我會另外再一人給他們一百。」

駱澤沒有接，眉頭皺得死緊。

「我的兄弟可都是些混混、痞子，你找他們幹什麼？不會是想幹什麼壞事吧？」

伍乘風白了他一眼。

「就請他們演場戲，連根毛都不會掉，一個時辰就能收工，輕輕鬆鬆拿一百銅貝。你要不願意聯繫那就算了，我另外再找人就是。」

說著他便作勢要把錢收回去，駱澤其實對伍乘風的人品還是信得過的，連忙將那一百銅貝拿到手裡。

「說好了啊，我只能幫你找到他們，他們願不願意演什麼戲，我可管不著。」

「行！你給我個信物，我自己去找他們說。」

駱澤想了想，解下脖子上的繩子，取出三把鑰匙下來。

「這是我老宅房屋的鑰匙，你把這交給竹七，讓他們別再到處晃蕩，就在我家住下吧，另外找份正經的活兒過日子，等過年我再回去看他們。」

小小三把鑰匙，莫名有些沈重。

伍乘風小心收到懷中，很認真的和他承諾一定將話帶到，駱澤這才將自己那一幫兄弟經常待的地方說了出來。

知道了自己想知道的東西，伍乘風便急著找船回鎮上，只匆匆和關氏她們打了個招呼便走了。

「這孩子風風火火的，也不知是急著幹什麼去，一身傷也不上個藥再走，真是叫人心疼。」

關氏一邊燒火一邊忍不住念叨，連同黎湘都跟著多了幾分擔心。

當然，伍乘風現在好得很。

他去了駱澤說的那間廢棄的土地廟，雖然沒有找到竹七他們，但看到了還算新鮮的生火痕跡，花了點時間在附近轉了轉，很快就找到了人。

「誒？這不是碼頭扛包的那小子嗎？姓什麼來著？」

「好像是姓伍，又好像是姓六。」

「哈哈哈哈哈……」

四個人嘻嘻哈哈笑成一團，正準備從伍乘風身邊走過去時，伍乘風一把拉住了領頭的竹七道：「駱澤讓我來找你們的。」

一聽駱澤這名字，幾個人頓時變了臉色。老大跟著他爹進城都有一個月了，這麼長時間一點消息都沒有，他們可是擔心得很。

「老大?!老大在哪兒?!他現在怎麼樣？」

「他怎麼會讓你來？」

「老大說什麼了?!」

四個人圍著伍乘風眼巴巴的望著他。

「他現在在城裡找了份活兒，過得還不錯。這次呢，是我想請你們幾個幫個忙，找不著人才先去找他的。哎，這是他家老宅的鑰匙，他讓我交給竹七。」

竹七愣愣的接過鑰匙，一頭霧水。

「老大把這個交給我做啥？不對，老大怎麼可能會找活兒幹？」

伍乘風一時無言。「……」

「他說讓你們不要在外面晃蕩了，都住到他家裡去，然後再找份活兒，像他一樣，踏踏實實過日子。等過年的時候，他會回來看你們的。」

幾個少年一聽這話，那眼蹭蹭蹭就紅了。

竹七將那鑰匙收進懷裡，強裝鎮定道：「多謝你把鑰匙帶給我。說吧，你想找我們做什麼？」

「演場戲。」

伍乘風招招手，將四人聚攏到一起，然後把自己要他們演的戲說了一遍。幾個人聽得目瞪口呆，直呼好傢伙。

「你確定要咱這麼演？」

「確定！一定要演真點，真打也無所謂。事成之後給你們一人一百銅貝。」

伍乘風難得大方了一次。

「沒問題！不過我得先去驗驗鑰匙。」

竹七也不傻，萬一這小子隨便拿幾把鑰匙來誆自己，那豈不是虧大了。

他帶著三個兄弟，拿著鑰匙去了老大家的老宅，輕輕鬆鬆便開了大門，這下他才是真信了伍乘風的話。

「行了，走吧。」

「等等，這個拿著。」

伍乘風從懷裡掏出一份契簡來，當然這份契簡是假的，債主是伍乘風，借款人是伍老四，名字寫得潦草一點，一般人是看不出來的。

「記著，上面的借款是五十銀貝，別說錯了數。」

準備得還挺充分。

竹七一言難盡的將契簡收了起來，沒好氣道：「這點事我們還是記得住的。」

真是個怪人，他們想要家人都沒有，這傢伙卻費勁的想要和家裡脫離關係。

「走吧走吧，包個船上你家要錢去。」

一行人很快在碼頭找了艘船包下，花了三十銅貝。

伍乘風心疼得很，但只要能跟伍家脫離關係，這幾十一百的也值得了。

眼見著馬上就要到了，他忍不住又提醒道：「一會兒儘量凶惡些，那家人都是欺軟怕硬的主兒。」

「放心放心，這個不用你教，咱們也是催過債的。」

竹七招呼著兩兄弟將伍乘風給架了起來，一路拖上了岸。

「右邊這家是吧？」

「嗯。」

「得咧！兄弟們，走！」

竹七領著頭，氣勢洶洶的走到伍家門口，直接一腳踹開了院門，裡頭正吃著飯的一家子嚇了一大跳，小孩兒當場便哭了。

喬氏走出廚房正要破口大罵，結果一瞧見院子裡凶巴巴的幾個男人，頓時萎了下去，聲音瞬間小了。

「這是幹啥呢？有沒有王法了？光天化日的踹我家門。」

「別說那沒用的，老太婆，瞧瞧這是妳兒子吧？」

竹七抓著伍乘風的頭髮往後一拉，將他的臉露了出來，廚房裡跟出來的幾個人下意識的都喊了一聲老四。

「嘖，看來是你家的沒錯了。哎，這是你家老四賭錢欠我家老大五十銀貝的契，寫得明明白白的，還錢！」

「啥?!五十銀貝?!」

喬氏一口氣沒上來險些暈了過去，伍家老大接過契簡一瞧。

「果真是老四的名字！」

「天啊！五十銀貝！」

幾個兄嫂面面相覷，誰也不想被這債給沾身，而且瞧瞧老四那樣子，被打得多慘啊，他們哪禁得起？

這夫妻大難來了還各自飛呢，更何況只是不鹹不淡的兄弟。憑啥一點好處沒享到，現在還錢卻想著找上門了。

妯娌三人立場出乎意料的一致了一次。

「大嫂，咱們家早就分家了對吧？老四的債怎麼也輪不著我們呀。」

「是是是，咱們早就分了家的！老四的債跟咱們沒關係！」

三個妯娌不顧婆婆那幾乎要吃人的目光，乾脆帶著自家的娃回房間，臨走還拽走了自家爺們。

至於那三個大男人是不是自願被拽走的，那就不知道了。

院子裡就只剩下喬氏和她那個年方十四的女兒伍小美。伍小美也想跟兄嫂一起走，奈何她娘抓得她死緊，怎麼也撒不開手。

「娘啊，怎麼辦？」

「我家沒錢！誰借的讓誰還去！」

喬氏往地上呸了一口，看著伍乘風彷彿是看著仇人一般。她怎麼可能替老四還錢，別說她沒有那麼多，就算有，也別想從她身上拿下一個子兒。

早些年她就看出來了，老四就是最沒出息的一個。

「喲！看來你們是打算賴帳了啊，那不成，欠債還錢天經地義，就是告到官府那也是我們有理，老太婆，妳要是拿不出錢來，妳這閨女……」

竹七話才說了一半，那伍小美便臉色大變抖個不停，抓著她娘一個勁兒的搖。

「娘！妳把錢給他們吧！娘！」

尖利的聲音將喬氏心中的負面情緒瞬間點燃了。她尖叫了一聲，直接撲到伍乘風面前對著他又掐又抓又撓，宛如瘋婦。

「你怎麼不去死！王八羔子臭糞坑的玩意兒，當初就不該生下你！」

一連串不堪入耳的罵聲在這小院裡頭響起，竹七瞧著伍乘風臉上挨了好幾下，想著他到底是雇主，還是給他解了圍。

「夠了！要打就把錢給了，妳關上門打！」

竹七隨手砸了個大陶罐子，哐噹一聲，罐子碎了，裡頭的鹹蛋也都碎了一地。喬氏嗷的一聲撲過去，這下是真落淚了，可心疼死她了。

「我沒錢！」

「沒錢有地有屋有閨女，五十銀貝湊湊就出來了。反正我們今日是一定要把這錢拿到手的。」

竹七搬了張椅子，大搖大擺的在院中坐了下來。

這時外頭已經來了不少瞧熱鬧的，只是一聽說是債務糾紛，一個個都不敢靠太近。主要也是喬氏平時太招人厭，都巴不得看她吃癟才好。

伍乘風琢磨著時候差不多了，這才「怯怯」的開了口。

「娘，妳就幫我一把，幫我把錢還了吧。以後我肯定老老實實賺錢還妳。」

「呸！老娘可沒那福氣花用你的錢！你借錢的時候怎麼沒想著我？臭不要臉的東西，還有臉把人帶回來！」

喬氏氣的不光是老四居然有膽子在外頭借錢，更氣的是他借完了居然一個子兒都沒往家裡拿。

「這錢是伍老四自己借自己花的，你們找他要錢去，反正我家沒有錢！」吼完了一通，母女抱頭痛哭，乍一看還挺可憐的。可竹七不吃這一套，轉身在院子裡又找了個陶罐子，哐噹又是一砸。

「不要！」

喬氏心頭簡直要滴血了，這些都是她左一家右一家偷來的雞蛋鴨蛋，攢了這兩罐子她容易嗎？

「今兒要是不把錢拿來，咱們就見一樣砸一樣，這錢呢，就從五十銀貝裡頭扣，不過我瞧著你家就是全砸完也扣不下幾個銀貝來。」

「哈哈哈哈哈……」

另外三個男人很給面子的嘲笑了一頓。

「這是幹什麼呢？」

老村長得了信趕來了。

喬氏眼睛一亮，立刻更加大聲的嚎哭起來。

「老村長啊！家裡出孽障了！不給我活路呀！這五十銀貝又不是我借的，憑啥讓我還嘛！」

「就憑妳是他娘！」

竹七非常硬氣，見了老村長也沒有慫，他把那偽造的契簡拿給老村長瞧了一眼。

「您瞧，這五十銀貝可不是我瞎說的。既然借了錢，那就得還債。伍老四是她兒子吧？那不找她找誰呀。」

老村長沈著個臉，看著一旁被押在地上的伍乘風，失望的搖了搖頭，轉頭和竹七商量道：「五十銀貝實在太多了，任誰這樣一下都是拿不出來的，不如寬限些時日？」

「老村長，您這是為難我呀！這錢若是我借的，您要說寬限那就寬限了。現在是我們老大催著呢，都好些時日了，再不收上去，我們也是吃不了兜著走。」

「可伍家一家都是平民老百姓，哪來的五十銀貝？你這硬收也得不到什麼，還不如放寬些日子讓他們籌錢。」

老村長話音剛落，喬氏就立刻跳了起來。

「呸！誰要給他籌錢，老娘才不會替他還錢！」

「那我不管，只要他還是妳兒子，這錢你們就必須還！」

這話真是猶如一道天外福音，瞬間點醒了喬氏。
「老村長，我要和這孽障斷絕母子關係！他不是我伍家的人了，債就不用我們還了吧？」
老村長無語。「……」
竹七心下一喜，可算是說到重點了。
「老太婆，妳這心可真夠狠的，妳要是和他斷絕了關係，債是跟妳沒關係了，那他這人可就由我們處置了。少說也得斷兩隻手呢，妳也忍心？」
「那是他自作自受，死了都不關我的事。」
喬氏得了準話立刻回屋翻出了戶籍，要老村長給她辦斷絕關係的證明，另外再將伍老四的戶籍清出去。
老村長不想接這個燙手山芋，可伍四娃借的那麼多債讓喬氏他們來還確實是沒道理，先前聽到還要把伍小美給拉走，好好一姑娘哪能叫這些人給毀了。
他糾結了半晌，最後還是答應下來。
「四娃，你莫要怪我。」
伍乘風低著頭搖了兩下，彷彿已經認命。
曾經乖乖巧巧的一個孩子如今落得這副模樣，老村長當真是於心不忍，走到門口了，又回頭和喬氏說了兩句。

「這戶籍我得先去族老里正那裡弄證明，明日再拿到府衙上處理，妳若是後悔了，隨時來找我。」

喬氏冷哼了一聲，什麼話也沒有說。

她巴不得趕緊把這關係給斷了，又怎麼可能會後悔。

「哎，你們都聽見、看見了吧，我跟這孽障已經斷絕母子關係了，以後他的事可跟我沒關係！你們要再敢動我家裡的東西，我就報官去！」

竹七憋著笑，面上卻要演出一副不得不放棄的樣子，不情願地拖著伍乘風回了船上。

「這戲演得可真累！」

「有錢拿累什麼累？」

伍乘風取出錢袋，一人分了一百銅貝出去。

「喂，你剛沒聽老村長說嗎，要明日才能到府衙把你的戶籍遷出去，你這麼早就把錢給了，不怕有什麼變數啊？」

「你是說她會後悔？」

伍乘風笑著搖了搖頭。

「她不會的。」

就算伍家有聰明的誰覺出了不對勁，他也會讓他們根本沒空去探究。

「竹七，待會兒再幫我演場戲去。」

竹七無語。「……」

兩刻鐘後，鎮上碼頭邊。

「瞧見沒有，就那艘船，你花三十銅貝包他過江一個來回，他肯定會接。然後，只要把我剛剛教你們的話說一遍就行了。」

伍乘風指的那艘船是喬氏娘家弟弟的，只要竹七兩人在船上把伍大奎的事一說，不到傍晚喬氏便能知道，最遲明天早上，喬氏絕對會帶著一家子殺到城裡，給伍大奎一個驚喜。

嘖，想想那場面就刺激。

「行了，記下了，我和二生去。你家事可真多。」

竹七嫌棄得不行，想想還是自己這樣的孤家寡人好。

他帶著二生按照伍乘風說的找到了那艘漁船，一聽他們出三十銅貝過江一個來回，船主喬有財立刻應了下來。

船剛一離岸，兩人便演起來了。

「七哥，聽說你們那路氏布莊的大掌櫃馬上就要被調到城裡了，新掌櫃的人選定下來了嗎？有沒有可能是你啊？」

「我才幹幾年呢，那肯定不會是我啊。想做大掌櫃，估計還得幹個五、六年呢。」

撐著船的喬有財一聽路氏布莊，又聽到大掌櫃，頓時想到了自己的大姊夫。大姊夫可不就是路氏布莊的掌櫃嗎，所以大姊夫要調到城裡了？

「欸！小兄弟，你們說那路氏布莊的大掌櫃是叫伍大奎嗎？」

竹七當然說不是了。

「一瞧你就是許久沒去我們鎮上的布莊買布了，伍掌櫃七年前便調進了城裡，如今是在城裡的布莊做二掌櫃呢！」

「怎麼可能?!」

喬有財不相信。要是大姊夫真調到城裡去了，那以大姊的性子早就宣揚得人盡皆知了。

「哎，你不信自己去城裡瞧瞧唄。」

竹七沒再理他，轉頭和二生繼續演戲。「說來伍掌櫃可真是厲害，從學徒做到大掌櫃，再做到城裡人人羨慕的二掌櫃，也就十來年的時間。如今財有了，宅子也有了，還有一房小嬌妻，聽說馬上又要添丁了，這人生真是叫人羨慕。」

「等會兒！你們在說啥？」

什麼叫財有了、宅子有了，小嬌妻也有了？

兩刻鐘後，竹七和二生回到碼頭下了船，喬有財也一起停了船上岸，直奔路氏布莊。

打聽完出來頓時整個人都不好了。大姊夫居然真的早就調到了城裡！

這說明什麼？說明他一直都在騙著大姊！

喬有財想都沒想就划船去了大姊家。

瞧著他那急匆匆划船離開的樣子，伍乘風便知道事已成了大半。剩下的，他只要明日在府衙外等著老村長就行。

「對了，這是另外的報酬，今日之事多謝了。」

「哎，有錢掙謝啥謝？以後還有這等好事記得再叫我。」

竹七拿著錢，連帶著看伍乘風也順眼了許多，閒話兩句後才和他各自分開。

那頭喬有財很快便划到了小村子裡，下船後剛走到門口就瞧見大姊家的門破了個大洞，院子裡也是一片狼藉。

「大姊，這是出了啥事？」

喬氏剛罵完一頓兒子兒媳，一回頭瞧見娘家裡和自己最要好的弟弟，心中委屈蹭蹭蹭就上來了。

「阿弟！你姊姊我好命苦啊……」

她一邊嚎一邊將下午發生的事講了一遍。

「我還當什麼大事呢，就這啊。左右妳跟老四也斷絕關係了，債就攤不到妳頭上，不是什麼要緊的，我這兒可有件天大的事。」

「啥天大的事啊？」

喬氏抹了抹眼淚，拿了條板凳給弟弟，喬有財哪有心情坐。

「姊，姊夫在外面有人了！」

「有人？不可能！你姊夫那個人雖說性子傲了些，但他對家裡是絕對忠誠的。這些年每月一發月錢便會拿一大半給家裡，風雨無阻。他不可能在外頭有人，一個月工錢哪裡能養兩人。」

喬氏根本不信。

「唉呀！我的傻大姊，妳還被蒙在鼓裡呢！人家早七年前就被調到城裡去了，月錢不知道翻了多少倍。我聽今天船上的客人說起，姊夫現在在城裡的布莊做二掌櫃，宅子有了，錢也有了，還有一房嬌妻，馬上就要生了！」

「不可能！」

「有什麼不可能的？我親自去布莊打聽的！大姊夫根本就沒在那兒當掌櫃，人家夥計都說了，姊夫早就被調進了城裡，一月工錢好幾銀貝呢！」

喬有財話剛說完，就瞧見自家大姊眼一翻暈了過去。

「大姊！」

一旁驚呆了的四兄妹這才圍了上來。

「舅舅你說的可是真的？」

「我爹真的在城裡有宅子了嗎？」

「那我們是不是也能搬到城裡住了！」

幾個人七嘴八舌的圍著喬有財問，就是沒一個關心倒在地上的老娘，氣得喬有財吼了兄妹幾個一頓，這才將地上的大姊扶進屋子裡。

等喬氏悠悠醒來的時候，天已經快擦黑了，這個點誰也不敢摸黑上城裡，只能等明日一早再出發。

一家子滿腦袋都是伍大奎在城裡住大宅子養小妾如何如何風光，根本就沒有人惦記著可能已經被砍掉雙手的老四。

第二天一早，天才剛亮，一家子便坐著喬有財的船進城了。

老村長今天特地還來了一趟，結果發現伍家沒人，只能嘆了口氣拿著證明去了府衙，結果沒想到居然在府衙外邊瞧見了伍四娃。

「四娃，你怎麼在這？」

「老村長，我那債主沒砍我手，畢竟砍了誰還他錢呢？不過他要我的賣身契，所以我這就來等戶籍了。」

伍乘風仍舊穿著昨日那身舊衣，昨日對打後的青腫傷痕今日瞧得格外明顯，再加上他臉上被喬氏抓的兩道傷，怎一個慘字了得？

「四娃你……唉！怎麼就走錯了路啊！」

老村長心裡頭難受，卻又有些慶幸。好歹人好好的，沒少兩隻手，就算是做奴才也比沒了手好。

「走吧，跟我進去拿去。」

兩人一前一後進了府衙，再出來時，伍乘風便已是獨立的男戶了。不過一個沒有房屋地契的男戶時效只有三年，若是三年內依舊沒有房產掛靠戶籍，戶籍便會被取消成為黑戶。

這些老村長就用不著操心了。因為簽了賣身契，什麼都是跟著主人家的，四娃這輩子也就這樣了。

「好好跟著你的主人家，勤快些，莫要再走錯路了。」

伍乘風難得的心酸了下，認真點點頭，將老村長送到了碼頭上。等他一走，便立刻乘了船返回城裡看熱鬧。

喬氏一行人比他提前兩個時辰進城，這會兒靜悄悄的絲毫沒有鬧騰。因為伍老二說了，就這麼直接鬧到布莊上去，他爹那麼要面子的人肯定受不了，到時候說不定就不讓他們待在城裡了。萬一再鬧大了，把他爹的掌櫃差事給鬧沒了，那更是對誰都沒有好處。

一家子對伍老二的這個思路還算是認同，畢竟他們是想住大宅子過好日子，並不想和老爹翻臉。

於是，一家子就蹲在路氏布莊旁邊的巷道裡，等著伍大奎收工，然後跟著他回家。結果左等右等都沒有瞧見人，一問才知道路氏布莊並不是只有一家，整座陵安城有五、六家路氏布莊。

沒法子，他們又一路打聽著找了好幾家布莊，總算是找到了人。

衣著光鮮的伍大奎正在布莊門口迎客，那一臉笑意是伍家所有人從來都沒有見過的。

場。

「娘，爹身上穿的那是綢吧？」

喬氏沈著臉沒有回答，其實心裡已經被攪得翻天覆地，恨不得立刻闖到布莊裡大鬧一

「老實等著，別叫他看到了，不然等下直接就送咱們去碼頭了。」

四兄妹閉嘴。「……」

還真有可能。

十幾個人就這麼躲在巷道裡，又不敢擋到人家的道，便都靠著牆角蹲成了一排，瞧著像一群難民似的。

「奶，我餓……」

平時最受寵的豆豆最先開始喊，跟著，另外兩個小的也開始喊起餓來，有那路過的好心大娘拿了一塊黍米糕給他們。

「真可憐……」

三個字瞬間刺痛了喬氏的心，她一把搶過黍米糕砸到了地上，惡狠狠道：「誰可憐？妳才可憐！老娘有錢買吃的，不需要可憐！」

「神經病啊……」大娘撿起黍米糕，皺著眉頭離開了。

「哭什麼哭！我還沒死呢！老大媳婦去買點吃的回來。」

喬氏數了三個銅貝，只打算買給三個孫子。

大兒媳李氏臉色難看，暗罵婆婆小氣。不過她有自己的小私房錢，等下買的時候可以吃完再回來。

三個銅貝買了三塊粟米餅，兩個小的餓得受不了都乖乖吃了，唯有豆豆不肯吃，吵著鬧著要吃雞蛋，結果被喬氏打了一巴掌後老實了下來。

這下任誰都察覺出她的不對勁，一個個安靜如雞，靜等著飯點的時候。

伍大奎哪裡想到就隔著兩個巷子會有那麼大的驚喜等著自己，一到飯點便和夥計打招呼離開回了宅子。如今家裡那個懷著孕，吃也吃不好，睡也睡不好，他總是要多操心著些。

眼瞧著走到了家門口正要進去呢，突然聽到身後傳來了叫他毛骨悚然的聲音。

「當家的……」

伍大奎雞皮疙瘩起了一身，簡直不敢回頭看。

「爹！」

「阿爺！」

三個娃被爹娘推著一個個都朝伍大奎撲了上去，熱鬧的小孩兒聲音把隔壁鄰居都給招了出來。

「欸?伍掌櫃，來親戚了呀？」

伍大奎尷尬的正要點頭呢，喬氏往前一站，陰森森一字一句說道：「不是親戚，是媳婦兒和孩子。對吧，當家的？」

幾個鄰居面面相覷，然後裝作若無其事的樣子退回家裡，趴在門上聽動靜。

「你跟那些不認識的說什麼說，有什麼好說的！」

伍大奎頭疼得很，轉身就想領著一家子去碼頭。

「你們突然來，我也沒地方安置你們，還是先回去，改明兒我回去看你們。」

「爹，這宅子是伍宅。」

伍老大十分不爽的拆了爹的臺。明明有這麼大的宅子居然不讓他們進去，簡直太過分了。

「就是啊爹，這明明就是咱家的宅子，怎麼也得讓我們進去瞧瞧嘛。」

兄妹幾個不肯走，嘰嘰喳喳的鬧著要進去。裡頭的僕婦聽到外頭的動靜，立刻開了門一瞧。

「老爺回來啦。」

一聲老爺叫得伍大奎心臟都要跳出來了。喬氏咬著牙，眼紅得不像話。瞧瞧這宅子，還有下人，日子過得多舒坦啊！

「伍大奎！你可真是對得起我。」

「有什麼事你們先回去再說，明兒我抽空回去一趟行了吧！」

伍大奎很不耐煩的推了她一把，並沒有要讓一家子進宅子的意思。喬氏當然不會讓他如願了，來都來了，自家的宅子，憑什麼不讓她住？

城裡有宅子，她才不回村住那破屋。

「不回！以後都不回了。咱們在這兒住下了！我倒要看看你養的那個妖精究竟是個什麼東西！」

喬氏給弟弟和兒子們使了個眼色，喬有財和伍家兄弟幾個便立刻上前抱住了伍大奎，剩下的人則一窩蜂的跟著喬氏衝進宅子裡。

「誒！不許進去！聽到沒有！都給我出來！混蛋喬有財你給我放開！」

伍大奎急得不行，玉娘那般柔弱怎會是喬氏的對手？不行，他得進去救她！

幾個男人在門口扯成了一團，還是那僕婦幫了一把，伍大奎才脫身出來。他一脫身便趕緊跑進宅子裡，老遠聽見一陣女人尖利的叫聲，嚇得魂都快沒了，跑到裡頭一瞧。

自己的髮妻、兒媳都被幾個丫鬟婆子給壓在地上，他心裡的小嬌嬌正用一種他從來沒有見過的凶狠模樣踩著喬氏的爪子。

「少來我這兒擺什麼正妻的譜！瞧瞧妳那張老臉，大奎樂意看妳嗎？妳就算住進了這座宅子，有臉出去嗎？」

玉娘字字句句都扎著喬氏的心，喬氏又哪裡是吃素的，忍著疼反手一抓再一拽，嬌滴滴的玉娘便一屁股坐到了地上。

「唉呀我滴娘哎！」

丫鬟僕婦都驚呆了，趕緊去扶主子，宅子裡頭頓時亂成了一鍋粥。

巴在牆頭看熱鬧的伍乘風這下滿意了，拍拍餓得咕咕叫的肚子美滋滋的去了黎家。

今日這齣戲，真真是下飯得很。

伍乘風走到黎家小食的時候正是飯點，裡裡外外都是客人，要吃的話還要等上好一會兒才有位置。

出來送餐的黎江瞧他那一身傷的樣子，想都沒想就拉著他去了後廚，原是想讓他在後頭隨便吃點再上個藥，結果他瞧著大家都太忙了，乾脆一挽袖子當起了臨時夥計。

伍乘風頂了駱澤的位置，和麵揉麵剁餡上菜啥都忙，忙了一會兒才反應過來這後廚裡多了兩個婦人，少了一個熟人。

「怎麼沒看到駱澤了？不會是幹不了跑了吧？」

他就順口那麼一問，黎湘正要答呢，關翠兒就先回了他。

「阿澤是到對面滷味店去做事了，他很勤快的。」

「滷味店？」

「對呀，今日對面咱們黎家滷味新開張呢，日後滷味也可以單買了。」

伍乘風詫異的瞧了眼黎湘，簡直不敢相信。

這才多久，黎家不光開了小食店，還又開了一家滷味店，做吃食買賣當真有這麼賺錢嗎？

「四娃，別忙了，先過來吃個蛋墊墊肚子。」

「誒！來了！」

正巧餓得肚子一直叫呢。

伍乘風一直在黎家鋪子裡忙到了打烊的時候。難得師父給他放了兩日假，提前回去也是無聊，還不如在這兒幫幫忙。他喜歡黎家的氛圍，更喜歡被大江叔兩口子關心的感覺，這是在別處都感受不到的。

「四娃，去洗一下把藥上了，一會兒吃飯。」

黎江一邊叫他一邊將門板拴好，關氏則是將自家的傷藥拿出來給他。不過因為後廚有兩個大姑娘在，伍乘風便躲到了鋪子裡上藥。

其實就是些皮外傷，瞧著青紫一片極為嚇人，但他常年勞動，受傷都習慣了，藥抹不抹無所謂。

他拿著藥膏裝模作樣的往傷口點了幾下，聽到廚房的湘丫頭正在將乾淨的剩菜裝給那兩個新來的婦人。

「這些沒人要的話就是倒到外面的餿水桶，妳們不嫌棄就好。」

蘇娘子和劉娘子兩人寶貝似的端著剩菜，連說不會。有油又有肉，還做得那麼香，哪怕是剩菜她們也是求之不得的。

「黎姑娘，那我們就先回去了，明兒一早再過來。」

黎湘點點頭，沒有要挽留兩人吃晚飯的意思。早先就說好了的，不包吃也不包住，一月給她們各五百銅貝，這已經是很不錯的條件了。

「表妹，今天廚房怎麼剩這麼多肉啊？這都有好幾十斤了吧？」

關翠兒清點著食材，百思不得其解，明明今日鋪子裡的生意和之前比起來只好不壞，為啥會剩這麼多的肉？

「傻表姊，當然是我特地多買的啊。那肉先放一邊，咱們先吃晚飯再說。」

黎湘順手拿過今日剩下的一碗餃子餡，抓了大把藕粉進去，又打了個雞蛋調勻。因為已經調好味，所以就不用再加別的調料了，而加藕粉是為了能讓肉餡更加嫩滑好黏合。

她打算做丸子湯，如果不加藕粉的話，這些餡一下鍋就會全散了。

伍乘風很快抹完了藥回到廚房，接替了關氏燒火的位置。

暖烘烘的柴火熱氣加上黎湘做的食物香氣，莫名讓他生出一種想待在這裡不走的念頭。

「四娃今年該十七了吧？」

關氏的問話一把將他拉回了現實。聽到是問年紀，伍乘風有些愣住，他好像都忘了自己有多大了，總是想著這十幾年，到底十幾？還真沒仔細算過。

他不記得，黎江卻記得很清楚，四娃只比自家兒子小三歲。

「可不就十七了嗎，九月剛過的生辰吧？」

伍乘風忙點了點頭道：「是，九月剛滿十七。」

「喲，十七是大人了，該說親了呀，四娃你娘怎麼說？」

關氏倒沒想過喬氏會不給兒子娶媳婦，因為村子裡頭那麼多人瞧著，她哪怕是做個面子也要給兒子把媳婦定了，不然，下頭的伍小美根本沒法說親。

伍乘風又卡住了，他有些猶豫要不要告訴大江叔一家，自己已經和伍家斷絕了關係。這事不好說，一說連帶著他演的戲也得說了，不然解釋不清楚。

可這樣的話，大江叔一家會不會認為他是個心機頗深的人，然後便不再與他來往了……

黎湘瞧出他不太願意說，連忙笑著插話打了岔。

「娘妳這話問的，人家哪好意思說？左右四哥日後娶媳婦也是要請咱們吃酒的，到時候不就知道了？」

「那倒是……」

關氏笑笑便沒再繼續追問，但伍乘風卻總覺得喉嚨像是梗著一根刺，上不來也下不去，別提多難受。

「四哥，火大點，我要炒菜啦。」

伍乘風打起精神，忙加了兩根柴進去。

黎湘伸手隔空感受了下油溫後，直接將那醃好的豬肝片倒下鍋，迅速翻炒後立刻撈了起來。然後用鍋中剩油爆香蒜片辣椒後倒入配菜洋蔥和芹菜，因為爹娘比較喜歡酸辣口的，她又切了半根酸蘿蔔進去翻炒，等配菜熟了再將豬肝倒進去、加最後的調味。

加了藕粉的炒豬肝那叫一個鮮嫩，和魚片都差不多了，再加上那酸辣的口感，吃一片能配大半碗飯。

伍乘風非常給面子的吃了三碗粟米飯，豬肝、肉丸、青菜也都吃了不少，吃完第三碗黎湘要再給他加飯時，他不好意思再要了，雖然他還能再吃兩碗。

「表妹我吃飽了，我去給我爹他們送飯啦。」

「去吧，鋪子裡沒什麼事了，妳多陪陪小舅母。對了，湯在鍋裡熱著別忘了。」

黎湘提醒完了還不放心，又追到廚房裡繼續道：「晚上讓小舅舅送妳回來，別一個人走。」

「知道啦！」

姊妹倆又說了幾句，關係瞧著很親近，伍乘風心裡突然有些酸酸的，他小時候也想和三個哥哥親近的，結果……不提也罷。

第十七章

送走了表姊回到飯桌的黎湘，剛坐下就聽到伍乘風說了個爆炸新聞。

「大江叔，我……跟伍家斷絕關係了。」

黎江幸好是沒喝手裡的湯，不然肯定就噴出來了。

「怎麼就斷絕關係了？你娘把你趕出去的？」

「她憑什麼啊！村中族老怎麼會答應？老村長呢？他怎麼可能同意？」

關氏憤憤不已，哪有當娘的這樣對待兒子的，從小不疼就算了，長大了居然把人攆了出去，還是斷絕關係這麼嚴重的法子。

「嬸兒妳別動氣，這是好事。是我自己求來的。」

伍乘風想想還是決定說出實情，不要瞞著黎家，左右他們回村早晚都會知道，還不如現在就告訴他們。

「我吧，使了點小手段。」

他有些尷尬的將自己如何雇人演戲，如何將伍大奎的事捅出去都說了出來。

黎湘驚得筷子都要掉了。

人才啊這是……

輕輕鬆鬆便擺脫了那極品的一家，日後婚事、銀錢什麼的伍家都拿捏不到，還拉了他那個渣爹出來做擋箭牌，等伍家人緩過勁來，只怕他戶籍什麼都弄好了。

以前只覺得他有些小聰明，知道自己攢錢學認字，現在，她覺得這伍乘風聰明得不只一點點。

沒了那極品的一家，他的人生算是敞亮了。

「這是好事！」

黎江回過神，說的第一句話便是這個。

這些年四娃過的是什麼日子，他都看在眼裡，伍家的人冷血又自私，四娃留在伍家也是被當成老黃牛使喚。

他們都是外人，對伍家家事不好多說什麼。但既然這是四娃自己費心思求來的，那對他來說一定是解脫，自然就是好事了。

他們的反應大大出乎了伍乘風的預料，原本還以為他們會討厭自己耍手段，會覺得自己不孝，沒想到……

心裡的大石頭落了地，伍乘風竟忍不住紅了眼。被他們認同的感覺，叫人心裡酸酸的。

黎江拍了拍他的肩膀安慰了一番，轉頭叫了女兒一聲。

「湘兒，去把我的酒拿來，我跟四娃喝一點。」

「哦，好……」

黎湘轉身去廚房拿了酒，瞧見沒什麼菜了，又切了兩截臘腸放到桌上，原還想坐在一旁聽聽爹和伍乘風說什麼心靈雞湯的，結果被她娘給拉了出去。

「他倆喝酒，妳湊啥熱鬧。」

「蟠兒，誰在喝酒啊？我這正好帶了下酒菜來呢！」

後門一開，是駱澤提著籃子過來了。

「你們可真是放心我啊，一整天也不過去瞧瞧鋪子裡的買賣，打烊了也不去查查收益，這不，我把錢給送過來了，趕緊點點。」

黎湘接過沈甸甸的錢袋，沒數，先放到了一邊。

「這籃子裡是沒賣完的？」

「是，我賣一天仔細瞧過了，豬耳朵、豬頭肉，還有豬心賣最好，像這豬肝、豬尾巴，買的人少。我就最不愛吃這豬尾巴，一想到那是豬屁股上長的東西，就怎麼也下不了口，明兒妳少備點。」

「行，我知道了。」

黎湘把豬肝和豬尾巴拿出來切了切，又準備了蘸料，駱澤一聞蘸料就忍不住嚥口水了，他好奇的撩開簾子往鋪子裡看了一眼。

「誒！伍乘風怎麼來了？」

「是阿澤啊，來來來，一起喝一點。」

黎江招招手，駱澤哪有不應的，立刻接了黎湘手裡的盤子進去坐，這會兒伍乘風眼還紅著，被他瞧個正著。

「哈哈哈哈……伍乘風你幾歲了還哭鼻子？」

伍乘風瞇了瞇眼，拿起一坨豬尾巴肉就塞進了他的嘴裡。

駱澤一驚。「！」

嘔……

三個人在鋪子裡頭喝著酒，不時還能聽到幾聲駱澤和伍乘風鬥嘴，兩個人一遇上就彷彿變成了小孩子，幼稚得很。

黎湘沒去裡頭湊熱鬧，刷完鍋後便把早上多買的那五十斤肉拖了過來。一塊塊都是上好的後腿肉，肥肉相間不多不少，拿來做臘肉真是最好不過。

眼看現在都十一月了，再不做等過年的時候想吃也來不及，白天店裡又忙，她實在是沒有時間，也只有晚上這會兒才有空做臘肉。

「娘妳幫我燒火，中火就行。」

黎湘提起一大塊肉，手摸了下，蘇娘子她們已經拔過毛了，幾乎都已經拔乾淨，只有零星幾根還有些扎手。這時候直接將豬皮的那一面對上燒得滾燙的鐵鍋，來回摩擦就行。

原味的豬皮被那高溫一炙，立刻散發出略有些腥臊的味道。筐子裡的每一塊肉都去鍋裡滾了那麼一遭，出來個個皮都焦了。

關氏好奇的看著女兒將肉都滾了一遍，用料酒抹了一遍，然後又開始往鍋裡倒鹽。

「湘兒，怎麼倒這麼多鹽？」

都倒了小半鍋了……

「拿來醃肉嘛，肯定要多，娘妳火小點。」

黎湘又倒了小半罐，這才將鹽罐收回去，接著倒了小袋子的花椒進鍋裡和鹽一起翻炒。

說實在她不喜歡吃花椒，小小一顆就能麻掉舌頭。但不得不說花椒是很多菜餚裡的靈魂。醃臘腸加了花椒粉可以提味，醃臘肉也是同樣的，而且花椒能殺蟲殺菌，拿來醃製食品真是好處多多。

將鍋裡的鹽和花椒都炒得差不多後，黎湘直接將花椒和鹽倒進了石磨裡，磨成了更細的椒鹽粉。其實不用磨也可以，只是她喜歡這樣磨細了，醃得更入味一些。

一共五十斤的肉，把鹽抹上、放到盆裡好好醃上七、八日，再掛到灶臺上就成。

關氏瞧著有些肉疼，好好的肉拿去醃，鹽也費了小半鍋。

「娘，該喝藥啦。喝完早些上樓睡，樓下我自己慢慢收拾。」

黎湘將陶罐裡的藥倒出來，溫溫熱熱正好。

關氏自從喝了新開的藥，覺得身體好許多，她也很聽醫囑，每天都按時喝藥睡覺。

「那我喝完上去了，妳先休息會兒，等翠兒回來，兩個人一起收拾比較快。」

黎湘一邊笑一邊點頭應道：「知道啦……」

娘可真是，偶爾偏心一次，叫她可開心了。

不過表姊也不知道何時回來，能早些收拾完便早些收拾吧，平時表姊幹的活兒也不少。

黎湘一個人把廚房都洗刷整理了一遍，又檢查了放糧食的櫃子，都弄完差不多已經是兩刻鐘後了。

她悄悄撩開簾子看了眼，伍乘風不知什麼時候已經趴在桌上，只有駱澤和老爹還在慢悠悠的喝著酒，那駱澤酒量好得驚人，臉上竟是一絲紅暈都沒有！

嘖，伍乘風酒量未免也太小了些。不過酒品倒好，喝醉了便乖乖睡覺，也沒聽見他吵鬧，這樣的少年成親後應該能省不少心。

呸呸呸！想什麼呢！

黎湘拍拍臉清醒過來。人家才十七歲的少年呢，成什麼親，要妳瞎想什麼？還是數錢吧，駱澤剛拿回來的錢都沒有數，沈甸甸的一大包呢，有些出乎她的意料。

早上買肉的時候，除了該給白家的那兩百斤食材，她另外給滷味店買了五十斤試營業。元家叔叔給的價實誠，那五十斤豬腸、豬耳朵等一共才收她三百五十銅貝。所以這袋子裡的錢減掉三百五，就是那五十斤滷味賣的純收益。

「一、二、三……五百六十七、五百六十八！」

淨賺了兩百多！不錯不錯，比她預想的要好很多，沒什麼宣傳，頭一日開張能有這麼多已經很不錯了。

黎湘收起錢袋，正想去叫爹讓他別喝了，突然聽到後門外面有腳步聲傳來。

「表妹，我回來了。」

關翠兒人未到，聲先至。不用想，另外一個人肯定就是她爹關福了。

「湘丫頭，阿澤呢？這小子說來送錢，一直也沒回去。」

黎湘朝鋪子裡努努嘴道：「在裡面和我爹喝酒呢，小舅你來的正好，把他給帶回去。明兒還要做事呢，哪能一直喝。」

關福點點頭，掀開簾子進去了，再出來時不光帶著駱澤，背上還揹了一個。

「這娃喝醉了，你們這兒也不方便留，我給帶回去，讓他在阿澤那兒擠一宿。」

黎湘沒有意見，轉身點了燈，又拿了點雞蛋給駱澤。畢竟這一路回去還要過橋，沒個燈照路還挺危險的。

送走了三人後，一家子簡單收拾了桌子這才各自回屋睡下。

迷迷糊糊的睡了一晚，伍乘風早上醒來的時候頭還有點暈，睜開眼一看，眼前一片陌生。但屋子裡瀰漫的香氣卻是很熟悉。

是湘丫頭家的滷味……

伍乘風趕緊下床整理好衣衫，又重新綁了下頭髮，拉開簾子出去的時候一眼就瞧見了繫圍裙正在幹活的駱澤。

一起喝的酒，人家早就起了，偏自己睡這麼晚，等下回去還得被師父罰，真是……真是有些丟人。

「伍乘風，你這酒量不行啊，才喝半碗就醉了，嘖嘖。」

「這有什麼，酒量不行就不喝，省錢。」

伍乘風看了眼店裡，沒瞧見別人，正好趕時間回去，也就不和駱澤廢話了。

「昨晚多謝了，我得回鏢局操練去，再會。」

「誒！等等！」

駱澤從正滷著肉的鍋裡撈出兩顆滷蛋放到簸箕裡。

「哎，黎湘昨晚讓我滷的，這是你的，拿走。」

伍乘風愣了下，心頭一暖，很是珍惜的將那兩顆滷蛋放進了懷裡。剛出鍋的滷蛋燙得很，隔著幾層衣裳還是很快就燙到了皮肉，不過他好像是沒感覺一般，一路小跑回了鏢局。儘管是一路跑回去的，那也遲到了一刻鐘，被罰去掃了茅廁，回來又跑了三十圈。好不容易跟著師兄們操練完了，正準備淋個澡回去吃蛋，結果路上不知怎麼跟人撞到了，懷裡的蛋直接被壓碎。

伍乘風費了好大勁才把衣裳裡的蛋碎都扒了出來，一點一點全吃進了肚子。

這會兒大家都去飯堂吃早飯了，他難得可以一個人躺在床鋪上休息，腦子裡不知怎麼又想起昨日在黎家鋪子裡燒火時的場景。

奇了怪了，以前他成日裡只想著賺錢，但自從知道黎家也搬進城裡後，就老想著出去，湘丫頭做的飯裡頭該不會有什麼勾魂的東西吧……

伍乘風想著想著自己先笑了，閒得無聊又起來數了數自己攢的銀錢。之前在碼頭扛包、幫人砍柴，做了各種活計，四年下來他攢了有近十五銀貝，但那都比不上押一次鏢所賺的。

像他這樣的小徒弟，跟一次鏢來回就分得十八銀貝，更別說那些大鏢師、鏢頭了。

現在自己手裡有三十多銀貝，在村裡鎮上買間屋子都是可以的，不過他還是想在城裡買。哪怕是跟伍家斷絕了關係，他也不想再和他們住在一個村裡。

所以，努力賺錢吧。

「唉……還是要努力賺錢才行。」

同時，黎湘同樣摸著自己略鼓的錢袋，嘆了口氣。

她感嘆自己雖然手裡有上百銀貝，卻買不來城中心的一間廁所。白老闆他爹的鋪子只是靠近城中心的位置就已經要上千銀貝了，那城中心的酒樓至少都是上萬起跳吧。

太貴了！

望洋興嘆。

有生之年她能攢到那麼多錢嗎……還是要放低標準，在城中心外圍買座酒樓就行？

「湘兒，樓下有個大戶人家的丫鬟找妳。」

「哦！來了來了！」

黎湘把錢收起來鎖好，一邊應一邊小跑下樓。

「呀，是金花姑娘啊，妳怎麼這麼早來這兒了？」

金花抱著食盒，看到黎湘，彷彿瞧見了救星一樣。

「黎姑娘，這回妳可得幫幫忙。我家小姐最近孕吐得厲害，都兩、三日沒怎麼吃過東西了，郎中瞧著也只說是正常的，那都吃不進飯食正常個屁妳說對吧？」

黎湘眨巴眨巴眼。「所以……」

「所以我來找妳啦！妳不知道，昨兒個姑太太帶了一道菜到宅子裡，小姐居然吃了一小半沒有吐！她說這菜妳是行家，找妳準沒錯的。」

金花擔心自家小姐，眼淚汪汪的看著黎湘，纏著她要她做糖醋魚。

「我知道妳不想去宅子裡當廚娘，我家小姐也說了，不要勉強妳。所以咱這次就是花錢買菜，妳做好我就拿走，絕不耽誤妳的事。」

人家話都說到這份兒上了，黎湘哪還能拒絕。就當是還那六十六銀貝的情，而且一個孕婦吃不進東西確實有些可憐。

「爹，你晚一刻鐘再開門，我先給她做點吃的帶走。」

「行！」

黎江見不開門了，乾脆坐到灶前給女兒燒起了火。

黎湘剛抓起一條魚，突然想到什麼頓了頓。

「早上吃糖醋魚太油膩了，我另外做點酸口的吃食妳帶回去，若是少夫人吃著還行，那我便知道她能吃哪些東西了。」

金花在一旁呆呆的點頭，吃食方面她一竅不通，自然是聽黎湘的。

「那妳打算做什麼？」

「就做點清淡又營養的，妳一會兒就知道了。」黎湘一邊答，一邊手起刀落的宰掉了魚頭，然後打開魚腹清理乾淨後直接拿木勺在上頭刮，幾乎透明的魚肉被她刮成了一小團一小團的魚肉糜。

這一套動作下來，把金花瞧得一愣一愣的。

「妳這是要用魚做吃食給我家小姐？」

黎湘點點頭，將刮下來的一團魚肉裝進了碗裡，加一點料酒、薑末、蛋清，一直攪和到黏稠為止。想要做出來的魚肉不腥，料酒和薑末是必須的。

金花欲言又止了好一會兒，終於忍不住道：「可是魚肉好腥，我家小姐聞一次吐一次。」

「昨天的糖醋魚不是沒吐嗎？」

「……」

好有道理。

這下金花沒話說了，安安靜靜的看著黎湘和麵擀皮。

「少夫人能吃辣嗎？」

「能的！特別能！」簡直到了無辣不歡的地步。

黎湘心裡有了數，麻利的將調好的魚肉餡包成了一顆顆餛飩，包完才招招手讓金花近前來學做湯底。

「這東西呢，煮好再拿回去就不太好吃了，所以我給妳包起來，妳帶回去煮，簡單得很，妳只要會湯底就行。」

這道是酸湯餛飩，辣椒油和陳醋醬油是其中的靈魂，根據個人愛好加一點香菜碎、撒一點點蝦皮、扯點紫菜，加開水一澆，酸辣鮮香的味道立刻就出來了，因為加了紫菜和蝦皮，營養更加豐富，等煮好了餛飩往裡一放，即可上桌享用。

金花平時看著大大咧咧，卻是再細心不過的人，為著自家小姐能吃進東西學得那叫一個認真，她調的湯底很快就過了關。

「哎，這籃子裡是我包好的餛飩，妳拿回去先煮一半，開水下鍋煮，數二十個數兒就撈起來。另外這兩罐，一是我自己醃的酸蘿蔔，可以切點配粥吃，二是我自己做的油辣椒，妳自己拿回去安排吧。蝦皮和紫菜妳自己買去。」

「好好好！一共多少錢？」

金花已經迫不及待的想要回去做給小姐吃了。

黎湘默算了下，酸蘿蔔不值當什麼，也就用了一條魚，還有油辣椒一罐。

「一共一百銅貝。」

「這麼便宜！」

金花詫異極了，趕緊數了錢給黎湘後，寶貝一樣的抱著一堆東西回了柳宅。她先去了後廚，親自調好湯底，又照著黎湘說的煮了餛飩撈進去。

滿滿一碗酸辣鮮香的魚餛飩，才剛端進內室，金氏便來了精神。

「金花回來了！糖醋魚呢？」

「小姐，黎湘說早上吃那個太過油膩了，給妳換了一種吃食叫餛飩，妳嚐嚐看？」

「換了一種？」

金氏坐到桌前，拿起湯勺半信半疑的舀了勺湯喝。酸辣中又透著鮮的味道瞬間讓她胃口大開，再舀一顆餛飩，那裡頭的餡也不知是用什麼做的，彈牙得很，比湯汁還鮮，小小一碗根本就不夠吃。

「金花還有嗎？」

「有有有！奴婢這就給妳去再做一碗！」

金花大喜，轉身拔腿就跑，險些撞到外出回來的柳淮之身上。

「雲珠，金花這是怎麼了，跑那樣快？」

「她……她說要去給我再做一碗餛飩？她做？不是去買嗎？」

金氏迷惑了。

柳淮之這才注意到桌上那被吃到只剩一點湯底的碗，簡直大喜過望。

「妳能吃進東西了？」

他連手裡的包子都扔到一邊不管了，坐到一旁攬著媳婦兒，滿眼都是喜色。這幾日雲珠吐得厲害，整個人都憔悴了，他也是整晚睡不著覺，擔心得不行。

「昨日姑母不是來了嗎？帶來的那盤糖醋魚說是黎家那姑娘會做，所以早上我便讓金花去買了。雖然買回來的不是糖醋魚，但這碗餛飩也很好吃，吃完一點想吐的感覺都沒有。」

「能吃就行，妳愛吃我天天去買給妳！」

金雲珠沒忍住笑了。

「倒也用不著天天去買，郎中不是說了嗎？現在吐得厲害，大概一、兩月就能好轉。懷孕嘛，還是要多吃滋補的東西才行，等她反胃沒那麼嚴重了，之前缺的都要補回。」

兩人說著話，金花已經又煮好了一碗端來。

「金花，不是說去買的嗎？怎麼聽妳說妳還得做？」

「這個啊，小姐妳有所不知。餛飩是那黎姑娘包好了讓我帶回來的，說是煮好再拿回來就不好吃了。她教奴婢調了湯底，等回來煮好餛飩放到湯裡就能吃。不過這碗吃了就沒有了，等晚些時候奴婢再去和她買上一些回來存著，晚上要吃就能隨時煮了。」

「原來是這樣，那黎姑娘還真是個妙人。」

金雲珠美滋滋的喝了一口湯，慢悠悠的又吃完了一整碗。

「唉……感覺肚子好久沒有這樣飽過了。」

她想拍拍肚子，突然又想起自己懷孕了，連忙改成摸了摸。一旁的柳淮之附上她的手，很自責的感慨了一聲。

「雲珠，叫妳受苦了。」

「哪裡就苦了，可不許這樣說，咱家桃子可聽著呢。」

「是是是，我說錯了，該打。」

夫妻倆親親熱熱的，金花很有眼色的收了碗，從屋子裡退了出去。到廚房的時候才想起黎湘還給了她一罐酸蘿蔔，本著好奇又為小姐試味的心態，她切了一小塊嚐了下。

「嘶……好酸！」

牙都要酸掉了！這東西真能吃嗎？

兩個時辰後，看著一口蘿蔔兩口粥吃得津津有味的小姐，金花對黎湘的好感那是蹭蹭蹭的往上漲。

只要能讓小姐吃進東西不吐，那她就是大大的好人！

傍晚，金花又去了黎家小食一趟，不過她去的點不太巧，正是人家最忙的時候，後廚根本就沒她落腳的地方。

黎湘得知她是要來買餛飩回去備著做消夜，一時也抽不開手，乾脆讓蘇娘子殺了兩條魚，又給金花拿了個勺子，讓她自己先慢慢刮著魚肉，等店裡人少下來後，才去接手擀皮包餛飩。

「妳家小姐不會就打算天天吃這個吧？」

雖說孕婦多吃魚蝦確實好，但天天吃這個魚餛飩，營養實在不夠全面。

金花聽出了點意思，立刻興奮道：「妳還能做其他吃了不會吐的吃食嗎？那妳儘管做，我每天都過來買！」

每天都來買，這可是個大單。黎湘非常痛快的答應了。

「那今晚就先這樣吃著，妳明日中午過來，我給妳做好了帶回去。」

「好好好！」

金花開心得很，看著黎湘彷彿是走失多年的姊妹一樣。她性子討喜又大方，不用刻意套近乎就很快和黎湘熟稔起來。

關翠兒瞧著她那股親熱勁兒，心裡酸溜溜的。不過想想她一日也來不了幾回，心裡才舒坦了些。

送走了金花後，店裡差不多也到了打烊的時候。黎湘讓爹關了鋪子，卻沒有讓表姊休息，拿出了剩下的食材讓表姊在一旁學著，教她做菜。

如今店裡的生意越來越忙，只靠她一個人不行，她要盡快將表姊教會，至少做各類小炒沒有問題。照現在這個情況下去，搬到新店只是時間問題，有表姊在人手都還不一定夠。

駱澤在對面滷味店暫時不能動，她在考慮要不要先收個徒弟帶著。

自從那路老闆有意高價雇自己做廚娘後，不光是店裡的生意好了，來找自己學手藝拜師的也多，只是她一直都沒有答應。

帶徒弟可不是件輕鬆的事，尤其是城裡這些一點都不知根知底的人，教起來風險太高了。她倒不擔心教會徒弟餓死師父，畢竟中華美食佳餚那麼多，她到哪兒都能靠手藝吃飯。她擔心的是，剛教會人家，人家拍拍屁股就走了，自立門戶，又或者被人高薪挖走，到頭來給別人培養了一堆廚子，吃力不討好。

晚上睡覺前，黎湘隨口說了那麼兩句，結果表姊語出驚人。

「表妹妳實在擔心的話，就去人牙子那兒買兩人回來教唄。賣身契在妳手裡，就算再有什麼花花心思都是無用的。」

對啊！

黎湘忘了，這個時代是有人口買賣、有賣身契這種東西的。表姊說的這話，倒是點醒了她。

買兩個徒弟回來帶，教會了能頂不少事，不像現在，每日都被困在後廚，有點事想出個門都不行。

不過在新時代長大的人，說起買賣人口總是覺得哪裡怪怪的，她暫時將這想法壓在心底，沒再去想。

「阿姊、姊夫……睡了沒？」

大晚上的，後門外頭小舅舅的聲音格外的明顯。

關翠兒立刻坐起身來穿衣裳。

「是我爹！」

黎湘也跟著爬了起來，等她倆穿好衣裳出去時，外頭的燈已經亮了。

關氏睡得熟，黎江也沒叫她，幾個人一起下了樓到廚房裡說事。

「福子，怎麼這麼晚還過來了？」

「當然是有要緊事。」

關福把門關好，神情嚴肅道：「今日中午阿澤去擔水的時候，有個男人找上他，說是想要用三十銀貝跟他買滷水配方。阿澤推說他是個打雜的，什麼都不知道，回來就告訴了我這事。結果晚上那人又來找我，說是願意拿五十銀貝跟我買滷水配方。」

黎湘沈默。「……」

她知道有人會打主意，只是沒想到會這麼快，滷味店才剛開張呢。

「我跟他說不知道滷味配方，他又變了口風，說給我十銀貝，讓我把妳每日配好的滷水賣他一半。」

第二個提議可說是很讓人心動了，只要賣掉一半滷水就有十個銀貝拿，滷水不夠就再加些水、鹽進去補，黎湘不會到店裡查看，根本就不會知道。

「小舅舅你不心動啊？」

「心動啥？咱可是有良心的人，不該拿的東西一筷子都不能動。」關福氣場頓時爆氣。黎湘欣慰的贊同道：「是，我家小舅舅真不錯，那麼大的誘惑都抵擋住了。」

「我來呢是想跟你們說一聲，這滷味方子怕是叫人盯上了，湘丫頭，妳最近買材料配滷味，自己注意著些。」

黎湘點點頭表示知道了。

配方她不擔心洩漏出去，十七、八種配料加在一起，多一兩少一兩，味道都會截然不同。而且每次她去藥鋪買配料的時候都是二十多種一起抓的，像黃耆、當歸這些都是燉湯用，根本不是加在滷味裡。

那些有心人若真盯著她買，怕是要上不少的當呀……

一連風平浪靜了三日。

黎湘本來還以為那背後的人會忍不住來聯繫自己購買方子的，結果一直都沒有動靜，這倒是叫她心裡有些不安起來。

明知道自己的方子被人盯上了，對方卻不走光明正大的途徑，而且被拒絕後便沈寂了，絲毫沒有想和自己這個正主談談的意思，怎麼想都覺得對方是要耍什麼陰招，搞得自己很被動，她不喜歡這樣。

小舅說那去找他和駱澤的人是個高個子，有顆黑門牙，這樣的特徵應該算是挺明顯的，秦六爺那兒肯定有法子打聽出來。

不過還沒等她行動，當夜就出了事。

滷味鋪裡一整日下來生意都非常不錯，每日固定備貨已經由一開始的五十斤增加到了一百多斤。因為類似大腸這樣的下水賣得便宜，味道又好，平民百姓也都捨得買回去嚐嚐肉味。

平時都是一賣完就打烊，今日也不例外。駱澤將店門關好後直接攬下了剩下的活兒，催著關福上樓去照顧包氏。

因為包氏的腿沒了知覺無法走動，所以郎中說了每日都要按摩通血，關福聽話得很，每日都要給媳婦兒按上兩回。

至於廚房的收尾工作，他留下來也搶不過駱澤，只好很欣慰的上了樓。

駱澤獨自清洗完裝滷味的鍋碗瓢盆，又清洗乾淨簸箕，等一樣樣都擦洗過後，又忙著把明日早上要交的一百斤滷味焯水炒糖色，加到滷水鍋裡。

差不多每次他弄完的時候，翠兒也正好送飯來了，兩人還能說上不少話。等吃完飯，翠兒也被送了回去，駱澤便老實門上門早些洗漱睡覺。

天漸漸黑了，小鋪子裡的三人很快都睡著了，就在這時，一把匕首慢慢從廚房的後門縫裡插了進來，也不知怎麼撥的，那門閂幾下便被弄開了。

靜悄悄的黑夜裡，木門吱呀一聲，響得還挺大聲的，領頭的那個人頭上挨了好幾下，等停下來確定沒有什麼異樣，才敢繼續在滷味後廚裡翻找東西。

他們循著味很快找到了目標，正揭了鍋蓋找配料包時，駱澤醒了。蓋著鍋蓋的滷味是什麼味道，駱澤再清楚不過，怎麼突然會有這麼濃的香味？

他還沒下床就摸了打火石，點了油燈，一撩簾子出來，正好和廚房的兩個男人瞬間打了個照面。

「你們是誰！」

駱澤聲音大，樓上的關福立刻也醒了，聽樓板那吱呀吱呀的聲音顯然是已經起床下來了。

兩個男人手裡抓著一包料想都沒想就往外跑，駱澤立刻衝過去攔住兩人。

「你們把東西給我放下！」

「臭小子滾開！」

駱澤死死拽住兩人的褲腰帶往廚房裡頭拉，外頭的關福也攔著兩個人不讓走，拉拉扯扯間也不知是哪一個動的刀，駱澤胳膊上瞬間就見了血。

「不想死的就給我鬆手！」

「呵，你當小爺怕死啊？小爺我孤家寡人的，什麼都怕就是不怕死！有本事你往我心口上扎試試！」

駱澤彷彿感覺不到疼痛一樣，雙腿夾著其中一人用力一絞將他絆倒在地，然後整個人順勢壓上去死死勒住不放。

另一人則是和關福纏鬥在一起。

關福雖不會武，但一身的力氣卻不是吃素的，加上跟他糾纏的這人並沒有攜帶武器，他很快就將人制伏打暈了過去。

收拾完這個，他又趕緊過去幫駱澤的忙，黑暗中誰也看不見誰，他只能一邊和駱澤說話一邊判斷位置。因為人已經被駱澤死死勒住，關福收拾起來就方便多了，脫下衣裳把他手一綁、刀一扔就沒了威脅。

解決完這兩人，關福、駱澤都累得半死，趕緊在廚房找出油燈，關福幾乎嚇傻了。

這滿地的血！

「福、福子、福子叔，我好像有點暈……」

「誒！阿澤！」

關福慌慌張張將人弄到床上，撕開駱澤的衣裳一瞧，胳膊上好大一道刀口，居然還在冒血，得趕緊止血才行！

他趕緊去廚房拿刀，直接將鐵鍋底刮了一圈，集了一大把的鍋底灰回來撒在駱澤的傷口上，然後撕了衣裳給他包紮。

「阿澤？能聽見我說話不？」

關福叫了好幾聲，沒有反應，他一時有些六神無主，想了想還是先出去把外面兩人拖進店裡，拿了繩子確定捆得結結實實的，然後上樓和媳婦兒說一聲，趕緊拿著燈去對面找幫手。

一聽店裡闖了人，駱澤還被刀捅傷了，全家都給嚇得不輕，幾個人趕緊帶了家裡的傷藥到滷味店。

一到店裡就看見滿地觸目驚心的血，可以想像駱澤和那兩個不速之客纏鬥的激烈情況。

黎湘著急地查看駱澤的傷勢，發現他的血已經止住了，是失血過多讓他一時暈倒了。黎湘使勁掐了駱澤人中兩下，沒見人醒。

「不行，得帶他去找郎中才行。」

一聽就是很嚴重的意思，關翠兒立時就哭了。

「別、別哭……」

駱澤一開口，所有人都鬆了一口氣。能醒就好，說明身體沒太大問題，黎湘先讓他好好休息著，自己則是去了廚房，仔細查看地上的兩人。

其中一人正是之前小舅舅所說的個子高高、還有黑牙的，只有他身上有血，顯然拿刀傷人的也是他。

「湘兒，這得報官才行。」

黎江氣得牙癢癢，恨不得把這兩人再拖出去暴打一頓。

「是要報官，等天亮吧。娘，妳身子不好，早些回去睡，爹你也跟娘回去吧，咱店也得有人守著。」

關鍵是家裡的全部家當都還在樓上，鋪子裡沒個人，她實在不放心得很。

「那妳和翠兒？」

黎湘看了表姊一眼，瞧出她是不想走的意思。

「我和表姊留在這兒吧，有小舅舅在呢。」

黎江不太放心，但家裡的鋪子也確實要有人守著。

「行吧，那我跟妳娘先回去了，妳們收拾一會兒，沒事就休息去。」

「知道了，爹。」

黎湘送走了爹娘，回頭坐在廚房裡瞧著地上的兩人發呆。這兩人肯定是同行派來的，就是不知道是哪一家。

陵安比較有名的食樓酒家有錦食堂、素味齋等五、六家老牌子，應該不是吧，老牌子會這麼沒腦子？就這麼上門來偷秘方？

「小舅，他們跟你們打鬥的時候有沒有透露自己是哪家的人？」

「沒有，就說了句不想死的就鬆手。」

關福一回想起方才那情形，還是有些心驚肉跳。阿澤那小子居然那般的有膽識，真真是叫他刮目相看。而且這小子受了傷也沒喊疼，死死拖住另一個，多虧了有他在，不然自己也無法那麼輕鬆收拾掉前面那個。

好小子，是個男子漢！他下意識的看了眼躺在床上的駱澤，結果竟發現那小子一眼不錯的在盯著自家閨女！

關福心裡對駱澤那暴漲的好感度瞬間折了一半下去。

這臭小子居然對自家翠兒動了心思！難怪他平日裡在自己和媳婦兒面前這麼的勤快……媳婦兒還誇讚過他好多回，說他是個能顧家的娃，險些就叫他給糊弄過去了！

不行不行，這傢伙平時瞧著還可以，但絕對不是個好女婿人選，聽說他爹娘都沒了，兄弟姊妹也沒有，只孤身一人在城裡闖蕩，女兒若是跟了他，那得吃多少苦？

關福越想越遠，臉色也越來越不對勁。

「翠兒，妳上去瞧瞧妳娘去。」

關翠兒應了一聲，擔心的看了駱澤一眼，才轉身去了樓上，不過很快她又下來了。

「爹，娘說讓你上去。」

關福愣了下，瞬間想到媳婦兒會不會是受到驚嚇，連忙轉身上了樓。

「怎麼了這是？」

他來到房間，發現妻子的眼亮得驚人。

「當家的，哪天得了空，你回鎮上打聽打聽阿澤，若是他說的都是實話，那咱們將翠兒許給阿澤吧？」

「什麼？我不同意！」

闞福要不是顧及著媳婦兒是個病人，當場都想發火了。

「妳在想啥呢，阿澤如今是個孤兒，無親無友，無人幫襯，連個屋子都沒有，怎麼能將女兒嫁給他？」

他覺得自己媳婦兒腦子大概有包……巧了，包氏也是這麼想他的。

「孤兒怎麼了？上沒有公婆壓著，下沒有妯娌欺負，進門就能管家，這日子不知道多舒坦！再說，他一月六百，翠兒一月也六百，努力攢個幾年，還會沒有房子嗎？」溫婉柔順的包氏有生以來第一次對丈夫說了句不太得體的話。「你懂個屁！」

闞福的臉不自覺地紅了。

他想到了自己那一家子，刻薄偏心又自私的娘、瞧不起女人的爹和大哥、好吃懶做的大嫂。媳婦兒嫁給自己，有公公婆婆又如何，半生都沒有痛快過。

只這一條，便叫他沒了底氣。

「我明白妳的意思了，只是妳怎麼突然想到要把翠兒配給他呢？」

難不成就因為今晚駱澤那小子比較勇敢？

「你說你這個當爹的，一天都在想什麼？女兒來來去去的，你就沒看出點什麼？」

包氏打從第一日住進這滷味店就瞧出不對勁了。

駱澤是勤快，但他勤快得過分。每日早早起床將鋪子裡裡外外打掃乾淨，給自己和丈夫準備好熱水，重活兒、累活兒老是搶著去幹，怕她在樓下坐得不舒服，還會把他的枕頭拿來給她墊腰。

尤其是，女兒來送飯的時候，他眼裡流露出來的歡喜是騙不了人的。

打從知道駱澤爹娘都過世後，包氏便已經動了心思。她這半輩子吃苦就是在婆家，說句大不孝的話，她作夢都希望沒有公公婆婆。

自己的女兒自己疼，翠兒現在會自己掙錢，多好的姑娘！憑啥要嫁到一大家子裡去做牛做馬？駱澤窮是窮了點，但家庭簡單、沒有累贅，簡直再合她心意不過了。當然最重要的是，她發現女兒對駱澤也不是沒有好感的。

「阿澤對咱翠兒有意，翠兒呢也有點那個意思，兩孩子都願意的事，你就不要瞎摻和了，改明兒回鎮上打聽一下，若是他說的都是實話的話，到時候再來說說後面的事。」

關福無語。「……」

怎麼感覺自己如今在家裡一點地位都沒了，媳婦兒這是在跟自己商量嗎？這分明就只是在通知自己而已嘛。

不過細想，媳婦兒說的話也不是沒有道理。沒有公婆妯娌未必是壞事，大不了他日後賺的錢都給女兒，有娘家幫襯，他們再自己努力些，日子怎麼也壞不到哪兒去。

關福自己都沒注意到，他已經從絕對不能讓女兒嫁的態度變成了日後多幫襯就行。

夫妻倆又小聲的商量了幾句後，包氏便將丈夫攆下樓。畢竟樓下還有兩個壞蛋在，兩個姑娘家她也不放心，而且後門外邊的血跡都還沒有清理，等天亮被人看見那得多嚇人。

這一晚，兩家人其實都沒怎麼睡好覺。

黎湘是在快天明的時候才忍不住趴在桌上睡了會兒，感覺才趴下去，就聽到有人在叫她。

「表妹，醒醒。」

表姊一聲一聲叫，她也不好再繼續睡了。睜開眼一看，正巧對上地上那人的眼神，嚇了她一個激靈清醒過來。

地上兩人都是醒著的，只不過被捆著，嘴裡又塞了抹布，還算安全。

「表妹，起來吃點東西吧，一會兒要去官衙了。」

一聽要去官衙，地上兩人立刻瘋狂掙扎起來，喉嚨裡嗚嗚嗚的哼個不停。黎湘看都沒看他們，接過粥碗勉強吃了半碗，便準備回去叫上爹一起走。

結果在路上正好碰上了早起出來吃麵的伍乘風師徒倆。

「湘丫頭，怎麼瞧著沒精打采的？」

「沒事，就昨晚沒睡好。」

黎湘上午沒打算開門，既然遇到了，索性提前和他說一聲。

「對了，今天店裡有些事要處理，上午就不開門了，你們別去門口等了，一會兒我讓我爹把牌子掛出去。」

伍乘風下意識的想問出了什麼事、要不要他幫忙，結果黎湘已經頭也不回的走了。

柴鏢頭瞧著好笑，用胳膊肘頂了頂小徒弟。「怎麼，你看上這小廚娘了？」

「師父！胡說什麼呢。她就是我鄰家的一個妹妹，也算是從小看著長大的，好不容易在城裡遇上她一家，瞧著親切而已。」

「是是是，妹妹，親切，你說的都對。走吧，人家都說了，今日上午不開門。」

柴鏢頭不太重口腹之欲，好吃的就常吃，吃不到也無所謂。

「師父，咱再過河瞧瞧吧，說不定滷味有賣呢？」

難得能蹭師父的飯吃，怎麼也要拔點毛下來。

柴鏢頭無奈的笑了笑，只好跟著徒弟一起過了河，沒想到還真有滷味賣。不過賣滷味的不是那小少年，而是一個小丫頭。

伍乘風隨口問了一句。「駱澤呢？」

關翠兒轉頭看了一眼裡頭躺在床上面色發白的人，眼圈兒又紅了。

「他受傷了，正養著呢。」

「什麼？受傷了？很嚴重嗎？」一個賣滷肉的能受什麼傷，難道是切肉切到手了？

「就是手臂不小心傷到了，沒什麼事。」

關翠兒把他要的滷味切好，用葉子包好繫上遞給他。

「三十二銅貝。」

柴鏢頭很自覺的付了錢，轉身要拉徒弟走時，卻見他直接繞去了後門，他無奈地跟上。

伍乘風想著自己好歹和駱澤打過架喝過酒，怎麼也是有幾分面子情的，來都來了，總是要看望一下再走。哪想到敲開後廚門一看，裡頭露出兩個大漢來，瞧那捆綁的樣子和堵住的嘴，再聯想到駱澤受了傷，所以這是有小偷闖進店裡了?!

柴鏢頭神色微妙，指著地上其中一人道：「這人好生眼熟，只是一時有些想不起來了，我這兩日肯定見過的……」

闞福一聽立刻激動起來，催著柴鏢頭想想是在哪兒見過的人。

柴鏢頭越要想便越是想不起來，突然聽到徒弟提醒了一句。

「師父，你這兩日大半時間都在鏢局，就前日中午和朱鏢頭他們出去吃了頓飯。」

「是是是！吃了頓飯！在那個明橋後街的一家飯館裡吃的，這人我記得是個夥計……」

剩下的話他不用說，伍乘風也明白了。敢情這是同行過來偷滷味的方子來了，無恥啊……

「柴鏢頭，不知道你還記不記得那家飯館的名字？」

闞福想多問些，一會兒姊夫過來帶人，也好告訴他們。不過柴鏢頭從來都是只管吃，哪會去看什麼招牌，黎家小食還是因為徒弟的關係才多記了兩分。

「小舅舅，你先去忙吧，這兩人交給我們就行。」

黎湘很快就帶著爹爹回來了，點頭和柴鏢頭打了招呼後，沒有請他們進鋪子的打算，現在裡頭正在做買賣，駱澤精神也不好，應該讓他看郎中吃藥靜養。

正準備客氣的把人攆走，就聽到過道外傳來兩聲馬兒的哼哧聲，很快兩個衣著還算華麗的男人朝著後門走了過來。

柴鏢頭小聲提醒道：「是那家飯館的老闆。」

那個男人一臉的假笑，見面先是將黎湘狠誇了一通，等誇到實在詞窮了，又見黎湘一點反應都沒有，這才住了嘴。

「黎姑娘，不如我們找個地方坐下來談談？」

黎湘看了爹爹一眼，黎江自然是聽女兒的，黎湘想了想後點頭同意了。她轉身進廚房和小舅舅交代了一聲，出來時扯了扯伍乘風的袖子，小聲邀請他和他師父到對面鋪子裡坐坐。

顯然她是怕自家人鎮不住場子，特地找這兩名鏢師過去壓一壓。伍乘風自然是想都沒想就答應，拉著師父連拖帶拽的把他也弄了過去。

第十八章

回到自家鋪子裡，有兩名鏢師在旁著實叫人安心不少，黎湘說話都有底氣多了。

「不知二位這一大早的到我家鋪子來幹麼？」

領頭的那個胖男人尷尬一笑，先是自我介紹道，他倆都姓林，是明橋後街的林記飯館的老闆。

「我們來的目的，想來黎姑娘妳也知道，我家那兩夥計天黑走錯路，不小心走到了妳家滷味店裡……」

他話沒說完，就被黎湘的笑聲打斷了。

「抱歉啊，有點好笑。我家滷味店的後門是閂上的，怎麼不小心就讓人給開了呢，真是太不小心了。」

另一個男人臉色不太好看，是個易爆的脾氣，他想發火，卻叫胖男人給壓了回去。

「黎姑娘，這揪著不放就沒意思了，咱們都是同行的人，以後低頭不見抬頭見的，大方一些，這事就過去了，左右你們也沒什麼損失。」

聽完他這話，黎湘腦子裡瞬間蹦出了一個表情包。

從未見過如此厚顏無恥的人，一個當小偷的還有臉來上門擺譜兒。

「林老闆，我覺得咱們沒什麼好談的了，我還趕時間去衙門呢，要不你下午再過來？」

林有金哪裡肯答應，真要報了官，那兩個夥計肯定一嚇就什麼都說了，林記的名聲就臭了。

「黎姑娘，有事好商量嘛，妳看現在妳也沒什麼損失，不如我們酌情賠妳一點錢？」

黎湘彷彿來了興趣。「哦？你們打算賠多少？」

胖男人看了看弟弟，先是豎了兩根手指頭，瞧見黎湘毫無波動的眼神時又默默的加了一根。

他們鋪子生意最好的時候，一日收益也才四百多，就黎家這鋪子，半日沒做生意頂多兩百，三百已經是他的底線了。

「才三個銀貝啊，不夠。」

「什麼?!妳搶錢啊三個銀貝！」

林有銀一拍桌子站起來，氣勢洶洶恨不得撕了黎湘。伍乘風也站了起來，順帶把師父也拉到了一旁。

姓林的兩人這才注意到，一直在旁邊默默啃著滷味的竟是永明鏢局的柴鏢頭！

「林老闆，既是理虧，那便聽聽人家苦主的要求，欺負姑娘家可是不成的。」柴鏢頭說完便又坐了回去，繼續啃他的豬尾巴。

黎湘也很給面子的主動開了口。

「你家兩夥計夜闖我家滷味店，毀了我兩鍋滷水不說，還拿刀傷了我一個夥計，那血流得滿地都是，現在還躺在床上起不來呢。他的醫藥費外加兩鍋滷水，豈止要三銀貝，這我都還給你們往少了說的，要加上誤工費至少得五銀貝！」

林家兩兄弟齊齊冒了一身冷汗出來，這可怎麼賠啊……

現在方子不僅沒拿到，還要倒貼錢出去，怎麼想都是在剜他們的心。

「要不咱們還是報官解決吧，這點損失我還是承擔得起的。」黎湘一點也沒有開玩笑的意思。

林家兄弟知道不能報官，若是報了官，不光店裡名聲臭了，說不定還要被判賠錢，絕對比現在更叫他們難受。

真是後悔，派那麼蠢的兩個人去偷方子。

「五、五銀貝就五銀貝！」

從牙縫裡擠出這句話後，林家兄弟倆的臉色都十分的難看。

「不過我們身上沒帶那麼多錢，能不能讓我們把人先領回去？」

「不成。」

對於這種無恥又無賴的人，人一接走還會認帳嗎？反正黎湘對他們是不信任的。

「方才我瞧著林老闆你們是坐著馬車來的，想來回去拿趟錢也不累，左右我這鋪子也不會跑，等上半日也無妨。」

林家兄弟氣悶。「……」

柴鏢頭貌似跟這丫頭關係還不錯，算了，這次認栽了。兄弟倆沒再說什麼，只黑著個臉出了門。

瞧見他們走遠了，黎湘這才鬆了一口氣，背上涼沁沁的出了不少汗。自家這病弱的一堆，也就爹能撐點場面，她要顧及的東西太多了，若不是有柴鏢頭兩人在這兒，今日還真是不會那麼順利。

「四哥，今日多謝你和柴鏢頭啦。」

「小事，就坐了一會兒，本來也是要到妳店裡來的。」

伍乘風一說這個，黎湘頓時想起剛剛在外面遇上兩人的時候他們是要來吃早點的。

「那我去給你們做碗麵，吃了再回去吧。」

今日休息半日的牌子已經掛出去了，黎湘也不打算收起來，這半日可以把家裡好好整頓一下，也讓爹娘休息休息。

她去了廚房，伍乘風瞧見灶前沒人，便很自覺的跟進去坐下開始燒火，只留下柴鏢頭一個人孤零零的坐在外頭啃豬尾巴。

「嘖，這小子還說不喜歡。唉……」

看戲吧。

黎湘給他們一人做了碗雜醬麵，料放得足足的，等吃完將他們送走後才去和爹娘商量之後的事情。

那林家兄弟再怎麼不情願，自家夥計還在人鋪子裡躺著，傷了人也是事實，沒法抵賴，只能乖乖的把錢送到了黎湘手上，這才把人給領了回去。

這五個銀貝黎湘一個都沒扣，全拿給了駱澤。

就憑他明明可以不管不顧，卻還是冒著生命危險保護了店鋪裡的財產，就值得這五個銀貝。再說，有朝一日他要成親的時候，總不能手裡太寒酸吧。

黎湘看破不說破，把錢給他後又請了郎中來開藥，開了藥後便暫時不管他了。他嘛，有的是人照顧。

「娘，今天家裡休息半日，妳不如留下陪陪舅母，我和爹出去辦點事。」

關氏自然是沒意見的，正好她早就想把冬衣做出來了，有弟媳婦一起幫忙也能做得更快些。

黎江一直到出門老遠後才知道女兒是要帶著自己去買人，他想都沒想就立刻拒絕了。

「湘兒，咱們就是普通百姓家，不興那什麼伺候人的一套。」

黎湘真是哭笑不得。

「爹……我買人是為了找徒弟教手藝，不是買回來當奴才的。你也看見了，咱家方子招人惦記，雖然來找我拜師的多，但那些人不知根也不知底的，我哪裡敢收？萬一教會了跑別家酒樓去，我和表姊兩人哪忙得過來？買回來的人就不一樣了，賣身契在咱們自己手裡，想走也走不了。等以後幹久了，確定脾性、人品都很不錯的話，我們再給他銷掉賣身契。」

「這樣啊……」

黎江心裡頭總算是沒那麼排斥了。但買人這種事，總是叫人心裡不舒坦的。

黎湘也不習慣好好的人被當作商品挑來揀去，但眼下這個時代大環境就這樣，她也改變不了什麼。

半個時辰後，父女倆來到了一家牙行前，它開在一個略有些偏僻的地方，若不是隔壁惠娘介紹，黎湘還真不知道要怎麼找。

據她說這家牙行算是陵安城裡最正規的了，裡頭買賣的男男女女來路都很正當，多是因家中實在貧困養活不了才賣身的鄉下孩子，往上數三代戶籍都有記錄，買回去也不必擔心有什麼麻煩。

當然，有正規的，就有不正規的，不過那不在黎湘的考慮範圍之內。

父女倆一起進去裡頭，一進門就瞧見有幾個穿著補丁的少年在打掃，破是破了點，但人打理得還算乾淨，面上也沒有愁苦之色。這間牙行給她的第一印象還不錯。

「爹，等下你要是有看好的苗子，記得和我說。」

「這有啥好看的，勤快點、腦子不笨就行。」

黎湘無言。「……」

行吧行吧，以這個標準找就對了。
兩人繼續往裡走，很快便有人來給他們帶路，到了前廳，一個很是面善的胖大叔接待他們。
「不知二位是想買還是想租？」
「嗯？這人還能租？」
「當然，每年農忙時都會有大量農莊來我們這兒租人的，平時也有租，大多都是建房、鋪路等等。聽姑娘妳這意思，你們是要買對嗎？」
黎湘點點頭。
「那姑娘想買什麼樣的？來填個單吧。」
說著那胖男人直接拿了份竹簡給黎湘，怕她不識字，還十分體貼的一行一行幫著把上頭的字念了一遍。
這東西簡單來說，就和現代的意見調查表差不多，上面的問題都是各種選擇，比如說你想買男的還是女的，年紀大的還是年紀小的，是要會做飯的還是要會做女紅等等等。總之填個表，他們再根據這張表去後面挑人。
黎湘真是好奇死了，這東西是哪個人想出來的，真是聰明得很。
她做完選擇後，竹簡很快就被人拿走了。
就在父女倆等人的功夫，一個男人走了進來，邊走還邊大聲嚷嚷道：「大哥，今天的魚該你吃了。」

這聲音實在是有些熟悉，黎湘回頭一看，還真是有些意外。

居然是大龍……

那個被秦六爺拉去燒火被濺了一臉油的大龍，瞧瞧臉上的傷疤都還沒好呢。原來這個胖大叔是他哥？

父女倆在這個地方瞧見他都覺得挺稀奇的，忍不住多看了幾眼。大龍把手裡的食盒往櫃檯上一放，敏感的注意到了這兩道看他的目光。

「誒？是你們啊！」

大概是在黎家廚房的經歷太過深刻，大龍幾乎是一見到這父女倆便認出了他們。

「老二你認識？」

大龍點點頭，低頭拍拍食盒道：「主子這菜，就跟這小姑娘學的。」

「……」

「行了，我不跟你多說了啊，我還得回去忙活呢，這魚交給你了。」

大龍同情的拍了拍大哥，轉身和黎湘父女打了招呼後就離開。這還特別打了招呼，旁人對他們的態度都立時變得不一樣起來。

胖男人職業性的微笑裡多了幾分真切的笑意，他重新坐到父女倆的對面自我介紹了一番，突然感嘆道：「黎姑娘的大名真是久仰久仰了。」

黎湘有些摸不著頭緒，難道那大龍經常在他哥面前說起她家的事？怎麼可能……

「姑娘認識青芝吧？」

「啊……認識。」

她明白了，只怕是大直女青芝和這人說過不少，真有意思，這圈子真小。

「嘿嘿～～青芝她老和我說起妳，她很喜歡妳。」

一說起青芝，這人臉上的笑容更加盪漾，哪還有剛進門時那副公事公辦的模樣，黎湘好想笑，但是忍住了。

沒想到呀，青芝一天到晚守在夫人身邊，居然還有時間和這麼遠的人聊八卦。

兩人說話的時間，後面已經挑好人回來了，院子裡烏泱泱的站了起碼有四十幾人。因為黎湘沒有限制性別，所以男的女的都有。

「這是我們牙行所有符合妳標準的人，丫頭妳自己挑挑。」

黎湘點點頭，推著爹一起去瞧。

她仔細觀察著，從他們一站出來，知道自己將有可能是他們的新主人後，有一小半的人眼中流露出抗拒的神色，低下頭不想和自己有眼神接觸。

瞧瞧自己和爹這一身的行頭，普通農家打扮，買人回去肯定也是地裡刨食的命，自然就有許多心氣高的人不願意了。

她將那些把不情願都寫在臉上的人都記了下來，回頭立刻刷去，院子裡頓時只剩下二十來個人。

「你們當中誰睡覺打呼嚕的，舉個手。」

所有人面面相覷，猶猶豫豫的又有小半舉了手，當然，他們也被刷了下去。

這是很無奈的現實，畢竟買回去肯定是要住在店裡的，樓上樓下隔音又不是那麼好，晚上誰睡覺打個呼嚕，那真的是會很難受，尤其是她這樣淺眠的人，有個人在自己樓下打呼嚕，她絕對一晚上要醒好多次，想想就有些抓狂，所以還是早早避免的好。

把不適合的人都刷下去後，院子裡還剩下一共十五人，七男八女。黎湘一眼就注意到了角落裡的那對雙胞胎姊妹。她倆樣貌並不出眾，主要是長得一模一樣，外加個子高挑，才會格外顯得引人注意。

姊妹兩人目光清澈，這是最叫黎湘喜歡的。

她走過去在姊妹倆身邊轉了轉，發現兩個人手上有著不同程度的老繭，明顯是經常幹活的人。

「爹，你怎麼看？」

黎江搖搖頭，人太多看得他腦子直發暈。

「妳自己好好看，爹沒意見。」

說著他便退到了前廳裡，一副不管事的模樣。黎湘無奈，只能自己接著看了。

看完十幾個人，她發現自己還是最喜歡那對雙胞胎，正準備過去詳細的問一問，突然衝出來一個姑娘，抓著她的手非常自信道：「姑娘妳買我吧！我洗衣做飯什麼都會，別的事情也都可以。」

別的事情？

黎湘順著她那目光看到裡頭自家那還算硬朗的爹，臉頓時黑了。

什麼跟什麼呀！她以為自己是來幹麼的！

黎湘心裡非常不適，直接去掰她的手。

大概是怕她生氣，那姑娘倒也沒掙扎，老老實實放開手。不過手放開了，眼睛仍是一直緊緊盯著黎湘和她爹。

她偷聽到管事說了，有位買主老爺這次是要來買個妾的，說是家中只有個獨生女，想要個兒子都快想瘋了。她想著只要能被買回去，再生個兒子，那她可就成了比大夫人都要風光的人物！

雖然眼前這對父女穿得不怎麼樣，但她堅信這些只是表面的偽裝，畢竟若真是普通人家的姑娘，哪會有這樣的氣度，而且大管事還和她有說有笑，總之不會錯的！

這姑娘盯著黎湘父女宛如盯著肥肉一般，實在叫人不適，黎湘便和朱管事提了一句，將她也給刷了下去。

「妳想買那雙胞胎姊妹倆？」

「嗯？我表現得很明顯嗎？」

朱管事點點頭，笑道：「妳一共看了她倆七次，在她們身邊也停留最久，而且我想妳是不準備買男人的。」

最後一句話說得黎湘愣了下神。

是這樣嗎？好像是的。

女子在這個時代的地位本就不高，更別說被買賣的姑娘了，她忍不住心生同情。剛剛填那竹簡的時候她真沒想過到底要買男的還是女的，只想看看有沒有合眼緣的徒弟，結果人來了，她卻下意識的偏向了姑娘家。

「爹，咱就買那對姊妹吧？兩個都會做飯，想來手是不笨的。」

黎江沒有意見，他轉頭問那朱管事姊妹倆一共要花多少錢。

朱管事揮揮手讓人將其他人帶走，只留下了外頭的姊妹倆，然後笑得很真誠道：「不貴，她們這是死契，二十銀貝，最便宜的。」

二十銀貝！還不貴？

黎江眼前一黑，只想拉著女兒轉頭就走。這是買徒弟嗎？這是買祖宗還差不多！人家收徒弟還有錢收，女兒這還要先倒貼二十銀貝進去，怎麼想都覺得虧得慌。

而且這兩人買回去，吃喝拉撒都要管，衣服棉被各種通通都要買，越想就越是讓人窒息。

「湘兒，太貴了，要不別買了，回頭咱上村子裡收一個。」

黎湘也覺得二十銀貝有些多，但這是死契啊，終身不能贖身的，除非主人去官府銷契。兩個姑娘家的一輩子呢，二十銀貝，也不算太貴。

「爹，你先別心疼那兩個錢，有她們幫忙，那二十早晚能賺回來的。朱管事，我能去和她們說幾句話嗎？」

「自然是能的。」

黎江知道女兒這主意是不打算改了，只好心疼的捂著胸口坐到了一旁。

老天爺誒，那可是二十銀貝……

黎湘知道她爹心疼得要命，但這也是有她自己的考量嘛，等日後爹看到小徒弟的好處就會明白了。

她走到姊妹倆面前，身高比人家矮了一個頭，還得抬著頭跟人講話。

「能告訴我妳們的名字嗎？」

姊妹倆互相看了一眼，左邊那個說她叫杏子、是妹妹，右邊那個說她叫桃子、是姊姊，連個姓都沒有。

「妳們都會做飯對嗎？」

姊妹倆齊齊點頭，都說很小的時候就會在家做飯了。

「有沒有什麼比較拿手的？就是做得最好吃的。」

杏子說沒有，桃子倒是點了頭。

「我醃的菜乾很好吃，魚湯熬得也還行。」

黎湘以為的還行是很不錯的意思，心裡頓時有些滿意。主要是這兩姑娘說話眼神不躲閃，哪怕面對自己有些慌亂緊張，也還能認真思考回答問題。

表姊那樣畏畏縮縮，自己都能給她掰正，這兩姑娘性子還算大方，教起來問題不大。

她很快做了決定，回到前廳準備付錢。

朱管事拿來了姊妹倆的所有資料，上頭寫了包括了她們的原籍在哪裡、三代戶籍資料，什麼時候買回來的，以及又被人買賣過幾次，通通都有記錄。

黎江聽著聽著忍不住打斷。「七歲賣進來到現在，她倆都買賣過七、八次了，就沒在一家久待過，是有什麼問題嗎？」

這個，黎湘也想知道。

如果只是兩、三次她覺得無所謂，但買賣太多次了，她怕看走眼。

朱管事尷尬的笑了笑，解釋道：「她倆吧，起先是被一家老爺買回去給自家女兒當丫頭的，結果不到半年他女兒生了場水痘，險些沒熬過去，那老爺硬說是被這兩丫頭剋的，兩丫頭就被賣了回來。後來又進了一戶人家當燒火丫頭，結果年底一家子吃壞肚子，上吐下瀉的，就說是她倆不乾淨，打了板子又把她倆送回來了。另外幾次也都是差不多的情況，別人府裡的事我不好說，但這兩丫頭在院裡是勤快又老實，從不生事的。」

黎湘差不多明白了。

前面的兩、三次興許真是意外，但後來的買主心裡有了疙瘩，所以府上有個什麼不祥的事情便會怪到兩姑娘身上，也就使得她們的買賣經歷越來越豐富。

剋人這一說她是從來不信的，手腳乾不乾淨，這個只要回去觀察幾日就知道了。天天一個廚房做事，到底是個什麼樣的性子，很快就能了解。

黎湘在爹那心痛到無法呼吸的目光下掏出二十銀貝，買下了姊妹兩個。

兩個人進去，出來就是四個人了。

黎江心疼那二十銀貝，臉色不說難看，卻也不算溫和，兩姑娘只敢跟在黎湘的身後，一句話都不敢說。

「爹，咱們去布莊裡轉轉吧。」

「我就知道！」還得去買床褥被子……

黎湘被他這副模樣逗笑了，樂了好一會兒才哄道：「爹，人都買了，你就別再想那二十銀貝了。最近鋪子裡好忙啊，我每天累得手都抬不起來，若真教會了徒弟，好處可不小呢。」

一聽女兒說累，黎江這才沒那麼心疼了。錢再好，也沒女兒的身體重要。

「只是咱們鋪子後廚就那麼大，蘇娘子她們現在都儘量在外面洗菜洗碗，妳這下多兩個徒弟，廚房擠得下嗎？」

「擠不下就換大的！爹，你是不知道最近店裡的收益，晚上回去我給你好好說說，保證嚇你一大跳，我可沒打算一直窩在小鋪子裡，爹，你難道不想哪天咱家在城裡也能有座酒樓嗎？」

黎江不想嗎？當然是想的！只是太遙遠了，要買的話大概還要很長的時間吧。他簡單算過了，女兒手裡最多也就五、六十銀貝，現在還減掉二十，換鋪子那是不可能的。

但是，他沒說什麼喪氣的話，倒是順著女兒的意思鼓勵了她一番。

夢想還是要有的，以自家現在這個情況，只要努力做下去，買酒樓是早晚的事，他不急。

父女倆去布莊買了一套新的褥子和棉被，這樣黎湘和表姊蓋的那套就能拿下來給桃子她們用了。

四個人回到鋪子裡的時候，一個人都沒有，黎湘讓兩姑娘先把東西放到樓下，然後讓她們在廚房隨便拿食材做一頓午飯出來。

桃子姊妹倆開心得很，二話不說挽起袖子就開始刷鍋生火。她們原以為買下她倆的主人是農戶，以後每天都要到地裡幹活呢，結果沒想到竟是個吃食鋪子，打雜什麼的那多輕鬆啊，尤其是主人家瞧著還挺和善。

「小姐，這……」

「別別別，別叫小姐，也別叫我爹他們什麼夫人老爺的，我家不興那套啊。以後管我爹叫叔，管我娘叫嬸兒，我呢，先叫名字阿湘吧。」

叫師父還太早了，她要先觀察觀察。

姊妹倆聽話的應了聲是，轉頭問她麵粉能不能用。

「這廚房裡頭只要有的妳們都能用，做妳們最拿手的吃食出來，儘量多做些，咱家現在有九口人呢，做少了不夠吃。」

黎湘難得清閒，站在一旁看著姊妹倆忙活。

嗯，桃子刀功還不錯，切的白菜絲像模像樣的，瞧著她和了不少麵絮，想來是想做麵疙瘩湯。杏子嘛……嗯？她手勁兒倒是不小，但她切的那是什麼鬼？這塊大那塊小，而且，厚薄度也差太多了。

她剛剛說沒什麼拿手菜，黎湘還以為是謙虛，現在信了，這麼奇形怪狀的胡蘿蔔，看她能做什麼菜出來。

桃子本著要在新主家露一手的想法，做起麵疙瘩來那叫一個認真。小半盆的麵一點點加上涼水，很快就變成了絮狀，她再拿出來切了兩刀，切得比較小。鍋裡水一開就放鹽、下麵疙瘩，又加了不少切好的白菜絲，最後還抖著手打了兩個蛋。

白菜的清香聞著是挺舒服的，但黎湘不用嚐就知道這鍋疙瘩湯味道肯定非常淡。桃子大概是因為剛來，還有些拘束放不開，倒鹽的時候生怕倒多了，就一點點，半鍋疙瘩湯呢，那點哪夠？而且她好像只識得鹽和醬油、醋，其他擺在灶臺上的那些調味的瓶瓶罐罐，她動都沒有動。

「阿、阿湘，我的疙瘩湯做好了，我還會做魚湯，只是廚房裡好像沒有魚。」

「沒事，妳先把疙瘩湯舀到陶盆裡。」

一會兒她再炒兩樣辣菜，配這清淡的疙瘩湯正好。

黎湘走到杏子身旁，看著她拿抹布準備去油罐子裡沾時嚇了一跳，趕緊把她攔了下來。

「妳先不用做了。」

這兩人得先培訓培訓才行。

她知道有些人家會用布去沾油抹鍋裡炒菜，那樣省油。但在自家是絕對不可以的，尤其還是用抹布去沾，就算這抹布乾淨，但它還是抹布，怎麼可以拿去沾油？

杏子在廚房衛生的知識太缺乏了，這可是做吃食的大忌啊。

黎湘瞬間想到姊妹倆被賣的第二家，大過年上吐下瀉的……不會吧?!她不會真的看走眼了吧……

「阿湘……妳沒事吧？」

瞧見黎湘面色不好，姊妹倆都十分忐忑，垂著手站在一旁，彷彿等著挨訓。

「我沒事，妳們把鍋洗了，火生起來，我來炒菜。」

她們才剛到一個新的地方，從前也沒有接觸過太多廚房裡的東西，會這樣也不奇怪，不懂的教會她們就是了。

黎湘決定安排在傍晚打烊後進行簡單的培訓，這會兒得把午飯做出來，吃完好開鋪子。

剛花了二十銀貝，要趕緊賺錢才是。

她看了下廚房，肉還有一些，芹菜也有不少，直接切絲準備炒個芹菜肉絲。另外又兌了小半盆麵糊，舀上一勺貼著鐵鍋繞一圈慢慢倒下去，攤了不少的麵餅出來。

杏子正燒著火，只聞到了一陣陣的香，桃子在一旁打著下手，卻是親眼看著黎湘將一張張麵餅攤出來的，出現一種從來沒有見過的麵食，叫她大開眼界。

不愧是做吃食的鋪子，會的花樣就是多，手真巧……

「這些菜妳們先端到外面桌子上去，我去送飯，順道叫我爹娘回來吃飯。」

黎湘一邊交代一邊往食盒裡裝飯菜，疙瘩湯直接舀了一陶罐帶走，麵餅拿了一半，芹菜肉絲也帶了一半，這些都是給小舅他們的。

她到滷味店的時候，店前熱鬧的感覺很是不錯，這個要大腸、那個要豬頭肉，表姊忙得連喝水的功夫都沒有。

「表姊我來吧，妳先去吃一口。」

黎湘接過了收銀、切滷味的活兒，招呼著小舅舅他們吃飯，爹和娘則先回去看著鋪子，出不了什麼問題。

「小舅，那麵餅是拿來捲菜吃的，要是覺得味道不夠，就加點我帶的那個蝦醬。」

關翠兒動作快，很快捲好了兩個餅，拿了一個給駱澤後，自己也拿了一個，乾脆就端著碗在黎湘旁邊吃起來。

「表妹，聽姑父說妳買了兩人？」

「嗯嗯，姊姊叫桃子，妹妹叫杏子，跟妳差不多大，以後就住咱們樓下。現在她倆什麼都不會，以後表姊妳也幫忙看著點，多教教她們。」

黎湘將手裡切好的滷味包好遞出去，卻見外頭那大娘眼睛直直的盯著表姊手裡的捲餅。

「姑娘，妳家這種吃食賣嗎？」

「這個啊？這個就幾張皮，自家人吃的，不賣，不好意思啊大娘，來，這是妳要的豬頭肉，一共十八銅貝。」

大娘很是遺憾的接過豬頭肉，數了錢出來。

被她這一打岔，關翠兒心裡想說的話都給忘了，只好大口吃著餅、喝著疙瘩湯，趕快吃完去接替表妹的工作。

短短一盞茶的時間，來買滷味的四個人裡有三個都看上了關翠兒手上的麵餅，都問了價錢想買。黎湘有那麼一瞬間都想賣餅了，不過腦子很快就清醒了過來。

雖說推出像煎餅、麵餅這些小東西肯定會熱賣，但做餅真的太費工了，光是揉麵就得一天揉到晚，一個成年人的臂力賣不到半天就要手軟，一天賺的錢其實也就和自家賣家常菜差不多。所以這個念頭只是在她腦海裡出現了一瞬，便又沈寂了下去。

等關翠兒吃完飯，黎湘這才回了鋪子，也趕緊對付著吃一口午飯，吃完還要和爹一起出去買菜，不然下午又只能做麵食了。

其實黎家像餃子、麵條之類的吃食賣得還算不錯，不過大多都是早上賣得多，中午晚上還是吃小炒的更多些，要不黎湘怎麼會想帶徒弟呢？實在是有些忙不過來。

半個時辰後，父女倆買好菜回來了，蘇娘子兩人也按時來了後廚，看到筐子裡的菜立刻動手開始忙活起來。

桃子姊妹倆也想跟著去擇菜，黎湘又把她們叫了回來。她手把手先教了杏子和麵揉麵，又讓桃子去切蔥薑蒜等配菜。

好在今日帶了她們回來，不然下午廚房就自己一個人，可要累得不輕。

「湘兒，外頭有個老爺子想見見妳，妳出來下。」

「老爺子？」

黎湘立刻想到了那位蒙老爺子，走出去一瞧還真是！不過今日他不是跟護衛一起來的，而是另外帶了一個和他差不多年紀的老爺子前來。

「湘丫頭，妳家牆上掛的這些應該不是妳全部的手藝吧？」

黎湘下意識的抬頭看了下牆上那二十來塊食牌，毫不猶豫的點了點頭。

學廚多年，其實她都不記得自己究竟會做多少菜了，反正一天三道菜不重樣的話，她感覺可以做幾年。

「牆上掛的這些都是些家常又不貴的菜。」

「那就給我們來幾道不家常的菜，丫頭，妳可得替我爭口氣，我在這老東西面前誇了海口的，說妳做的菜能香掉他的牙。」
黎湘無言。「……」
突然壓力大增怎麼回事？
「蒙爺爺，那這位老爺子能吃辣嗎？有沒有什麼不能吃的東西？」
「放心，什麼東西都能吃，而且可能吃辣了，比我還厲害，妳只管做！」
有了蒙老爺子這話，黎湘心裡也就有底了。回到廚房後先讓蘇娘子她們殺了雞和魚出來，趁她們忙活的時候，自己又切了不少肉片。
魚嘛她打算做個水煮魚，蒙老爺子還沒嚐過，而且魚肉軟嫩，也適合上了年紀的人。至於那隻雞……
「杏子，把這雞的兩條腿和兩片胸脯肉切出來給我，其他的剁成小塊。」
「好的！」
她別的不太會做，剁雞還是知道該怎麼剁的，這使力氣的活兒她最喜歡了，廚房裡頓時響起了一陣生猛的剁刀聲。
黎湘瞧著剁出來的雞塊還挺合適的，便沒再盯她，轉身將雞腿肉劃開取掉骨頭，和雞胸肉一起丟到大骨頭湯裡先煮著，另外把雞塊用料酒、薑片、鹽醃製好，不過雞塊醃製的時候鹽要多一點點，不然不容易入味。
這些醃製上了，她便開始做水煮魚。

「桃子，櫃子裡第二層第三個罐子去拿出來，取一大碗乾辣椒幫我切好。」

「乾辣椒我知道！」

桃子趕緊去開櫃子，再不轉身調整一下，她怕自己的口水都要流下來了。主家真是太會做菜了，炒的那東西香得要命，她站在旁邊只能聞只能看只能一個勁兒的嚥口水。

水煮魚很快端了出去，黎湘把鍋讓給杏子去刷，自己則是換了另外一口乾淨鐵鍋，開始燒油炸雞塊，用中小火將雞塊炸熟透變成了黃色，撈出來隔一炷香再復炸一次，這樣可以炸出多餘油脂，讓雞塊吃起來口感更酥。

等炸到變成了金黃色，就可以徹底出鍋準備拿去炒菜了。

她準備做的這道菜名叫辣子雞，光聽就知道很辣。這是一道十分有名的川菜，黎湘最愛之一。

「桃子妳過來看我做這菜都加了些什麼東西，記下來，一會兒我要考考妳。」

主家說的話，桃子只能照做。不過她認識的東西不多，只看到鍋裡油熱了，黎湘丟了薑蒜花椒進去，還有一勺黑乎乎黏黏的東西她不知道是什麼，不過炒出來的味道太香了。就在她下意識的想站近些仔細聞聞的時候，黎湘把那大半碗的乾辣椒都倒了進去，一股子辛辣之氣瞬間在廚房瀰漫開來。

桃子起初還覺得香，結果眼睛很快就睜不開了，整個人咳得不行，嗆得難受。杏子也好不到哪兒去，不過她可以站在後門呼吸一下新鮮空氣。

瞧她們這狼狽的樣子，黎湘只好讓娘和姊妹倆都出去避避，辣子雞確實太辣了些，廚房通風又不好，但她自己好像已經聞習慣了，一點都不覺得嗆。

辣子雞很快炒好了，最後撒上一點芝麻裝盤，端了出去。這會兒大骨頭湯裡的雞腿和雞胸肉還沒怎麼熟呢，她便先做了滑肉湯。

滑肉就是醃好的肉片裹上澱粉糊下鍋煮熟後的肉，肉片煮熟後相當嫩滑，就算是瘦肉，也一點都不柴。黎湘只加了一點花菜碎和芹菜葉增香，肉煮熟後加些基本的鹽和蝦粉便可以出鍋。

剩下的那道菜，她把肉撈起來做了涼拌雞絲，做完就齊活了。

兩個老爺子，這些菜絕對是夠吃的。

她掀開簾子往外瞧了瞧，發現兩老爺子吃得連汗都出來了，眉眼間顯然十分滿意。看著自己做的菜被人一口一口吃下肚，黎湘只覺得一身的疲累瞬間消失了大半。

「湘兒，三號桌要一份芹菜炒肉絲，一碗鯽魚湯。」

「知道啦！」

黎湘一邊應一邊刷鍋開始繼續忙活起來。

外頭的蒙老爺子招招手，讓護衛去給他和好友買兩罈子酒回來。吃一口辣子雞，再喝一口酒，舒坦！

「就是要這樣吃才對味。」

這麼好吃的菜，就配著一碗乾巴巴的粟米飯，吃著總覺得哪裡怪怪的，現在喝著酒他明白了，這碗飯就是多餘的。

「怎麼樣，老于，我沒騙你吧？這丫頭做的飯食的確有過人之處，你那樓裡的人不能比。」

「的確美味。」

于老爺子挾起一片雪白嫩滑的魚肉，怎麼也想不通小丫頭是怎麼將牠做得這樣嫩滑。還有那滑肉湯，儘管看得出是用瘦肉做的，但吃起來的口感和柴柴的瘦肉真是完全不一樣。開酒樓這麼多年，還是頭一次出現讓他琢磨不透的菜。

黎小丫頭在處理肉上絕對有她的獨家秘訣，而且她烹飪的方式也是新奇得很。說這盆水煮魚是菜吧，裡頭有湯，說是湯吧，那上面一層紅油又喝不進去。

「老東西，發什麼呆呢？吃不吃？不吃我一個人吃完了。」

蒙老爺子一說話，于老爺子便回了神，立刻搶了好幾塊辣子雞到碗裡。

「你怎麼還是這麼喜歡搶菜，老不羞。」

「我……」

于老爺子咬著一塊雞肉，剛開了個口就感覺到嘴裡有什麼東西掉了，吐出來一瞧，居然是顆牙！

他都幾十歲的人了，居然又沒了一顆牙！

蒙老爺子險些沒把嘴裡的酒噴出去，忍了又忍，嚥下去，這才瘋狂嘲笑起來。
「哈哈哈哈……」
「老于，我說你牙得香掉吧，你還不信。」
于老爺子無語。「……」
「胡咧咧什麼呢，我這牙明明就是讓雞肉給硌下來的。」
心疼死他了，本來牙就不多，現在又少了一顆。
「喲，聽你這話，你是要訛湘丫頭啊？你那牙太不頂用了，這盤辣子雞還是給我一個人吃吧。」
蒙老爺子笑咪咪的將辣子雞端到自己面前，剛挾了一塊，盤子又被端了回去。
「我這是顆壞牙，早就該掉了，剩下的不礙事。」
兩個六、七十歲的老頭兒跟個小孩子一樣搶起菜來，一頓飯吃了小半個時辰，水煮魚的魚吃完了，滑肉湯也吃得只剩小半碗，辣子雞不用說了，就剩了一盤子辣椒。
吃了那麼多，又還喝了不少酒，蒙老爺子卻跟個沒事人一樣，只是臉上略微有些紅暈。于老爺子就不行了，臉紅得跟猴兒屁股似的，沒有人扶自己都站不起來。
蒙老爺子又把黎湘叫了出來。
「湘丫頭，今日我們來呢，一是為了嚐嚐妳的手藝，二呢，是我這老兄弟有求於妳，不過他不中用喝醉了，我就替他說了。」

事情。

黎湘有些為難，店裡客人還挺多的，後廚那兩姊妹又不頂用，她實在沒有多餘時間來談

「老闆我的餃子呢？怎麼這麼慢啊？」

「老闆我的湯呢？」

一桌桌的催著菜，蒙老爺子立刻意識到自己這會兒找丫頭說話有多不合適。於是打消了要談事情的念頭，問起了桌上幾道菜的價錢。

「妳這正忙著，我就不打擾了，還是等明兒他自己酒醒了來找妳說吧。」

黎湘鬆了一口氣，立刻報了菜價收了錢，把老爺子送出去後趕緊回廚房包餃子煮湯忙活起來。

半日下來累也還是累，唯一叫她舒心的是姊妹倆並不愚鈍，只要和杏子說準確的比例，她和的麵不會出一點差錯，揉得還特別筋道。桃子一下午在旁邊瞧著她做，現在已經能幫她簡單的處理各種配菜，切絲切塊切片，都很合她心意。

晚上，一家子簡單的吃了點粟米粥後，黎江便陪著妻子去了滷味店探望駱澤，順便把關翠兒接回來。黎湘則是簡單的開始給姊妹倆進行培訓課程。

先是講廚房衛生，重中之重。

「從明天起，妳們的頭髮必須全都梳上去。要麼就編成我這樣的辮子，總之額前不要飄

著頭髮。還有指甲不可留得太長，進廚房前一定要把手洗乾淨。特別提醒一句，上完茅房必須洗手，不管大小。」

黎湘板著臉，說得嚴肅，桃子姊妹倆下意識的看了看自己的手，立刻乖乖點頭表示記下了。

「剛剛說的那是個人衛生，一定要記住，我會每天檢查的。」

「明白！」

「好，現在說說廚房的衛生。」

黎湘走到櫥櫃前，打開了櫃門。

「這裡面存放的各種香料、調料和醬料罐子，不管妳們取了哪一樣，都得原位放回去，不能搞亂順序，也不能把灶臺或是其他地方的油漬水漬帶進來，櫥櫃裡要保持絕對的乾燥。」

「嗯嗯！」

「同理的，案桌上的這些東西也是一樣，用完就放回原位。忙起來的話可能有些顧不上，但只要一有空就要整理檯面，習慣了的話日後做事妳下意識就不會搞亂東西了。」黎湘突然看向杏子，笑道：「還有一件事啊，炒菜鍋絕對不能用抹布去抹，這邊有專門刷鍋的竹刷和絲瓜瓤。」

杏子臉有些熱，想到先前自己拿抹布準備沾油的事情。

「另外，這個刀板，如果切過辣椒，一定要洗過再切菜，有些人不能吃辣。總之呢，咱們廚房就這麼大點，其實要注意的也就這麼多，別的我就先不說了，妳們先把我今日說的話記住，其他的咱們慢慢來學。」

黎湘將廚房交給她們去收拾，自己則是去樓上將舊被褥拿下來。

眼下家裡就這條件，只能讓她們在打烊後暫時睡桌子上，等以後家裡換鋪子了，再想法子給她們個房間吧，女孩子還是要住得私密一點才好。

弄完這些，她直接去了樓上房間數她的小錢錢。

如今她有兩個錢罐子，一個裝銀貝，一個裝銅貝。銀貝不用數，裡面還有七十五枚，中午走的時候她才拿走三十枚。銅貝則裝得滿滿的，她還沒來得及去換，正好現在數了串起來。

「一、二、三……一百、一百零一、一百零二……一千。」

一千串成一串，黎湘數了小半個時辰才把所有銅貝都串好了。

一共有十二串零四百銅貝，要不是今日買人還花了二十銀貝，家裡存的錢早就過百了，想想還是心疼的。

黎湘把自己身上剩下的九個銀貝放回罐子裡，銅貝也都放了回去，等明日讓爹拿出去換銀貝回來。

剛放好就聽到表姊回來的聲音，樓下桃子姊妹倆性子比她想像的要大方多了，她聽到桃子在問爹娘要不要熱水，又和表姊打了招呼。

目前看來，這姊妹倆還是不錯的。

「表妹，這是今日滷味店的收益，妳看看。」

黎湘接過表姊拿上來的錢袋，數了下，有三百多銅貝，還算不錯，早上買的那些貨賣完的確是這個數兒。

倒不是她不相信表姊和駱澤，只是她喜歡帳面清楚一點，所以每日都要算帳、點錢。

收好錢後，黎湘躺回了床上，撐著腦袋小聲問：「表姊，妳覺得桃子姊妹倆怎麼樣？」

「她們？」關翠兒回想了一下，答道：「還不錯吧，瞧著不是事多的。」

「那駱澤呢？」

「嗯？」

這轉向一下轉得太大，關翠兒都愣了，反應過來表妹問的是什麼意思後，面上頓時染了紅，答非所問的回道：「他挺好的，郎中下午又去了一趟給他換藥，說只要不動受傷的那隻手就沒有大礙了。下午他已經能起床了，只是坐著在旁邊算帳收錢的話沒關係的。」

「哦～～」

黎湘意味深長的笑了笑，繼續盯著表姊看。關翠兒又惱又羞，直接上床去撓她癢癢，姊妹倆在床上很是鬧騰了一會兒，直到外間響起關氏的問話聲兩人才消停下來。

「表姊，說真的，駱澤喜歡妳，看得出來吧？」

關翠兒仰躺在床上嘆了一聲。「看得出來又怎麼樣呢，我跟他不合適。」

「哪裡不合適？妳也嫌棄他父母雙亡啊？」

「不不不，不是。我只是覺得，家裡現在這樣子，不適合去想那些。我娘的病一個月要吃好多錢的藥呢，郎中都說了，這個治療是很緩慢的，短時間不可能突然痊癒。」

關翠兒算過，自己和爹兩個人一月各有六百工錢，抓藥就得去掉一大半，再加上房租，所剩無幾。而且家裡還沒房子，就兩塊沙地，若是離開城裡，也沒個落腳的地方。就這條件，哪有資格去想其他的？

黎湘想到小舅母的病和自家娘差不多，都需要長期吃藥的，對表姊一家來說確實是個不小的壓力。

她也不知道要怎麼勸，左右表姊現在還小，十八再成親也不晚吧？兩年後，黎湘有信心自家的鋪子肯定能夠再上一層樓，到時候把表姊的工錢漲上去，她的壓力就沒那麼大了。

姊妹倆默契的沒有再提起這話題，安安靜靜的睡了。

隔天早上，黎湘一直覺得自己忘了什麼，一直到金花來了她才想起來，昨日金花好像沒來過。

「阿湘，快快快，給我包點那個餛飩，還有酸蘿蔔也再抓一罐！」

「怎麼了這是，急成這樣？」

「妳先包……」

金花催著黎湘趕緊動手，都不用她說，自己就先去抓了條魚給外面的蘇娘子殺，然後主動刮起了魚肉糜。

「我家小姐最近吃妳做的飯食都好好的，一直沒有再吐過，昨天勉強也吃了點府上燉的滋補品，但不知道為什麼，今日一早吃那個蛋羹的時候又開始昏天黑地的吐起來，吐得臉都白了。找來郎中一瞧，說是動了胎氣，嚇得我趕緊就來找妳了，阿湘，要不妳去我們府上當廚娘嘛，一個月工錢隨便妳開，只要能叫我家小姐吃得舒坦，妳開什麼條件都可以。」

又來了，這金花每次來都要念叨這事。

「我要是去當廚娘了，那我這鋪子怎麼辦呀？妳家小姐願意吃我的菜那妳就過來買嘛，反正我是不會去做什麼廚娘的。」

「妳個死腦筋，有錢都不知道掙。」

金花麻利的刮完肉糜拿給黎湘，黎湘也不遮不擋，就當著她的面調餡，怎麼包餛飩也教給了她。

「這小餛飩啊，也不一定就非得包魚肉，豬肉也是可行的。以後沒事的話妳就讓妳們後廚試著調調餡，直接包了直接煮就行。」

「妳說的輕巧，那後廚的都是一群蠢笨之人。」要不然也不會至今都沒有一個人能做出讓小姐吃了不吐的食物。

「這些餛飩我拿走了啊，午時我再過來，妳記得幫我做些酸辣口的飯菜。」

「知道啦。」

黎湘收了五十銅貝，送她出後門，感嘆了一聲財大氣粗正要回廚房時，突然就瞧見了從巷子口轉過來的于老爺子。

啊……對，昨日蒙老爺子說過，這于老爺子找自己有事相求，是要求啥？

「黎湘小丫頭，這會兒有時間說會兒話嗎？」

「有的，您這邊請。」

今日表姊回來了，廚房裡鬆快了很多，她出來說個話還是可以的。

「于爺爺，不知道您找我是有什麼事？」

「丫頭，妳知道每年臘八，官府都會在城中發放臘八粥嗎？」

黎湘搖搖頭，她才剛穿過來幾個月，原身也只是個在江上討生活的小漁娘，城裡的事她哪知道？

于老爺子見她不明白，索性解釋了一番。

原來每年臘八，官府都會在城中各處發放臘八粥。當然官府不可能自己熬煮那麼多的臘八粥出來，而是外包給陵安城中的大酒樓去做。不管是誰家承辦，這都是非常大的光榮，也能讓自家的酒樓增加更多的知名度。

可每年只有兩家能得到這個承辦資格，而于老爺子一手創立的錦食堂已經連續三年沒有獲得過這個資格。

「再這麼下去，我的錦食堂就要徹底沒落下去了。」

「所以，我能幫什麼忙呢？」黎湘一頭霧水。

「十日後，在東華酒樓有個小小的試菜大會，所有符合承辦資格的酒樓都要準備三道菜式，由知州大人親嚐，最後選出兩家來承辦臘八節的活動。我想請姑娘妳代表我錦食堂去參加這次的試菜大會。」

話說到這兒，黎湘算是明白了。定是那蒙老爺子向這于老爺子推薦了自己，所以才會帶他來嚐嚐自己的手藝。

「可是，我為什麼要幫您呢？」

代表錦食堂參加什麼試菜大會，黎家小食又沾不到一點光，還會得罪人，耽誤一日買賣。哪怕是他給自己錢呢，她也覺得沒甚必要。

于老爺子被黎湘問得差點找不到自己談話的節奏。

「當然，只要黎湘丫頭妳願意幫這個忙的話，我肯定會付一筆讓妳滿意的酬勞。」

黎湘搖搖頭，絲毫不心動。

一筆滿意的酬勞無非就是幾十、一百銀貝，自家一、兩個月就能賺到，去幫他參加個試菜大會，若是真得了資格，那毫無疑問的就會把別人擠下去，誰知道那被擠下去的是人是鬼呢。

萬一和那林記一樣，卑鄙又自私，那她簡直就是自找麻煩，才來一個林記就傷了一個夥計，要再有誰來鬧事，她哪裡賭得起？

無論那于老爺子怎麼說，黎湘都不同意，于老爺子也只能悻悻離開了。

第十九章

于老爺子乘著馬車直接去了好友蒙遼的宅子裡。

「咦？瞧你這面色，黎湘那丫頭沒應你？」

「嗯……」

于錦堂悶悶不樂的拿過桌上的酒罈子，給自己也倒了一碗。

「不管我怎麼說，她就是不願意。問她原因吧，她只說是捨不下店裡的買賣，可我開的價錢都到兩百銀貝了，可以抵她鋪子半年收益了吧，她還是不答應。」

「那她定是有別的緣由了……」

蒙遼挾了一筷子豬頭肉，細細品了品個中滋味。

「但眼下，能幫你拿到承辦權的，還真是只有她。黎湘小丫頭的手藝著實不凡，這麼些年我吃過的菜裡，也只有王宮的御廚能和她相較。」

「我也知道她手藝好啊！可是她不答應嘛！」

于錦堂連喝了兩杯酒，慢慢平靜了下來，他將目光盯向了好友。

「老蒙，不如你再去幫我勸勸？你跟她認識得久，興許她能給你這個面子呢？」

「那你真是太看得起我了，我就一糟老頭子，不過在人家鋪子裡吃過幾頓飯食而已。說實話，我和她爹說的話都比和她說過的多。你啊，該想想她究竟是為什麼不答應，從源頭上去解決問題。」

蒙遼明白好友對錦食堂的執著，說是這麼說，傍晚還是去了趟黎家小食。因著他去得很晚，鋪子裡的客人其實已經很少了，黎湘也能抽出時間和他說說話。

「蒙爺爺，你不會是來當說客的吧？」

「妳這丫頭，話說得這麼白，我倒是不好兜圈子了。」

蒙遼笑過便認真起來。

「丫頭，能不能告訴我，妳為什麼不想代替錦食堂去參加那個試菜大會？」

黎湘還是那套老說詞。

「因為不想耽誤店鋪裡的生意啊，我家這店才剛開一個多月呢，昨日又休息了半日，老休息多影響客源啊。」

「沒說實話。」

蒙遼多會看人，一眼就瞧出這丫頭是在敷衍自己。

「只需要去做三道菜就能賺到兩百銀貝，我不信丫頭妳不動心。」

黎湘點點頭，沒有否認。

「當然心動了，那麼多的錢。可是有的錢拿著燙手呀。」

為了讓兩老爺子徹底死心，她把林記的事告訴了蒙老爺子。

「蒙爺爺，我們家的人呢，就都是小鄉村出來討生活的老實人，每日就賺點小錢踏踏實實的就好。試菜大會我若是去了，真幫著拿下了承辦權，那被刷下去的人家會樂意嗎？」

「原來妳擔心的是這個……」

蒙遼頓時大笑了兩聲。

「丫頭，別的興許我幫不上什麼忙，但妳擔心的這事啊，我能給妳保證，絕對不會發生類似的事情。」

他的眼神堅定又有力量，黎湘差那麼一丟丟就要信了。

「蒙爺爺，這事可不好開玩笑。」

「怎麼會是玩笑呢，我說的是真的。」

蒙遼沒有直接亮出身分，只是讓自己的護衛進了鋪子，直言若是黎湘肯答應的話，立刻便讓自己的護衛日夜守在她家外頭保護她全家。

黎湘沈吟。「……」

「怎麼？還有哪些地方不滿？妳都說出來聽聽。」

蒙遼預感即將成功，立刻乘勝追擊。黎湘還真有那麼點心動了，畢竟蒙老爺子身分不凡，有他保證，自家安全應該是沒問題的。

「可是，我並不是錦食堂的人，這樣去參加被發現了，官府不會怪罪嗎？」

這回換蒙老爺子有些懵了。

是嘛，人家規定是那樣規定的，要是都能請外援，那還不全亂了套？不行，他得回去和老傢伙好好問清楚。

蒙遼來去匆匆，連口吃的都沒來得及品嘗就走了。

黎湘一臉無奈，把這事和爹娘表姊都提了一嘴，毫無意外的遭到了全家的反對。

代表錦食堂去參加大賽倒好說，可這大賽是要由知州大人親自嚐菜挑選的，女兒的手藝那麼出眾，定然會中選，這要被有心人查出問題，向知州一舉報……

「錢咱可以慢慢賺，這事風險太高了，不行。」

黎湘點點頭，決定聽爹娘的，下次若是那蒙老爺子再來，還是要拒絕他。

「喂！老闆呢？死哪兒去了？」

外頭的聲音太過熟悉，熟悉到黎湘一聽見就開始起雞皮疙瘩。

居然是喬嬸兒的聲音！

一家子面面相覷，都不想出去招待她。這人太會找事了，若是知道自家在城裡開了鋪子，絕對會回去大肆宣揚一番，尤其是會和關家眾人說些有的沒的，他們清靜的日子就沒了。

「桃子，妳去，去問她要點什麼吃的，要是麵呢就接，要是小炒之類的就說快打烊已經賣完了。」

桃子點點頭，立刻撩開簾子出去了。

黎湘一家跟做賊一樣，靠在牆邊聽著外頭的動靜。

「二位客官請問要吃點什麼？」

喬氏沒好氣的白了桃子一眼，不耐煩道：「我又不識字，牆上的東西我看不懂，反正來最便宜的。」

桃子臉上笑容未變，立刻應了聲好。

黎湘轉頭示意表姊附耳過來，小聲和她說了一句，關翠兒立刻去切了一坨麵開始拉扯起來。

店裡最便宜的就素麵了，做起來快，一會兒就能打發走外頭那兩人。

「桃子，跟著那大嬸一起來的，是男是女？」

不等桃子回答呢，眾人就聽到鋪子裡有姑娘叫了一聲娘。這不用說了，是喬氏和她那寶貝女兒小美。也是，喬氏並不像是會捨得帶別人來吃東西的人。

「娘，咱們還要忍多久啊，天天受這氣，不如回村子裡住呢！」

「妳急什麼？她現在是仗著她肚子裡的那坨肉才敢在我面前囂張，妳等她肚子那坨肉落地試試，看我不弄死她！妳啊，也是沒出息，沒事去拿她的東西做什麼？妳眼皮子就那麼淺啊！」

喬氏也是憋了許久的氣，訓起女兒來沒完沒了，把廚房裡的黎湘笑得不行。

這喬嬸兒還好意思罵伍小美眼皮子淺，也不知道是誰在村子見菜就薅，雞蛋鴨蛋不知道偷了多少，她女兒這是完美的繼承了她的衣缽呀。

誒？對了，聽她們這話是進城住了，所以……和那伍大奎的嬌妾對上了?!

刺激！

「娘，要不咱們還是回村裡去吧？在村子裡好歹每日還能吃個雞蛋，妳瞧瞧現在，連個雞蛋影子都沒有，好吃的好喝的全都在她院子裡，咱們不光沒得吃，還要幹活，這不成了她的丫鬟了嘛！我不樂意！」

「不樂意給我憋著！忍著！總之是不能回村裡的！」

喬氏是多要面子的一個人，當初弟弟回去的時候她還特地讓弟弟去村子裡宣傳了一通，說自己以後就是城裡人了，要住在城裡。這才多久，回去還不被笑死。

一想到那個場景，她就像是被扒光了衣裳一樣難堪。

「妳想想，回了村裡妳能許個什麼人家？在這裡，又能許個什麼人家？我要不是為了妳，又何必在這兒受他倆的氣？再說，要吃雞蛋還不容易。」喬氏財大氣粗的朝廚房喊了一句。「麵裡臥兩個蛋！」

桃子趕緊應了一聲，立刻拿了兩個雞蛋給關翠兒。

外頭母女倆又開始嘀嘀咕咕抱怨開了，簡直就跟聽小說似的，那劇情不是一般的跌宕起伏。

關氏聽完簡直神清氣爽，胸中鬱氣都少了許多。早些年受了喬氏那麼多氣，如今可算是叫她心中平衡了。

那伍大奎果真不是什麼好東西，但怎麼說呢，喬氏也好不到哪兒去，到底是一家人。

「兩碗素麵好啦！」

桃子把兩碗麵端到桌上，鮮香的麵條立刻堵上了兩人的嘴。也不知是餓了多久，整個鋪子都能聽到她們瘋狂嗦麵的聲音。

她們不說話，黎湘也沒什麼興趣聽牆腳了，乾脆和表姊一起準備晚飯。桃子在外頭坐著招呼客人，杏子則是把剩下沒洗乾淨的碗都清洗了。

黎江陪著媳婦兒坐在灶前，小聲的說著伍大奎這人不道地，怎麼說都是髮妻，現在居然淪落成這樣。一個小妾竟然能壓在大夫人頭上，實在有些不知所謂。而那一向潑辣的喬氏居然就這麼乖乖認命了，也是稀奇。

後廚裡安安靜靜的，喬氏突然一陣尿急，趕緊問了桃子茅房位置。茅房就在後廚不遠的地方，桃子一指，喬氏便直接大步走過去掀了簾子。

「誒！妳不能進！」

桃子想攔已經攔不住了。

喬氏聽見了不能進，不過那又怎麼樣？茅房從後廚過去多近，她又不是傻子還要從前面繞一圈。

她非常堅定的撩開簾子走了進去，一進去就看到正在忙活的五個人。

咦？那個切菜的怎麼有點像湘丫頭？

誒？那個燒火的兩人怎麼有點像自家對門那短命鬼兩口子？

喬氏兩條腿彷彿像灌了鉛一樣，一步都邁不出去。她懷疑自己是在作夢，使勁掐了臉蛋一把後反應過來是真的，整個人都抖了起來。

她、她、她剛剛和女兒在外頭說的話，裡頭聽不見吧？

黎湘一家就這麼靜靜的看著門口的人，誰也沒有先開口說話。

原以為這喬氏會說出什麼驚人之語，結果沒想到她居然一轉身回了前頭，拉起女兒就跑。

「娘，妳幹什麼啊！我的蛋！」

桃子一見她們要跑，立刻跑過去抓住兩人的褲腰帶，讓她們付錢。喬氏生怕廚房裡的人追了出來，立刻丟了銅貝到地上，帶著女兒跑了。

「奇了怪了，麵也沒吃完就跑。」

桃子把銅貝拿到廚房裡交給了黎湘，好奇問道：「阿湘，她怎麼剛掀個簾子掉頭就跑啊，你們認識嗎？」

「她啊，大概是面子掛不住吧。」

黎湘笑了笑，將錢收到錢袋裡。

這下倒不擔心喬氏會回去亂說什麼話了，她啊，都不敢回村裡。生怕讓人知道她現在過的是什麼日子。今日叫自家聽見了她說的那些話，估計她都恨不得找個縫鑽到地下去。

自家可是她從前最瞧不起的人家，那滋味夠她難受好久了。

「不說她了，去看看外面客人吃完沒有，吃完就收拾收拾關門吧。」

黎湘話音剛落，天空突然轟隆一聲巨響。

「打雷了……」

這還是黎湘穿越過來後，頭一次聽到打雷的聲音，有打雷會不會下雨呢？

一炷香後，天空開始落下豆大的雨滴，而且還有越下越大的趨勢。黎家小食關門窗，一家子都在樓下待著。

黎江把桌子都擦乾淨後拼在一起給媳婦兒鋪料子裁衣裳，黎湘和關翠兒則是在廚房裡教桃子姊妹倆各種麵皮的製法、包法。

正好包出來了，一會兒煮好當晚飯吃。

「哎，跟我一樣，用這兩根手指捏著包子皮的邊，拇指不要動，食指向前捏褶子，像這樣，一開始慢不要緊，練熟了就快了。」

黎湘示範包了一個包子，然後去糾正桃子的手法。她和表姊一人帶一個，可不知道為啥，杏子包這些東西學得又快又好，桃子嘛，就略微要手拙一些，起碼要教個十幾回才能摸到點門道。

正教著呢，後門被拍響了。

「翠兒，開開門。」

駱澤的聲音！

關翠兒趕緊起身去打開門，一邊開一邊念叨。

「這麼大的雨你過來幹什麼？你手上的傷不能遇水的！」

駱澤取下蓑衣掛在門後，討好一笑道：「沒淋著呢，這不穿著蓑衣嘛，我是、我是過來送今日收益的。」

黎湘接過錢袋，笑著調侃了一句。「什麼送錢袋啊，明明是怕有人下雨去送飯淋著了。」

駱澤嘿嘿笑了笑，弄得關翠兒怪不好意思的。她去倒了熱水過來，又找了塊乾淨的備用抹布給駱澤擦了擦身上的水。

「手上傷口有沒有淋到啊？」

「沒有沒有，好著呢。」

駱澤把受傷的手湊到燈光附近，看到真的一點水滴都沒有，關翠兒才放下心來。

「那你坐著等會兒，我們很快就包好了。」

黎湘就這麼看著兩人你來我往的，忍不住露出了姨母笑來。就他倆這樣子，說是沒戲誰信啊。

她很有眼色的帶著桃子去刷鍋蒸包子煮餃子，杏子則是被她叫過來燒火。兩個人一天就這麼一會兒能見上一面，怎麼能不給機會呢？

晚上臨睡前，黎湘把錢都給了爹，讓他明日出去記得把銅貝換成銀貝。那滿滿的一大罐子驚得黎江都睡不著了。

這才到城裡兩個月呢，就賺了這麼多錢，真實嗎？

他兩個月前還在為了媳婦兒幾百銅貝的藥錢發愁，現在，一天何止賺幾百銅貝，有種作夢的感覺，難道真是祖宗顯靈了？

也不知是因為日有所思，還是夜有所想，這一晚他竟夢到了自己的太爺爺，那穿著那打扮，和女兒之前形容的老神仙真是一模一樣。

醒來後整個人神清氣爽，再沒有之前揣揣不安的心態。定是太爺爺心疼自己才藉機指點了女兒，讓她有了一身手藝，來年祭祖的時候一定要給先祖們多多供奉才是。

「爹，你起來了沒有？今日雨大，得早些出去採買。」

「來了來了！」

黎江趕緊穿好衣裳下樓，這雨下了一晚上居然絲毫沒有變小，還是這麼大，迎面打在臉上，還怪疼的。

這天氣，出來賣菜的定是不多，集市那邊有遮篷的位置就那麼十來個，賣菜的不定能占幾個呢，得趕緊出去才是。

他連早飯都沒來得及吃就穿上蓑衣推著板車出了門，不過他前腳才剛走，後腳就有菜販子上門來了。

「黎姑娘，平日你們家總在我這兒買菜，買的也多，我想著今日下雨不能出攤，就來問問你們還要不要，要的話我立刻就回去拔給你們。」

黎湘很少去買菜，不認得這老伯，關翠兒卻熟得很。

「咱家的蒜苗和蔥薑都是在這老伯攤子上買的，妳還誇過那蒜苗呢。」

這麼一說黎湘就知道了。他家的蒜苗的確不錯，葉長且寬，香味濃郁還不帶蟲眼黃葉，拿到現代絕對是品質上優的綠色蔬菜。

「老伯，今日雨大，我們要的應該不多，蔥和蒜苗大概各十五斤左右就可以了，你家遠嗎？遠的話就不要來回折騰了。」

「不遠不遠，保證半個時辰後給你們送過來。」

三十斤呢，也不是個小數目，辛苦這一趟今日也算是有進項了。老伯得了準確的數兒，立刻轉身消失在雨中。

天空陰沈沈的，烏雲壓得很低，這雨看著一時半會兒也停不了，黎湘穿好蓑衣去了趟滷味店，正好遇上白家來領滷味。不管今日生意怎麼樣，昨兒個他們定錢都給了，自然是要來領貨的。

她和小舅舅說了一聲，今日會少買些下水，少做一些。若是賣完的早，便早些打烊休息。

回去時老遠就看見自家巷道口停了輛馬車，不用猜都知道，肯定又是于老爺子來了。

黎湘心裡有點煩，按理說蒙于兩位老爺子都是經事的人，這麼大年紀也該明白強人所難有多讓人反感了，怎麼還一而再再而三的找上門呢？有這功夫找自己，還不如花點時間去找別的廚子。

她心裡不高興，面上便也帶了幾分煩躁，進屋後瞧見一屋子的人，整個人都愣了。

于老爺子、蒙老爺子、護衛幾名，還有一位身穿官衙服飾的人。

這是幹什麼？

「蒙爺爺，你們這是？」

「湘丫頭，妳昨兒個不是問我，若是代替錦食堂去參加試菜大會被發現了會有什麼後果嗎？我一回去就和老于商量了，妳來聽聽他的意思如何？」

黎湘點點頭，坐了過去。

于錦堂直接拿了份契簡放到她面前。

「丫頭，妳先看看。」

大大的契字，看得黎湘心肝兒撲通直跳。她有預感，這將會是一份她無法拒絕的契約。

「特聘我為錦食堂的三掌櫃為期十年……享錦食堂一成淨利?!」

這……

做為錦食堂的三掌櫃，的確有資格代表去參加試菜大會。可一成淨利……如此大方？這個承辦權真有那麼重要嗎？

「是，一成淨利。這裡還有一份契，丫頭妳看看。」

黎湘無語。「……」

兩份契，一份是聘自己的，另一份，看得她直接愣了，竟是一份對自己的保障契約。保證不限制自己的自由，不用上工不用做菜，只要試菜大會做出來的三道菜能令錦食堂獲得承辦權，聘約便即刻生效。若不能，則聘約作廢。

大意就是說，只要自己做的菜讓錦食堂得到承辦權，那日後自己便是錦食堂的掛名三掌櫃，自家的鋪子不會有任何影響，每年還能白得一成分紅。

別看錦食堂這幾年不太紅火，可那也是家大酒樓，一成的分紅也不少，而且，是十年的分紅呢。

黎湘看完，沈默了好一會兒。

于老爺子這份誠意是足夠的，看得出他對這個承辦權的勢在必得，他的態度也可以，並沒有因為自己拒絕而惱羞成怒使小手段，人品也還算不錯。

「怎麼樣？黎丫頭，這兩份契妳若是看不懂，我可以念給妳聽。」

黎湘拿著契簡，咬了咬唇，沒有立刻答應下來。

「于爺爺，我爹去買菜了，能不能等他回來，我們一家商量一下再給您回覆？」

她現在腦子有些亂，需要冷靜下來好好分析再做決定。

「自然是沒問題的。不過我們來得早，還沒有吃早飯，不知道能不能煩勞丫頭妳幫我們煮碗麵吃。」

「當然可以，這就去做，你們稍坐啊。」

黎湘抱著兩份契簡去了後廚，關翠兒已經開始和麵，誰也沒有去詢問她對契約的看法。關氏就更不用說了，在她心裡，只要女兒、丈夫覺得對的事就可以做，她自己的意見不重要。

很快關翠兒做的麵都端了出去，裡頭吃著麵的功夫，黎江也推著板車回來了，推回來的板車有一個大大的坑位，想來是買的豬肉已經送到滷味店去。

黎湘和桃子姊妹倆趕緊幫著把車上的菜肉都搬進廚房裡，落下的水很快讓門口變得泥濘起來，滑溜溜的十分不安全。黎江又冒著雨去河道邊扒了些碎石回來鋪上。

等忙完了，才說起了正事。

黎江不識字，看不懂契簡，但聽懂了女兒的意思。一個掛名三掌櫃，十年一成紅利，怎麼說都是好事啊。

「這麼好的事，是不是還有什麼別的條件啊？」

黎湘搖搖頭。

除了要做三道菜之外，再沒有別的要求了。

「那就簽！但是得加上若是沒有獲得承辦權，他錦食堂不能為難妳。」老父親嘛，總是怕女兒受欺負的。

黎湘心裡暖暖的，她把自家爹的意思一說，于老爺子想都沒想就讓旁邊穿著官衙服飾的男人新加了一條到契約裡。

雙方看過沒什麼問題後，這才簽下各自的名字。

「丫頭，現下妳可是我錦食堂的三掌櫃了，得空記得去認認門，不能叫人說妳一個三掌櫃，連我們酒樓在哪兒都不知道。」

于錦堂得了契約，眉間的褶皺都少了許多，說話也輕鬆起來。黎湘自然是連連點頭，答應一有空就過去瞧瞧。

送走了兩位老爺子後，一家子圍在一起看著兩份契簡愛不釋手。只要能幫錦食堂拿到承辦權，那這就是十年的鐵飯碗啊，怎會有人不喜歡。

黎江兩口子對女兒的手藝那是絕對的信任，根本沒想過會拿不下承辦權。關翠兒就更誇張了，在她心裡表妹的手藝無人能夠超越，說她是仙女都不為過，只是區區一個試菜大會，小意思。

黎湘壓力山大。

晚上躺在床上翻來覆去的都睡不著，總覺得有什麼地方被自己忽略了。這種感覺以前也有過，那是合同踩坑的時候。

她想來想去還是忍不住起來點了燈，把契簡翻出來仔仔細細的看了一遍。

十年分紅……也就是說，自己這個掛名三掌櫃要做十年。

啊！她明白了！

今年她幫忙參加了試菜大會，那明年呢，作為三掌櫃難道能不幫忙嗎？畢竟自己還吃著紅利，肯定是要幫酒樓更上一層才能得到更多紅利呀。

好傢伙，兩份契約保十年的承辦權，不愧是老江湖。

她就說嘛，十年紅利哪有那麼好吃。

十年，這十年她一定會有自己的酒樓，那自家酒樓若是想要承辦資格呢？突然發現有點坑啊。

她只有一個人，所以若是日後自家酒樓想要獲得承辦權的話，只能表姊上，或者徒弟上，她們的手藝得趕緊練起來了。

「嘖，老奸巨猾。」

黎湘將契簡放了回去，這回心裡踏實了，總算是睡了個好覺。

第二天醒來的時候發現外頭還在下著雨，不過天已經沒有昨日那麼昏暗了，大概明後日雨就能停了吧。

「表妹，下了雨，突然就冷起來了，今日穿那件姑姑新做的棉衣吧，要厚實些。」

黎湘把手伸出被窩，那冷氣嗖嗖直往裡頭鑽，呼口氣也是自帶仙氣。

「真降溫了啊……」

這種天氣窩在被窩裡最舒服了，可是她還要下樓開張做生意，什麼時候才能過上一覺睡到自然醒，想不起床就不起床的日子？

「起床起床！」

越拖就越是不想動了，黎湘一把掀開被子，撲面而來的冷氣凍得她一個哆嗦，趕緊抓過床頭的衣裳穿上。

娘做的棉衣就是暖和，剛套上立刻就不冷了。她看了下，表姊今日也穿了新衣裳，都是娘這幾日和小舅母一起趕的工，她們自己的新衣倒是沒怎麼做，她們總是捨不得，如果去給她們買成衣的話……會被娘念叨死的。

黎湘琢磨著給娘添衣的事情，下樓也沒注意腳下樓梯濕滑，走到半道腳一滑咕咚滾了下去。還好穿著蓑衣，身上沒摔到，但她的腳一路滾下去刮得不輕，疼得她連碰都不敢去碰。

「表妹！」

「湘兒！」

聽到動靜的眾人出來一看都嚇了一跳，趕緊跑過去把人給扶起來。

「怎麼這麼不小心啊，那麼高呢，摔下來可怎麼好！哪裡摔著了呀？」

關氏心疼得眼淚都掉下來了，伸著手卻不敢去碰女兒。眾人瞧著黎湘疼得齜牙咧嘴的樣子也都不敢去碰她，默契的分著工，端熱水的端熱水，拿布巾的拿布巾。

「娘，妳別擔心，我沒事。妳看我穿著這麼厚的蓑衣呢，裡頭的棉衣也厚，就是摔下來的時候腿刮到了，不是什麼大問題。」

黎湘白著一張臉，疼得連說話都有氣無力的，怎麼能不叫人擔心。黎江二話不說穿上蓑衣出去請郎中，關翠兒便順勢將門鎖了，三個姑娘一人扶著黎湘，一人將她裙子撩上去查看傷口。

關氏拿著帕子，看到那血肉模糊的一片險些暈過去，半條褲子都紅了！

「姑姑妳先別上火，表妹這是皮肉傷，就是看著嚇人而已。」

幾個人圍著黎湘的腿把刮爛的褲子先剪了一截，把傷口邊緣的血跡簡單的擦了擦，弄乾淨了，瞧著便也沒那麼恐怖了。只是血還在一直滲，誰也不敢去動傷口。

一直到郎中請回來後開了藥，又拿藥粉處理了下，才將傷口包紮起來。

黎湘這會兒小腿綁得跟個粽子似的，別說炒菜了，連站起來都費力。都不用她說，黎江就把外頭牆上食牌取下大半。

「今日便只做麵食就是，湘兒妳也別逞強，安安心心先把傷養好。」

「我……」

好疼，動一下傷口便鑽心的疼。黎湘只能放棄，乖乖聽話。只是叫她一個人在樓上躺著那是不可能的，那她會憋死。

闞氏真是拿她沒法子，只能讓她跟自己坐在一塊兒看著自己燒火。

伍乘風循例來吃早餐的時候，正聽到鋪子裡新招的夥計跟裡頭的客人解釋少了大半食牌的原因。

「我們家會做小炒的廚娘受了點傷，暫時沒法炒菜，今日只供應麵食，希望各位客官稍稍體諒。」

一聽受傷，伍乘風心裡咯噔一下，轉頭出了鋪子繞到後廚敲了門進去。

「嬸兒，我剛在外頭聽到湘丫頭受傷了，她怎麼了？」

「她啊，早上不知想什麼呢，下樓沒踩好從樓梯上滾下來了，好在下著雨穿了蓑衣才沒出什麼大事，就是腿被刮傷了。」

一旁的黎湘尷尬的笑了笑，連說沒什麼事。

伍乘風瞧著她那疼得僵硬的表情、明顯沒有什麼血色的臉心裡大概也有數了，他也沒多問，就在廚房裡頭稍微坐會兒便回了鏢局，一回鏢局便翻箱倒櫃起來。

他記得有次和鏢局的師兄們練武，不小心傷得挺厲害，朱鏢頭當時給了他一瓶傷藥。那瓶藥治傷效果只比普通傷藥好一點，但止疼是真的厲害。他當時那麼疼，抹了藥後疼痛感直接少掉大半，後來叫同屋的大劉給借了去，還回來的時候他放哪裡來著？

伍乘風翻遍了整個床鋪都沒找到，只好去了操練場把大劉拉出來。

「大劉我那瓶藥呢？」

「啥藥？」

「就那個黑瓶的，抹了傷口沒那麼痛的藥。」

大劉恍然大悟，一把扯開了前襟笑道：「都在這兒了，還新鮮著呢。剛剛跟李子練習的時候打瘋了，不知道捶到了哪兒疼得很，就用了。怎麼了，兄弟你要？」

「廢話，不用找你問什麼。」

伍乘風輕踹了他一腳，轉身去了朱鏢頭那兒，詢問了藥名後，直接去藥房重新買了瓶新的。

買了藥正高興的往黎家走呢，他的腳步卻漸漸慢了下來。

為什麼聽到湘丫頭受傷了他那麼緊張？

他一個捨不得買新衣裳的人，剛剛居然眼都不眨的花了六百銅貝買了這瓶傷藥，還一點都不難受？

伍乘風也不是傻子，很快就想明白其中緣由，原本還坦坦蕩蕩的心不知怎麼就虛了。

大江叔他們夫婦對自己是真的好，湘丫頭也好，他怎麼可以對一個小丫頭動了心思，這叫他以後怎麼去黎家鋪子見人啊。

這藥……

伍乘風嘆了一聲，轉頭回了鏢局，硬生生將這瓶新藥摳出一半，做成了舊的。他拿到黎家鋪子的時候只說是自己之前用剩的，黎湘也沒多想，聽說止疼效果很好，等他一走便迫不及待用上了。

藥裡頭應該加了薄荷，抹上去涼沁沁的，已經開始紅腫的傷口立刻舒緩了不少。但她開始頭暈了，她有些擔心自己會發炎發熱，這裡的醫藥條件真的是沒法和現代相比。

「娘，我有點頭暈，想上樓躺會兒。你們等下記得來看看我。」

聽著像是在撒嬌一樣，關氏想都沒想就應了。她把丈夫叫進了後廚，讓他把女兒揹到樓上去。

「姑姑，那伍乘風，對表妹是不是……」

關氏愣了下，她還真沒往這方面想過。

應該，不會吧？

「大老遠的出門回來會給表妹帶禮物，這一聽到受傷了又趕緊回去拿藥。姑姑妳覺得呢？」

「是、是嗎？」

關氏仔細思量起這兩個月四娃和自家女兒的來往，總覺得差了那麼點意思。

不過，他和湘兒還真算是挺般配的。

湘兒過幾日便十四了，都是能說親的年紀，四娃也差不多該娶親了。他現下和伍家斷了親，自由自在，也不必擔心女兒嫁得離家太遠照看不到，上頭還沒有婆母壓著，也沒有妯娌添堵，竟是越想越覺得合適了。

半個時辰後，關氏惦記著女兒說的話，抽空上樓去看了女兒一眼，在門口瞧著睡得挺香，可一走進去就發現女兒的臉色變得格外紅潤，彷彿抹了胭脂一樣。

她心裡咯噔一下，立刻上前摸了摸女兒的額頭，雖不是滾燙，卻也絕對不是正常溫度。發熱了！

關氏慌慌張張的下了樓，和廚房裡的人說了一聲，便自己披著蓑衣去請郎中了。廚房裡缺了誰都不可以，只有她的活兒是最清閒最不用人的。關氏自己也知道郎中在哪裡，能不麻煩別人就還是自己去吧。

城裡的路可比鄉下好走多了，大路都是用石板鋪就，小心些走倒也摔不著。

關氏還是請那個給女兒看腿傷的郎中，特地和他說了女兒已經開始發熱，那郎中帶了藥跟著她回到鋪子裡，上樓一診脈，立刻便拿了藥給關氏去煎。

許是城裡的郎中用的藥好，一副湯藥下去，不到半個時辰，黎湘的熱便退了。只是也奇怪，熱退了，人卻一直都不醒。

郎中一天之內跑了好幾趟，又是扎針又是灌藥的，一點用都沒有，倒把關氏兩口子給心疼得不行。

「姑姑，不如我去趟書肆請柳夫人想想辦法，找個好點的郎中吧？」

一語驚醒夢中人，關氏都差點忘了女兒還有這麼個交好的人物。雖然她不知道陵安柳家到底有多富，但柳夫人認識的郎中肯定比她請來的靠譜得多。

關翠兒不敢耽擱，立刻一路小跑去了書肆，正趕上青芝準備關門。

「青芝姑娘，等等！」

「妳是……」

青芝一開始還沒認出來，直到關翠兒走到屋檐下摘了斗笠才看清了樣子。

「翠兒，妳怎麼來了？湘丫頭呢？」

「青芝姑娘，我表妹她今日摔傷了，發熱後一直昏睡不醒，找了郎中看，可是沒有什麼效果。所以、所以只好來打擾柳夫人，想問問夫人有沒有熟識的醫術高明的郎中。」

一聽黎湘生了病，青芝心裡不免也擔憂起來，連忙上樓和夫人說了一聲。

「昏睡不醒？青芝，妳去趟秋漓苑，將秋老送過去好好給湘丫頭瞧瞧。」

柳嬌雖然也挺擔心的，但這麼大的雨她實在不大願意出門。

青芝很快離開了，她一個人腳程快，所以並沒有帶著關翠兒一起。

黎家眾人得知柳家夫人已經命人去請郎中了，剛鬆了一口氣，就聽到床上的人疑惑的問道：「你們怎麼都擠在屋子裡啊？」

「湘兒！妳醒了！」

都快六個時辰了，謝天謝地她總算醒了，所有人頓時又感覺有了主心骨，踏實多了。

關翠兒倒了點水遞過去。

「妳啊，發個熱就叫不醒了，一睡就是三、四個時辰，怪得很。有沒有覺得哪裡不舒服？」

「我？睡了三、四個時辰？」

黎湘支起窗戶，看著外面昏暗的天色，一時也被嚇到了。她怎麼會睡這麼久還叫不醒？身上除了腿還有些疼之外，其他地方……她摸了摸胸口，總覺得有些悶悶的。

「娘妳別擔心了，我沒事，大概就是累著了，等下我再喝點藥，明兒肯定就好全了。」

關氏聽了這話，放心了不少，正擦著淚呢，突然想到翠兒還去柳夫人那兒請了人。

這就尷尬了。

「當家的，那柳夫人派的人估摸著快要到了，你下去迎一迎，順道跟人好好解釋解釋。」

「行，那我下去了，湘兒妳好好休息著。」

黎湘一頭霧水。「怎麼還有柳夫人的事？」

「還不是擔心妳給急的，娘也沒辦法，想著柳夫人家大業大，認識的郎中醫術肯定不錯，這才讓翠兒去找了柳夫人。只是，翠兒剛回來，妳就醒了。」

關氏回想起來還是後怕，一把將女兒攬進懷裡。

「湘兒，日後別那麼拚了，賺少點就少點，夠花用就行，別把自己累著了，娘禁不起嚇。」

黎湘知道，大哥失蹤了，興許已經沒了，自己這個唯一的女兒就是她的精神支柱。

「娘妳放心，我知道了。」

兩刻鐘後，一輛馬車急匆匆的駛來，停在黎家小食門口。

「哎喲，我這一身老骨頭都要叫妳給顛散了，青丫頭，妳這是公報私仇。」

「老爺子，您這可是冤枉我了，人家病人正等著瞧呢，當然是要快些趕過來，我也是聽夫人吩咐的嘛。」

青芝撩開車簾，扶著秋老下了車。

「妳說的病人就住這兒啊？這也太破了，哪像是夫人的朋友。」秋老一邊嫌棄，一邊提著裙裾，踩著比較乾淨的地方進了黎家。

「臭毛病真多。」

青芝收了傘，跟進去就聽見屋子裡的人在說黎湘醒了。

秋老倒也沒惱，只說醒了就好。

「不過老夫還是得去瞧瞧，總得讓我和夫人有個交代。」

黎江自然是求之不得，立刻將人請到了樓上。

「青芝姊姊！」

黎湘一瞧見人便甜甜的叫了一聲，青芝想笑來著，礙於身旁跟著秋老，只好忍了下去。

「夫人知道妳病了，特地讓我去請了秋老來給妳瞧瞧，老實坐著。」

「哦……」

黎湘乖乖坐好，朝秋老道了謝。

「老頭子我呀也是聽命於夫人，小丫頭妳要謝就謝夫人吧。來，把手伸出來。」

秋老一上手搭脈，神情立刻正經起來，加上那一頭花白頭髮，莫名有種世外高人感。

黎湘一點都不緊張，不過是腿上傷口發炎引起的發熱，現在熱退了，只要再吃幾副藥等傷口結痂就好。

誰知那秋老的神色從一開始的鎮定到慢慢緊皺眉頭，後又像是想到了什麼大驚。

他就坐在黎湘對面，他的神色黎湘瞧得清清楚楚，弄得她心惶惶的，難道自己真有什麼病？

「丫頭，妳除了腿上的傷疼痛之外，身上別處有沒有哪兒難受？」

黎湘這下倒是沒有瞞著了，老實和秋老說了心口老是悶悶的，像堵了什麼東西一樣。

秋老點點頭，從自己隨身的箱子裡取了根銀針出來，直接扎了黎湘的食指尖。他什麼也沒說，只是拿了個小白瓶子出來接指尖血，還是挨個兒扎的。

十根手指頭全扎了一遍，黎湘忍不住問道：「秋老，我是得了什麼病嗎？要血做什麼？」

「自然有它的用處。妳的病好治，一會兒開了藥連服七日，藥到病除。」

他只說好治，卻不說是什麼病，連青芝問他都不肯說。收拾好東西後，又要求看一看黎家人的廚房。

「樓上那丫頭平時和你們吃的東西是一樣的嗎？」

所有人都點點頭回答道：「自然是一樣的，天天都是如此。」

「那碗筷呢？」

說到碗筷，關氏直接打開櫥櫃，拿出了一個深棕色木製的雕花碗。大家用的幾乎都是陶碗，可她也不知怎麼一眼就相中了這個，說是很有古董的味道。

關氏聽不明白女兒的話，只不過女兒喜歡，也就隨她去了。

「湘兒平日裡吃飯都是用這副碗筷，店家說是用楸木製的，價錢也便宜，可惜就這一個。」

秋老拿在手上，仔細瞧了瞧，又倒了些水進去查看，心裡有了底。

「這碗我拿走了，診金就不必給了。」

他給青芝使了個眼色，青芝也不好當面再問他什麼，一直憋到回去的路上，才問了他。

「秋老，你拿人家的碗做什麼？湘丫頭的病很嚴重嗎？」

「不嚴重，我說的是實話，只要連服七日我配的藥，保管藥到病除。」

「那她到底是什麼病啊？神秘兮兮的，他們一家都被你弄得擔心死了。」

青芝自己也是好奇得不得了。

「她那不是病，是中毒了。只不過平時看不太出來，今日發熱催發了毒性，才會昏迷了幾個時辰。」

「就這個碗？」

秋老拿著碗漫不經心的點了點頭。

青芝好奇的仔細打量了下他手上的雕花碗，越看越覺得眼熟，只是一時又想不起來在哪兒見過。

「這碗我瞧著好眼熟啊……」

「眼熟就對了，送我去秦六那兒，我有事要和他說。」

青芝無言。「……」

臭老頭，說話老是說半截，可急死人了。

一直到下車，秋老都沒有再說過什麼。他拿著碗，臉色肅穆，直接去了秦六的書房裡。

「秋老？這麼晚你怎麼來了？可是有什麼事？」

「給你看樣東西，瞧瞧。」

他把那碗往桌子上一放。

「怎麼樣，眼熟嗎？」

秦六臉色大變，驟然起身拿過碗仔細打量道：「這碗是哪兒來的？不是已經被人燒了？」

「應當是和當初那一只同一根木頭製出來的，今日我去瞧那黎家小姑娘，她的脈象和當初柳老爺子的脈實在太像，只是她乃輕症，身體底子也好，吃幾副藥就會沒事了。」

「黎家？可知這碗是從哪兒買來的？」

秋老搖搖頭。

「這個就要你自己去查了。當初碗被燒了，採買的人也死了，這麼多年都查不出個頭緒，現在又出現了一只這樣的碗，查起來應該要容易得多吧。我老頭子沒什麼本事，這種事還是你去操心吧，我走了。」

說完他便起身要走，秦六趕緊叫住了他，欲言又止道：「夫人那兒……」

「行行行，我知道，會編個好藉口的。」

秋老不耐煩的關上門，背著手走了。

書房裡的秦六拿著桌上的碗，眼神一點一點凝重起來。

當年柳老爺子撐著病體給自己和嬌嬌辦了婚禮，之後就再也起不了身。自己和嬌嬌陪在床前，無數次端著這個碗給老爺子餵藥，如何能不熟悉？這回總該讓他查到點什麼了吧。

其實當年柳老爺子是真的生了病，秋老親自診過脈，確定只要好好吃藥療養便能痊癒。可沒想到後來卻是越病越厲害，等秋老處理完平州的家事再趕回來時，柳老爺子已經是彌留狀態，藥石無救了。

老爺子中毒的這事因著當年證據被銷毀斷了線索，之後也沒有查出個頭緒，所以秦六也一直沒有和夫人提起，免得叫她跟著難受。

但夫人可以不說，柳淮之卻不能不告訴，畢竟如今他才是柳家家主，柳老爺子對他也是最為疼愛。他現在都已經成家了，有些事也該叫他知曉。

第二天一早，秦六獨自去了柳宅，帶著那個雕花碗。

「姑父，你是說這碗有毒，阿爺是被毒死的?!」

柳淮之拿著那碗半天回不過神來，那麼多年前的事他記得不是那麼清楚，但這個碗一直出現在阿爺房中，他還是有印象的。若是碗有毒，那就難怪阿爺好不起來了。

「這碗不是你阿爺的那只，他的早就被燒毀了，不然也不會拖到如今都沒查出背後之人。」

「姑父你當真不知道是誰？」

秦六一噎。「……」

果然孩子大了，就不好糊弄了。

「心裡有猜想也沒有用，得有證據。」

柳淮之自然也明白這個道理，可就是氣不過。

「當年阿爺病重，他們倆每每去看望時總是會叫我給阿爺餵水，如今想來真是狼心狗肺。」

可惜他們沒料到，阿爺早在神智還清醒的時候便已經請府衙的大人做了見證，一間鋪子也沒留給他們。

「姑父，這碗是從哪兒來的？雲珠那兒有兩個查探的好手，我讓她去說一聲，保證很快就會有線索。」

「淮哥兒，你可想好了？他們到底是你爹娘，這事由我和你姑母出面會比較好。」

「想好了，他們是我爹娘，那阿爺呢，也是他們的爹啊！他們怎就如此狠心？若最後查出證據，真是他倆所為，我會直接報官，絕不留情。」

柳淮之本就對他們沒什麼感情，現在又知道疼愛自己的阿爺是被毒死的，心中怒火直燒，問了幾個關鍵問題後，便直接回了後院。

「怎麼了這是，隔老遠都能聞到你身上的火氣。」

「雲珠……」還好他現在不是一個人了。

柳淮之抱著夫人沈默了好久，金雲珠也沒有催促他，只安慰的拍著他的背，十分體貼。

「方才姑父來找我了，他跟我說，阿爺當初其實是中了毒，身體虛弱受不住才離世的。」

金雲珠大驚。「中的什麼毒？誰下的毒？」

「秋老說是一種名叫夕陽的毒，中毒者會宛如夕陽一般，逐漸虛弱直到死亡。下毒的人，九成是祖宅裡的那兩個。」

「天啊……太可怕了！」

從小生活在福窩窩裡的金雲珠簡直無法想像居然會有人下毒謀害自己的親爹，不怕遭天打雷劈的嗎？

「那姑父怎麼說？你們打算怎麼做？」

「姑父那邊找到了點新的線索，本來是想自己查的，不過我想著金魚和金書兩人的本事，就把這事給攬了下來。姑父這麼些年手裡的人和姑母都合在了一起，真要查點什麼，姑母那兒很容易就被驚動了。」

金雲珠點點頭，沒有什麼意見。

「那我等下和金魚兄妹倆說一聲，一定盡全力去查探。可是，淮之，要真查出他們是毒殺阿爺的凶手，那你怎麼辦？」

柳淮之想了想，摟緊了她。「那就報官，讓官府去懲治他們。另外……若真是他們下的手，我畢竟是他們的兒子，柳家這些產業我想都還給姑姑。雲珠妳……」

「你怕我不願意啊？那有什麼，我相信你。就算沒有柳家的產業，你也能獨自做出一番事業，再說了，不還有我嘛，本小姐可以養你啊。」

金雲珠嘻嘻哈哈的，瞬間沖淡了凝重的氣氛，柳淮之的心裡也沒那麼難受了。

第二十章

金魚和金書是金家打小就培養出來的好手，他們很快被派了出去，順著碗這個線索一路追查。當然，第一個被查的就是黎湘，買碗的鋪子也是從黎家口裡問出來的。

黎湘心裡毛毛的，昨兒個那秋老診著脈診著診著就變了臉，也不說是什麼病，開了一堆藥，喝一口險些沒苦死她。要不是他說七日就能好，她還真以為是得了什麼絕症。

心情還沒緩過來呢，又來了兩個護衛，聽到是姓金，她差不多就知道是那柳少夫人的人了。那兩人板著個臉將一個碗翻來覆去的問了個仔細，顯然那不是個普通的碗，難道自己的病和那碗有關係？

「表妹，今日雨停了，客人應該會多些，一會兒我就不上來陪妳說話了。妳好好養著，別操心那麼多了。」

「知道啦，我就在這上面看看書簡，正好把後面的字學了。」

關翠兒點點頭，拿走吃剩的飯碗下了樓。

黎湘哪有心情去看什麼書簡，她現在滿心都在想著自己到底是得了什麼病、和那碗又有什麼關係？因為那碗，自家又會不會惹上什麼禍事……

這一天天的，就沒個消停的時候。

她偷偷的把腳挪到地板上，扶著牆站起來感受了下。其實都不怎麼疼了，也就當時摔下去刮破的那會兒疼得厲害，上了藥又休息了一晚上，現在痛感很輕微，慢點走沒什麼問題。

不過讓爹娘看到肯定要挨罵，黎湘嘆了一聲，又坐了回去。

「湘丫頭，我能進來嗎？」

屋外傳來了伍乘風的聲音，正愁沒人說話呢，黎湘立刻邀請他進了屋。

「昨天給妳那藥好用嗎？今天還疼不疼？」

「好用好用，抹了涼涼的立時就舒服多了，今天都能站起來慢慢走了，只是我娘不許，非要我在樓上養著。」

黎湘指了個凳子讓他坐下。

「四哥你早飯吃過了嗎？」

「吃、吃過了，我今天來是剛找到另外一瓶藥，拿過來給妳用。」

伍乘風臉不紅氣不喘的把他摳出來的另外一半藥拿給了黎湘。

「不用了，四哥你留著自己用吧，你昨天拿來的我才用一小半呢。」

黎湘不肯收，伍乘風就直接放桌上了。

「沒事，這個我也不常用，放櫃子裡不找都忘了。它主要是止疼，我們訓練受傷買的都是治傷的藥。」

若是大劉在這兒聽見這話，定是會好好笑話他一番。治傷的藥雖好，卻是遠不及止疼治傷一體的藥膏的。
黎湘哪知道這些，人家一番好意送她，正好還是她需要的，厚著臉皮收唄。
「四哥，這藥多少錢一瓶啊？」
伍乘風心一涼，連瓶藥都要跟他見外。
「不貴……很便宜。而且，這也不是我買的，是鏢局裡頭發的。」
「鏢局還會給你們發傷藥啊？」
真人性化……
黎湘想著以前他在家總是挨打，連頓熱飯都吃不上，現在好了，進了鏢局對他來說還真是件好事。
「對了四哥，你知道……那個，喬嬸兒他們……」
伍乘風愣了下，立刻反應過來。
「妳說他們啊，我知道，早就進城了，也就是在村子裡威武得很，一進城就不行了，被個小妾壓在頭上。他們現在和我沒有關係，以後怎麼樣也不關我的事。」
剛說完他就有些後悔，這樣說會不會顯得他很冷血？
「對，以後跟他們沒關係了，你可別被他們發現在鏢局裡頭做事。」
黎湘對伍家那一大家子都沒什麼好感。
伍乘風看出來了，她對伍大奎他們沒什麼好感，對自己倒是有，但也只是同情居多，絲毫沒有半分心動。

這叫他很是挫敗，回到鏢局也提不起勁來。

「小伍子，這垂頭喪氣的，怎麼，人家姑娘拒絕你了？」

「說什麼呢，我只是送個藥，你別胡說。」

伍乘風翻過身，不打算理人。大劉難得找到個話頭可調侃，哪裡肯放過他，乾脆一屁股坐到了他的床邊。

「肯定是你說話不好聽，人家姑娘才不喜歡你。就你這呆頭呆腦的樣子，估計見了人連話都不知道怎麼說了。」

「……」

伍乘風默默坐了起來。

「你很懂？」

「那是自然。」

大劉得意洋洋。

「那你怎麼還沒娶媳婦兒？」

「那是我眼光高，還沒找到合適的。」

伍乘風白了他一眼，重新躺回了床上。一個連個媳婦兒都沒有的人，出的主意肯定不可靠的，真聽他的話去瞎搞，說不定才是真沒希望，自己才沒那麼傻呢。

湘丫頭還小，大江叔肯定沒那麼快給她訂親。駱澤彷彿是對湘丫頭的表姊動了心思，倒不用擔心他。黎家小食裡剩下的都是些女子，只要自己常去，機會還是很大的。

當然，前提是要常去。

一個時辰後，當伍乘風聽到師父接了一單任務的時候，心都涼了。

「師父，你接的是哪裡的單啊，出門要多久？」

柴鏢頭笑了笑，拍拍徒弟的肩膀，只回了個很模糊的答案。

「接的單挺近的，這幾日好好表現哦，選不上別哭。」

伍乘風丈二金剛摸不著頭腦，選不上為啥要哭，就為了點錢？

神神秘秘的……

轉眼便過了兩日，黎湘的腿已經不怎麼疼了，但長時間的久站郎中還是不建議，所以今日鋪子裡仍舊是關翠兒和桃子姊妹倆負責做麵食，生意略有些清閒。

這一連躺了幾日，黎湘實在是憋不住了，偷偷和表姊說了一聲便溜了出去。

她現在可是錦食堂的三掌櫃呢，得去認認門才是，畢竟是老牌子，她稍微一打聽便知道了位置。

嘖嘖，居然在城中心，太有錢了。

黎湘瞧著路太遠了，腿也不能走那麼久，乾脆花五銅貝坐了筏子過去，一進去便受了不小的驚嚇。

中心城的房子不是木製便是石頭砌成的，泥磚房子幾乎都看不見，一眼望過去，實在是賞心悅目。

而且裡面行人衣著打扮比起外圍的老百姓要好很多。黎湘真是慶幸穿了娘做的新衣裳，不然走在人群中就太顯眼了。

「姑娘，走前面路到了。」

黎湘應了一聲，趕緊下了筏子。順著石梯走上去，旁邊一整條街道都擺滿了攤子，各種琳琅滿目的商品，有好多東西她在外頭都沒見過。

「姑娘來看看梳子吧……」

「姑娘來看看香囊，精緻又芳香~~」

「姑娘要不要買副耳飾?瞧瞧這些樣式有沒有喜歡的?」

商販們都很熱情，黎湘「舉步維艱」。這些小玩意兒真是漂亮好看的緊，她真是忍了又忍才保全了錢袋子。

「新鮮出爐的栗子糕!」

「獨家秘製的鮮花餅喲~~」

「多子多福的大紅石榴!來瞧一瞧、看一看~~」

躲過了各種小玩意兒的黎湘沒躲過那街上一陣陣的食物香氣。她看了幾家，最後花了五銅貝，買了兩塊鮮花餅。

這鮮花餅不是現代那種酥皮，而是用黍米粉和了麵，將鮮花調了餡包起來後蒸熟的。這天氣一放涼便有些硬了，說餅也可以。

黎湘咬了一口，清雅香甜，一時竟分不出是什麼花來，看了眼裡頭的花餡後才認出是木槿花。

木槿花營養價值挺高的，這店家還真不簡單，而且這餅味道很不錯，比她想像的要好很多。黎湘三兩口吃完了一塊，吃另一塊的時候眼都亮了，這塊是桂花餡的！

若說剛剛那木槿花能打七十分的話，這塊桂花的便可以打上九十五了。桂香濃郁又不甜膩，吃完齒頰留香，回味無窮。

五個銅貝真的值！

這個時代的人們只是因為鐵鍋剛盛行不久，所以於炒菜上不夠水準，但其他方面，像蒸食、湯類等等，還是不能小覷的。

黎湘有些迫不及待的想去嚐嚐錦食堂的招牌菜是什麼了。

她走快了幾步，堅定的不去瞧那些路邊的攤子，直接到了錦食堂的門口。

好傢伙，三層高的大酒樓，氣勢挺足的。

「姑娘裡面請！」

門口的小二也還不錯，她這一身算是挺簡樸的，他眼裡也沒有嫌棄，標準的笑臉相迎。

可裡面嘛，就……

很空蕩，食客寥寥無幾，自家小店那幾個吃麵的客人都比他家多。

「姑娘想吃點什麼？」

黎湘看了看牆上的食牌，還挺多的。

「你們家的招牌菜是什麼？」

小二面露難色。

「姑娘，實不相瞞，本店做招牌菜的廚子出了點意外，暫時不能上工。現在廚房裡能做的都在牆上了，您挑挑？」

「行吧，那給我來個竹蓀鴿子湯、罈子肉、小蘑菇燉雞。」

「好咧！姑娘您稍等！」

小二很快跑去了後廚，黎湘這才認真的打量起整座酒樓。一樓大概有三十來個位置，但在座的只有三個人，二樓三樓她看不見，但冷冷清清的也不見得有什麼人。

首先就這冷清的樣子，就不吸引客人了。方才她要不是看見掛著錦食堂的招牌，瞧見裡面那沒人氣的樣子，她也不會進來。

難怪于老爺子這般著急的要拿下臘八的承辦權，看見這酒樓裡的樣子她就明白了。

正打量著酒樓呢，突然聽到小二又十分熱情的迎了出去。

「柳少爺您裡邊請！我家老爺已經在二樓恭候多時了。」

柳少爺？

黎湘下意識的轉過頭去，正好瞧見了剛進門的那兩人，領頭的必是柳少爺無疑了，那一身墨色綢袍，撲面而來的冷光感，黎湘都替他感覺冷。

這麼冷的天穿這個不凍嗎？

話說這柳家少爺長得還挺不錯，濃眉大眼，臉上一直掛著笑，叫人一看便心生好感，倒是一點都沒有嬌生慣養小少爺的那種奶氣，爽朗得很。怎麼說呢，有種現代阿兵哥的氣質，非常不錯。

主要還是他長得面善，黎湘瞧了覺得挺親切的，這人合眼緣。

「淮之，我可算是把你盼到了！」

于錦堂親自走到樓梯口來迎接，結果剛寒暄兩句，眼角餘光便瞥到了一個熟人。

「誒？湘丫頭也來了！妳來了怎麼也不通知我一聲？」

黎湘無語。「……」

她只想好好吃頓飯，怎麼就被看到了呢。

「于爺爺，這不是今日有空嗎，就過來瞧瞧。」

于錦堂看著樓下稀疏的客人，尷尬的笑了笑，朝著黎湘招手叫她上樓。

「淮之，這是我們酒樓的三掌櫃，請她同桌不介意吧？」

柳淮之搖搖頭，剛聽到湘丫頭這個稱呼，他就猜到是自家夫人口裡那個湘丫頭了。說來這丫頭對自家還有恩，當初那喜宴就不說了，後來雲珠孕吐難熬，多虧了她做的那些吃食，才不至於傷了雲珠的身。

而且，他瞧那姑娘的第一眼便覺得親切，同桌而已，他並不覺得有什麼。

就這樣，黎湘被于老爺子給拉到了二樓去。

菜彷彿是之前就安排好的，三人剛落坐，就有一道道菜上來了，其中就有黎湘點的那道竹蓀鴿子湯。

「淮之來，吃，別客氣。」

「于伯伯不用管我，我肯定是不會客氣的。」

黎湘更不會客氣，她見兩人都動了筷子，也跟著開了一盅湯。竹蓀的香氣撲面來，一聞就知道鮮得很，嚐一口吧，怎麼說呢，略有點失望。不是不好喝，只是大概自己習慣了重口味的湯菜，他這個清淡口的，不合她的胃口，但鮮還是非常鮮的。

黎湘瞧了下桌上的菜，伸手用公筷挾了塊罈子肉。

那紅潤潤的色澤一瞧就很有食慾，她第一次挾的時候稍稍用了些力，肉皮便破了個口，小心又小心才挾了出來，咬一口又軟又糯，肥而不膩，比她做的紅燒肉還好吃！

桌上大概也就只有她在認真品嘗菜式，另外兩人都只簡單的吃了點便開始談事情。

黎湘一邊喝著湯，一邊豎著耳朵聽他們談事。

「于伯伯，我明白你的意思了。你是想讓我那久福茶樓的姜憫過來教你們廚房做包子，不過這製麵的手藝多重要，我想于伯伯你知道吧。」

黎湘險些一口湯噴出去。

他們在說啥？製麵的手藝？姜惆？那個跟自己做包子的姜大哥？

「淮之，你也看到我這酒樓了，實在是需要些新鮮東西進來。左右你主營的也不是茶樓酒樓，就那一間久福，攥著這個手藝實在可惜，我呢就厚著個老臉出五百銀貝買你這個手藝如何？」

「噗！」

這回黎湘沒忍住，嗆出了聲，咳得她心肝脾胃腎都要出來，臉咳得通紅。一旁的柳淮之趕緊給她倒了水，又幫著拍了拍背，拍完才覺得不妥趕緊收回了手。

「沒事吧？」

黎湘搖搖頭，眼淚汪汪的直起腰來。

「不好意思，失禮了。」

「沒事沒事，妳這丫頭，吃東西當心著些。」

于錦堂惦記著製麵的手藝，又拉著柳淮之說起了要買的事。

「于伯伯，五百的話，我沒法和家裡交代呀。您可知道有這方子我那久福一個月能賺多少？」

「多少？」

黎湘眨巴眨巴眼，湯都不喝了。

柳淮之直接張開五指，比了個巴掌。

「一個月淨賺至少五十銀貝，這還是在外城，說實話拿到帳本我自己都有些驚訝。于伯伯你說，五百我能賣嗎？」

黎湘無言。「……」

于錦堂也驚了，光是外城便有如此收益，那若是自己買下，大力推廣又如何？實在是叫人心動啊。

「不知淮之多少肯賣？」

柳淮之彷彿是在思考，半盅湯都喝完了才開口道：「于伯伯，您于家與我柳家一向交好，我呢也不往高了說，三千銀貝，這製麵的方子您就拿走，而且姜憫我直接送過來包教會，連帶他新研製出來的那些包子種類，全都教給你們。」

三千銀貝，于錦堂拿得出來，只是到底也不是筆小數目，就這麼突然一下給出去，他心裡難受呀。

「不知淮之能否先讓姜憫過來，把他會的那些包子做出來嚐嚐？」

「自然是可以的。」

柳淮之有信心得很，他起身到門口和自己的手下人說了一聲，再坐回桌，就瞧見一旁的小丫頭一臉的怨念，彷彿自己搶了她的食物一樣，莫名有些可愛。

「黎湘姑娘是吧？這些日子要多謝姑娘妳為我家夫人做的那些飯食了。」

黎湘埋頭喝著湯，聲音悶悶的。

「不用謝，金花有付錢的。」

柳淮之瞧她悶悶不樂的樣子，著實有些摸不著頭腦。方才吃飯時她還挺高興的，突然就這樣了，而且，好像還是自己得罪了她？

要說黎湘現在在想什麼，那就是後悔，非常非常的後悔。

于老爺子和柳家少爺這筆買賣眼看著是要成了。

黎湘憋著一股氣，卻不能把這買賣攬過來。因為已經和久福茶樓簽了契，賣了手藝，三年內自己也不能賣包子。

好氣呀！

柳家少爺五十銀貝買了製麵的法子，一轉頭賣出去賺了近三千銀貝，光是想想她都要窒息了。

三千銀貝，外城一座酒樓可以買下大半了！

嗚嗚嗚……她的酒樓……

黎湘心裡酸，鼻子也酸，只能埋頭吃東西才能不露出情緒來。

兩刻鐘後，柳淮之的人帶著姜憫來了。

姜憫一進門就瞧見了正在氣鼓鼓吃著東西的黎湘，立刻激動的上前同她打招呼。

「黎姑娘，好久不見……」

「哼哼……也就兩個月吧，不久。」

柳淮之瞧著兩人的樣子，有些詫異的問道：「姜憫，你和黎湘姑娘認識啊？」

「嗯？少東家您不知道嗎？咱們茶樓的製麵方子就是苗掌櫃從黎姑娘手裡買的呀。」

姜憫這話一說，整個房間都安靜了。

于錦堂難以置信的看著坐在自己對面的小姑娘，萬萬沒想到，製麵方子竟是從她手裡出來的。

柳淮之嘛，就是尷尬，非常的尷尬。方才喊價喊得有多高，現在心裡就有多尷尬。

他雖沒有看過苗掌櫃和黎湘簽的契，但他知道那方子是用五十銀貝買回來的，當時他還誇了苗掌櫃慧眼來著。

這下尷尬了，和正主遇上了，還在她面前喊了三千的高價。難怪她剛剛會用那種眼神看著自己，可不就是搶她食兒了。

「少東家……」

姜憫緊張的嚥了下口水，察覺氣氛不太對。

「你下去吧，去廚房裡把你會的各種包子都做一遍。」

「好……」

于錦堂連忙起身帶姜憫去廚房，一路上正好打聽打聽這究竟是怎麼一回事。

他一走，房間裡便只剩下了黎湘和柳淮之，氣氛更加尷尬起來，還是柳淮之忍不住先開了口。

「真是不好意思啊黎姑娘，我不知道妳就是賣給久福方子的人。」

黎湘嘆了一聲。

「不知道如何，知道又如何，左右已經賣給了你們，你們就是賣幾萬銀貝都不關我的事。」

聽聽這酸溜溜的口氣，還說沒事，柳淮之不知怎麼竟有些想笑。

「這方子，我們的確是占了黎姑娘的便宜，今日若真賣了，便分……」

「別別別！」黎湘打斷了他的話，生怕他說的數字打動了自己的心。「既然已經賣了，那便是銀貨兩訖。哪有看到你賣高價便再分一杯羹的，那我成啥人了？柳少爺，你賣你的，我就看個熱鬧。」

吃了這麼會兒，她也吃得差不多了。

「我去瞧瞧姜大哥做包子，柳少爺自便。」

「誒……」

柳淮之看著空蕩蕩的房間，哪裡坐得下去，乾脆也跟著一起下了樓，去了後廚。

這會兒姜憫正在和著麵，旁邊放著一坨略酸的老麵，這也是最靈魂的東西，兌水加進去後等著發酵就行。

于錦堂心知製麵的手藝沒那麼好學，也沒有特地去看姜惘和麵，他一瞧見柳淮之下樓，便立刻拉著他去了一旁說話。

黎湘打量了下這錦繡堂的廚房。寬敞又明亮，在這裡面做飯想來心情會很好。和這裡一對比，自家那個小廚房簡直無地自容。

她想在廚房裡再轉轉，立刻就有兩個廚子攔了她的路。

也是，後廚是很私密很重要的地方，自己如今在他們眼裡不過一個外人，自然是不能隨便亂轉的。

算了算了，東西吃過了，門也串過了，該回去了，不然等下表姊可不好和娘交代。

「于爺爺，你這兒有客人，我就先回去，今日就是來認認門。」

「別啊，丫頭妳待著，等會帶妳去見見廚房的人。」

于錦堂招來了酒樓裡的大掌櫃，和他說了黎湘三掌櫃的身分，囑咐了不許怠慢後，又繼續和柳淮之商討製麵方子的事。

黎湘和那大掌櫃面面相覷，一個不想留，一個也待不住，乾脆沒一會兒便找了個藉口溜了。

反正三掌櫃也就是掛個名頭，何必非要去人家酒樓裡弄得誰也不自在，知道在哪兒就行，以後還是少去吧。

黎湘從酒樓裡出來，整個人輕鬆了不少。

幸好是出來了，真要在裡頭看著柳家少爺賣出三千銀貝，她怕是要嘔得吐血，幾天都要睡不著。

唉，這發財呀，她就是沒有那個命。

黎湘平復了下心情，轉頭和路邊一位大娘打聽賣花鳥的市場位置。鋪子裡灰撲撲的，她早就想買點綠植回去，一直也沒抽出時間去找，聽到大娘說不遠，立刻便決定去轉轉看。

她心裡是設有目標的，就想買點金桔或者綠蘿、發財樹等回去，結果一進市場就迷了眼。

這大盆小盆，大棵小棵的，眼睛都快看不過來了。

她不光看到了金桔、綠蘿，還看到了各種蘭花、梅花、菊花，眼下正是菊花開放的季節，那一盆盆花團錦簇的菊花實在是可愛極了，幾乎每家鋪子前都擺滿了各種各樣的花盆，一時間還真不知道該先從哪家看起。

「讓開讓開讓開！」

黎湘聽到這聲音，還沒反應過來就叫一隻大手給推到了一旁去。

「一身窮酸相。」

領頭的那個男的，言語之間十分刻薄，看著黎湘彷彿是看著垃圾一般，見黎湘沒擋路了，這才招呼著身後的人拉著花走了。

「姑娘嚇著了吧？」

聽到有人問她，黎湘回過神來，忙說沒有。

「老闆，方才這是誰家的下人啊？如此凶惡。」

「他們啊，是那城南柳家老爺跟前得力的，都是些眼高於頂的傢伙。不過也就是些下人，咱們啊，不跟他們計較。」

黎湘拍拍裙子上沾到的泥土，頓時想到了是那柳夫人的兄長。瞧瞧這做奴才的是什麼樣子，大概就知道主人是什麼樣了。

「這柳家夫人也真是怪，年年這時候都要訂大堆的白菊花進柳府，明明柳老爺子的冥誕、忌日都不是最近的時候。」老闆一邊咕噥著一邊進了鋪子。

黎湘聽到忌日一愣。她差點忘了，大哥落水的日子差不多就這幾日了，娘是一直堅信大哥沒有過世的，但爹嘛，嘴上說不信，實際上每年到日子都會悄悄準備東西祭拜，而娘是更加神傷，病也是時好時壞。

想到這兒，她也沒有心情去看什麼花鳥盆栽了，空著手來又空著手轉身出去。

到家的時候她先悄悄探了個頭，想著和表姊先通通氣，結果剛伸個頭就被娘抓了個正著。

「自家鋪子，偷偷摸摸的做什麼？虧妳還知道回來，進來。」

黎湘嘿嘿一笑，進去便討好的坐到了娘的身邊，把自己買回來的那大包小包好吃的先給了娘。

「娘妳看，這是城中心裡頭賣的那些糕點餅子，這個是桂花的，最香了，妳嚐嚐？」

女兒都餵到嘴邊了，關氏自然是給面子得很。吃了一嘴的香甜，連氣也跟著消了。

關氏是擔心多過於生氣的。

女兒腿上還有傷，哪裡就能出去亂跑。萬一再磕了碰了的，多遭罪。不過現在女兒平平安安回來了，她也就不提了。

「把藥喝了，乖乖上去給我休息，不許再偷偷跑出去了。」

「嗯嗯！保證不偷跑！」

黎湘把買回來的好吃的分了一分，表姊和桃子姊妹倆都是人人有份，分完了才去喝了藥上樓。

幸好是買了小甜食回來，不然剛剛那碗藥喝得她真是想吐。也不知那藥裡有什麼東西，喝完總覺得喉嚨裡黏糊糊苦巴巴的，喝多少水都沖不下那股感覺。

實在難受。

七日，這才三日……

黎湘生無可戀的趴在床上，迷迷糊糊睡了過去。

此時的柳家，「熱鬧非常」。

幾乎是所有柳家族老都被秦六給請到了祖宅裡。

「秦六，你這是什麼意思？」

柳成因著兒子忌日將近，脾氣也分外的不好，仗著秦六不會對自己怎麼樣，說話格外的不客氣。

「柳老爺，別急啊，還有最後兩位叔公呢，到了就可以開始了。」

「開始什麼？」

「開始好戲。」

夫妻倆心頭頓時都湧上一股不太妙的感覺。秦六素日一向是不與他們來往，也不與他們計較，可今日不光來到祖宅，還帶了這麼多人，怎麼看都像是不懷好意。

「六爺，夫人和少爺到了。」

秦六應了一聲，轉頭大步出去準備接人。

柳成夫妻倆都驚呆了。

今日家中到底有什麼大事，連離家近十年的柳嬌都回來了！這麼些年，她可是一直不屑登門的。

「老爺，我怎麼瞧著有些不大對勁啊。」

柳成又何嘗不知道呢？只是眼下眾位族老都到了，只能靜觀其變。他有心在族老面前表現表現，於是主動走到柳嬌面前同她示好。

「小妹……」

柳嬌只微微點了個頭，彷彿躲瘟疫一樣走快了幾步，去了姑祖母的跟前。

一炷香後，柳家族長到了。

柳族長和秦六關係一向不錯，主動提起了話頭。

「秦小六，你這大費周章的把族老們都請來，究竟所為何事？」

秦六招呼了一聲，外頭的秋老便走了進來，跟在他後頭的是兩個畏畏縮縮的陌生人。

柳成夫妻倆起先並沒有在意那兩個小人物，直到他們看到秋老拿出了一個碗，頓時頭皮發麻、心跳如擂。

「老、老、老爺……」

「閉嘴！」

秦六笑著看了這對夫妻倆一眼，拿過秋老手上的那個木碗。

「這碗想來大家都沒怎麼見過，這是爹他老人家過世前，日日都要用的一個碗。當年秋老臨去平州之時親自給爹診的脈，言明只要好好調養，痊癒只是時間問題。可後來，爹的身體為什麼會越調越差呢？」

柳嬌攥緊手裡的帕子，有些慌亂的看向秦六。

他說這話是什麼意思？

五叔公皺著眉，疑惑道：「不是說是因為大哥年紀大了，身體不行，藥石才無甚用嗎？」

「不，老爺子身體雖不比年輕人，但一直保養得不錯，一場風寒只要調理得當，最多六、七日便可痊癒。可老爺子後來卻纏綿病榻直至病亡，這，都是因為中了毒！可惜當年老頭子我回來得太晚了，無力回天，之後證物又被毀掉，為免打草驚蛇，便只好將此事隱瞞了下來。」

秋老醫術高明，柳家不少長輩都由他診治過，是以他所說的話，大家都是相信的。

「中毒?!」

「天啊，誰有這麼大的膽子下毒？」

柳嬌想都不用想，直接狠狠盯住了柳成兩口子。

除了他們，還會有誰?!

「小妹，妳這樣盯著我做甚？難不成懷疑是我下的毒?!」

柳成演技不錯，一臉的受傷和難以置信，可惜他身後的余氏戰戰兢兢的樣子給他扯了不小的後腿。

「成老爺，您先別急著承認呀，我這還有兩個人證呢，先聽聽他們怎麼說。」

「秦六！我知道你和嬌嬌一向不喜歡我們夫妻，但這種弒父的罪名我是萬萬不可能擔的！你們寧願聽信幾個陌生人的話都不信我的話嗎？」

柳成鎮定又悲痛的模樣演得十分逼真，六叔公小時候照看他不少，難免對他多了幾分同情。

「阿成乃是大哥獨子，他怎麼會幹出如此有悖人倫的惡事？根本沒有動機的事，秦六你是不是弄錯了？」

「六叔公，您先別急著下定論，咱們聽聽這兩個人證的話如何？」

柳族長一眼就瞧出了那余氏慌亂的心神，身畔的衣裳都要被她揪爛了。如此模樣，豈能不叫人懷疑？

堂下兩位人證跪在地上，哆哆嗦嗦的將自己的來歷先介紹了一遍。

其中一人乃是附近鎮上的一名木工，平日裡也就是給附近居民做做衣櫃、桌椅、碗筷等物件，另一人則是柳家祖宅後廚一名不起眼的雜役。

「十年前的事本來我是記不太清楚的，但這個碗我卻是記得清楚得很。因為我以前從來沒有做過這樣精緻的碗筷，當時對照著圖樣，足足花了五日才算是完工。做完後那塊木料還剩下一截，我不想浪費，便又做了一個小些的碗，開價有點貴，便一直也沒賣出去，就壓在了箱底，直到去年翻出來有貨郎看上帶走了。」

「那你可還記得是誰給了你這塊木料？」

「記得，就是他。」

木匠毫不猶豫的指向了身旁跪著的雜役。

「他給的工錢十分豐厚，穿著打扮卻又是個小廝，所以我記得很清楚，就是他。」

秦六走上前，摁著那雜役的頭抬起來，看向柳成身後的余氏笑道：「大嫂可眼熟這雜役？」

余氏白著臉，使勁搖頭。

「府上那麼多、多的人，我哪能個個都認識。」

「大嫂這就不誠實了，這可是妳從余家帶來的人，怎麼可能不認識呢？聽說他娘正是大嫂娘家大哥的奶嬤嬤，怎麼會有這麼巧的事啊？對吧，余進？」

秦六從來不打無準備的仗，他敢把族老們和族長都請來，那就是有了確確實實的證據，可以把柳成夫妻釘死的那種。

「余進，當初偷偷把碗燒毀的也是你吧？整個柳家當時亂成一團，誰也沒功夫去注意一個碗，所以你便將那毒碗丟進了灶膛，直接毀滅掉證據。」

「六爺既然已經知道了，又何必再問呢。」

「余進！你在說什麼?!」

這種事怎麼可以認！

余氏恨得咬牙切齒，若非顧及著族老們還在，她真想上去撕爛余進的嘴，叫他再不能說話。

柳成眼瞧著情況不妙，立刻站出來，大義凜然的指責秦六道：「秦六！難道你就憑著兩個無名小卒的話就要定我夫人的罪？他們的話怎麼就是證據了？我夫人沒有做過的事情我們不認，就是告到官老爺那兒，我們也是不認的！」

幾句話便把罪名丟到了余氏一人頭上，秦六真想看這夫妻倆反目成仇是什麼樣子，只是嬌嬌快哭了，他得速戰速決才是。

「大哥也不必激動，官是一定要報的。這人是大嫂的陪嫁，無緣無故的，他怎麼會拿到價值千金的毒木？這錢究竟是從哪兒來的，只要查一查錢莊記錄就知道了。萬和錢莊，我記得存檔帳本是十五年一銷，大哥，不如咱們就麻煩一下萬和的錢老闆上門一趟？」

柳成心中驚懼，面上還要強忍著不露馬腳，可余氏頂不住這麼大的壓力，堂上六、七位長輩，還有族長、還有各家親眷，一雙雙眼睛都在盯著她。心虛的她忍不住直冒冷汗，哪怕面上裝得再鎮定，身體反應騙不了人。

「余氏！妳好大的膽子！」

柳族長猛的一拍桌，嚇得她腿一軟立刻跪到了地上。「族長我沒有！秦六這是誣陷！」

「夫人，您就老老實實認了吧。那木頭我記得您還有一截呢，也不知是放在了哪裡，又準備去害何人。」

余進冷笑一聲，直接揭了余氏的底。

這麼些年他也是忍夠了，處處被余氏以老娘的安危拿捏著，家生子就不是人了？憑什麼？如今老娘都過世了，他還有什麼好害怕的？

「柳家族長，夫人老爺惦記著柳家財產，知道他們分不到多少，便想先下手為強害死老太爺，這樣財產就能落到他們的手裡。這就是他們的動機。」

「你住口！胡說八道！」

柳成大怒，上前一腳踹翻了余進，連忙轉頭和族老們辯解道：「他亂說的，事情絕對不是他所說的那樣，族長、叔公，你們得信我呀！我才是柳家的人，他秦六算什麼東西，一個外姓的傢伙。」

「秦六是我的丈夫！我爹親自選的人！比你這狼心狗肺的柳家人更合他老人家的心意！」

柳嬌紅著眼站起身，指著柳成的手都在發抖。

「難怪爹生病的時候你們總是殷勤的給他餵藥餵水，我還以為你是良心發現了捨不得爹，沒想到你們居然如此惡毒！」

一想到爹原本可以活得長長久久，卻叫自己的親生兒子斷了生路，柳嬌便恨得不行，這些年他是怎麼心安理得住在這祖宅裡的！

「你不是不怕報官嗎，秦六，報官！」

「等等！」

一直未曾開口說話的三叔公喊了一聲。

眼下情況已經很明顯了，阿成兩口子自以為的鎮定，其實根本瞞不過在場的老狐狸。眼神虛得都不敢正眼看人，還有什麼好說的？

「柳家出了此等不孝之徒，列祖列宗都要蒙羞了，若是報官，咱們柳家的聲譽只怕要一落千丈了，整個陵安都會以此做為談資，叫人笑話！不如，直接開宗祠處理吧。」

柳嬌剛要開口，身後的秦六一把抓住了她的手，朝她搖了搖頭。

「叔公！我不服！這件事您也聽見了，從頭到尾都是余氏的人幹的，與我有什麼相干？」

余氏目瞪口呆。

「好哇，果然是大難來了各自飛。柳成，你當初和我商量害老頭子的時候可不是這麼說的，你以為我就沒有留一手？」

兩口子起了內訌，開始自曝，不光是從哪買來的毒木，包括花了多少錢、何時買的，通通都給對方爆了出來。

大堂裡寂靜一片，好一會兒才有族親們回過神，大罵他們夫妻倆。

柳族長沈著臉，總算是站了出來。

「都安靜了。」

他走到柳成面前，先是重重的給了他兩巴掌，打得他嘴鼻都流血，可見其力度。

「此事乃柳氏家事，不宜外揚。柳成夫婦弒父逆倫，罪大惡極，我想也不用和族老們再商量了，此二人唯有沈塘才能告慰先靈。」

沈塘算是大家宗族裡最為嚴重的家法。

柳成臉都嚇白了，哭著喊著求各位族老，只是都能殺親父的人，誰也不想搭理他。他和余氏又去求族長、求秦六，最後求到了柳淮之眼前。

「淮之！我們可是你爹娘！難道你要眼睜睜的看著族裡將我們弄死？」

「你們都能毒死阿爺，我為什麼不能看著你們沈塘？這都是你們自找的。」

柳淮之絲毫沒想過要為他倆求情，這絕情的態度頓時刺激了余氏。他們都要被沈塘了，憑什麼這假兒子能坐擁那麼多的財產？

「果然不是自己的種，就是不能一條心！族老們！這柳淮之根本就不是我們的兒子，柳家家業根本就不該給他！」

「什麼？」

余氏一番話簡直和剛剛自曝毒殺公公的威力不相上下，柳氏各個族親都驚呆了。

金雲珠站起身走到丈夫身邊，扯了扯他的衣袖。

「淮之……」

柳淮之安撫的拍了拍她的手背。

「我沒事。」

其實剛剛聽到的那一瞬間他是驚愕的，但驚愕過後，心中竟然有那麼一絲絲的慶幸，不過眼下這場合絕對不能笑。

「余氏，妳在胡說些什麼?!淮哥兒可是你們自己帶回來的，昔年平州那邊的親戚回來也說過，妳的確是生了一個兒子，若淮之不是你們親生的，那妳兒子呢？」

余氏恨恨的瞪著柳淮之，毫不猶豫道：「真正的淮哥兒早就死在回來的路上了，當時就瞧見這小子漂在江裡，年歲又和淮哥兒相近，這才將他帶回來。」

眾人看看柳淮之，又看看柳成，正猶豫著呢，柳成也開口道：「他的確不是柳家的孩子，把他撈上來的時候他身上穿得可破了，後來發熱給燒糊塗了，就乾脆讓他頂了淮哥兒的身分回了家。」

族親們見這夫妻倆都斬釘截鐵的說柳淮之不是柳家的孩子，個個議論紛紛。

「他們說的該不會是真的吧？」

「這夫妻倆都瘋了。」

「可我瞧著淮哥兒確實長得和柳成不像。」

一群人七嘴八舌的鬧得不行，柳族長一拍桌子，效果立竿見影。

「柳成，你說淮哥兒不是你的兒子，可有什麼證據？」

「證據……證據就在我書房裡。淮哥兒早就死了，我和余氏給他設了靈位，你們自己去看便是！」柳成說著說著便痛哭了起來。

他是造了什麼孽呀，從小不得父親喜愛，生個兒子還早夭，好不容易弄死了老頭子，家產還沒有他的分兒，馬上又要被沈塘！

誰會捨得死呢？柳成夫妻倆抱著族老的大腿就開始哭，哭他們沒有給柳家大房留個後。

族老們想著的確是有道理，若淮哥兒真不是柳家的孩子，那大哥這一房確實是斷了香火，沈塘的確是不太合適。

很快，被打發出去搜查書房的柳氏族人查完回來了。他們不光檢查了書房，還將書房裡的東西帶了回來。

還真是柳淮之的靈位！

金雲珠氣極，柳成夫妻一邊吃著丈夫每月送過去的銀錢，一邊卻又立了這麼個牌位，這是噁心誰呢。

「雲珠妳別生氣，小心動了胎氣，我真的沒事，妳放心。」

「嗯……」

她能聽出丈夫的聲音裡確實是沒有什麼低落的情緒，這樣她也放心了許多。其實自己和丈夫不是早就準備將柳家產業還給姑姑的嗎？如今這般，也沒什麼好難過的。

柳氏族老們看著牌位還在商量著，柳淮之先站了出來。

「各位長輩都在，也正好，既然淮之並不是柳家的血脈，那柳家的產業理應交還。當年阿爺過世前曾留下了遺囑，若是淮之有什麼意外，則所持半數家產應全數還給姑姑。不過清點財務所費時間不小，最多五日，淮之便會將所有柳家產業交還，如何？」

「淮哥兒！」

柳嬌不信，不信這麼好的孩子會不是自己家的人。她著急的扯著身旁秦六的袖子，示意他想想辦法。

「嬌嬌，此事恐怕是真的。別慌，淮哥兒是個有本事的人，就算沒有柳家產業，也能自己打拚出來，再說，不是還有妳我嗎？」

秦六早就有所猜想，只是一直不想去打破這份寧靜，才拖到了現在。今日戳破了也好，當柳成的兒子可不是什麼福氣。

「族長，淮哥兒既然有心歸還，這事便暫時先放置一邊就是，重要的是這兩個弒父的不孝之徒該如何處置。」

「這……」

族長也有些為難，斷人血脈此事實在有些過大，族老們也猶豫著不敢再把話給說死。

「族長，阿嬌明白族裡在考慮什麼，其實大家同屬一宗，只要從族裡過繼一個到我爹名下，何來香火斷絕？」

所有人一聽這個提議，眼睛都亮了，是嘛，過繼！過繼了還能繼承柳家大房的財產，誰會不動心呢？

柳族長和族老們對視了一眼，都覺得此法可行。畢竟柳成夫妻倆的行為太過惡劣，又年歲已大，續香火也看不到什麼指望。

「如此便按嬌嬌所言，過繼便是。柳成夫妻二人，明日開宗祠定罪沈塘，所有柳氏子女不得缺席。」

「族長！叔公們！我錯了！我錯了！我不想死！」

柳成嚎得嗓子都啞了，余氏也好不到哪兒去，夫妻倆見求族長無望，乾脆對柳氏眾人破口大罵起來，罵最多的便是柳嬌和柳淮之。

秦六捂著夫人的耳朵，生怕她叫那些污言穢語玷污了耳。

等那幾人被拖下去後，大堂才得以清靜了。

柳嬌和族長商量了下，過繼可以，繼承柳家大房財產也可以，但過繼的人選得她自己來挑。這是小問題，族長沒什麼不應的。

日子就定在七日後，到時候柳淮之的財物應當也差不多交還清了，正是時候。

族長一走，族老們也跟著走了，族親中有幾個想留下來和柳嬌套套近乎的，也叫秦六拐著彎兒的送了出去。

空蕩蕩的大堂裡，就只剩下了兩對夫妻。

「姑姑……」

柳淮之知道姑姑和姑父最疼愛他，但有些事他必須要去做。

「我和雲珠就先回去了，早些把手裡的東西交出來，日子也能過得太平些。當年阿爺分給我的財產，想來姑父手裡是有一份單子的，明兒我會派人去拿。」

秦六點了點頭，沒有留他們。

等人都走了，柳嬌才忍不住伏在秦六懷裡痛哭出聲。她哭爹爹死得冤枉，也心痛姪子竟不是柳家的人。

「沒事沒事，還有我呢，我會一直陪著妳的。」

秦六抱著夫人，輕言細語的安慰著，夫妻倆也算是正式破了冰。

已經離開的柳淮之和金雲珠此刻已經上了馬車，兩人心情瞧著都沒多麼沈重，反而有那麼幾分輕鬆。

「淮之這名字不好，都被製成牌位供奉了那許久，相公還是改個名字吧。」

「那就叫『澤』吧，這些年作夢時常夢見有人叫我阿澤，以前並不覺得有什麼，現在想想，那才應該是我真正的名字。」

柳淮之非常乾脆的將自己的名字改成了柳澤，半點都沒有不捨。

「雖說和那夫妻倆沒了關係挺開心的，但有些對不起姑姑、姑父這些年的教導，也對不起妳。」

柳澤摸摸妻子的頭，輕輕嘆了一聲。

「答應岳父要好好照顧妳的，這才成婚多久，就要讓妳跟我吃苦，沒了柳家少爺的身分以後，我就只是個無名小卒，金家那些人知道又要笑話妳了。」

「她們敢？我是那麼脆弱的人嗎？其實呀，錢多錢少都無所謂，只要咱們還好好的在一起就夠了，我在陵安有好幾套宅子呢，回去挑挑，咱們盡快搬出去。」

金氏說得理所應當，柳澤也一點意見都沒有。眼下，他馬上就要變成窮光蛋了，還真是要煩勞夫人撐他一段時日。

「阿澤，你說，你要不是柳家的孩子，那你會是誰家的？會不會也在陵安？」

柳澤搖搖頭，陵安城裡絕對沒有他的家人。

「方才妳也聽見了，柳成說我撈上來的時候一身破衣服，那應該是比較窮苦的鄉下人吧。不過，從水裡撈上來的、十年前……安陵江沿江查下去，十年前有沒有哪裡出過事，有沒有傷亡人，還是很好查的。這事妳就別操心了，今日累了吧，靠在我身上休息休息。」

金雲珠點點頭，丈夫並不軟弱，萬事有他在，她也沒什麼好擔心的。

——未完，待續，請看文創風1043《小漁娘大發威》3

2022年2月出版

大器婉成

文創風 1039～1040

穿越成一個壞女人也無妨，扭轉命運就是了！
雖說莫名活在別人仇視的目光中讓她難受得很，
不過只要拿出誠意真心「悔過」，一定能化解所有難關……

溫情動人小說專家／夏言

雖說自己不是沒幻想過成為小說中的人物，
但是一覺醒來就變成書中的反派女配角卻是始料未及，
不僅因為個性太過差勁而被討厭，
更不知好歹地嫌棄自家夫君，大大方方搞起婚外情，
真是讓她啞巴吃黃連，有苦說不出……
好在目前尚未鑄成大錯，一切還有挽回餘地，
紀婉兒決定「洗心革面」上演一齣全能印象改造王，
先烹調美食收買人心，再與害羞的丈夫來個「真心話大冒險」！
正當她欣喜於努力逐漸發揮效果、餐館事業有了進展時，
舊情人追上門求關注不說，親娘也覺得她怪怪的……
OMG！難道她精心策劃的劇情要爛尾了嗎？!

重生學得趨吉避凶，意外撿到優質相公／淺語

2022年2月出版

娘子馴夫放大絕

前生瞎了眼睛，選了個負心郎，落得與女兒含怨身死，
這一世她重活了，必得好好為自己打算，先穩了家再談其他；
但待她到了京城以後卻驚覺，怎麼重生回來的似乎不只是自己一人？

文創風 1035 1

楊妧悔了，當初怎就瞎了眼，看上那翻臉無情的前夫，落得與女兒身死的下場，
如今重生回到未嫁的少女時代，許多從前沒看清、不明白的事都瞭然於心；
只是這世卻多了個小妹妹，母親與自己關係也多有不同，
更奇異的是，京城的姨祖母——鎮國公府的秦老夫人來信邀她們幾個晚輩進京，
可怎麼前世待自己客氣有禮的老夫人，現在卻是處處維護、真心疼愛？
為了在國公府安穩度日，她處處小心謹慎，卻依然惹來一堆後宅糟心事，
躲了那些明槍暗箭，她險些忘了自己最該避開的是那個前夫啊！

文創風 1036 2

在鎮國公府的日子過得越來越舒心，雖然多少有些寄人籬下之情，
但秦老夫人待她更似親孫女，時而默默觀察，時而徵求意見，提點一番，
甚至出門作客也帶著她，讓她越來越熟悉京城的人事，不但遇上前生好友，
也學了更多人情世故，更明白前世的自己究竟犯了多少錯，又錯過了什麼……
怪的是，國公府的世子爺、名義上的表哥楚昕這一世卻「熱絡」得很，
要麼是心氣不順就與她作對，要麼是拐彎抹角地為她出頭？

文創風 1037 3

他都把話挑明了，楊妧哪能聽不懂？
可她與楚昕說穿了只是遠房親戚，門戶差得太多，她如何在國公府站穩？
只是老夫人認準了她，楚昕更是硬起了脾氣，磨得她心都軟了；
哪裡想得到曾經愛鬥嘴、鬧事的少年，如今卻能為她如此柔軟？她也不捨啊……
最後宮裡一道聖旨下來，他們便是板上釘釘的皇帝賜婚，誰也阻止不了！
沒想到她處心積慮避開了前世的孽緣，卻逃不過這世的冤家……

文創風 1038 4 完

前世的恩恩怨怨，在這一世似乎既是重演，卻又有著意外的發展……
但她已非長興侯夫人，而是鎮國公府世子夫人，一生所求不過是值得二字，
楚昕愛她、寵她，她自然願意做他堅實後盾，為他打理好國公府；
不過她這廂把家宅治理得穩妥，遠在邊關的楚昕卻不知過得如何，
與其在京城擔心，小娘子乾脆動身尋夫！待她到了邊關總兵府，卻發現——
別人早已瞧上她夫君了，連身邊侍女也動了心眼，只有傻夫君什麼都不知情！

文創風
1042

小漁娘大發威 2

國家圖書館出版品預行編目資料

小漁娘大發威 / 元喵著. --
初版. -- 臺北市 : 狗屋出版社有限公司, 2022.03
冊 ; 公分. --（文創風 ; 1041-1044）
ISBN 978-986-509-300-6（第2冊 : 平裝）. --

857.7　　111001289

著作者　元喵
編輯　黃淑珍　李佩倫
校對　吳帛奕
發行所　狗屋出版社有限公司
地址　台北市104中山區龍江路71巷15號1樓
電話　02-2776-5889～0
發行字號　局版台業字845號
法律顧問　蕭雄淋律師
總經銷　知遠文化事業有限公司
電話　02-2664-8800
初版　2022年3月
國際書碼　ISBN-13　978-986-509-300-6

本著作物由北京晉江原創網絡科技有限公司授權出版

定價270元
狗屋劃撥帳號：19001626
網址：love.doghouse.com.tw　E-mail：love@doghouse.com.tw